アーサー・マンデヴィルの不合理な冒険

宮田珠己

画・網代幸介

Daifukushorin

全知全能の神の御名において、やさしく信仰の道を生きむと願ふ善良なる一市民の宿世が、いかなるよしか、周囲や家族からの大いなるお世話と多大なる迷惑を被りて蹂躙(じゅうりん)されがちなるは、神の御心はかり知ること不可能なりとはいへ、たえて理解になやむことなり。

『聖ソガモニの手紙』

世界全図

東方楽園
ワークワーク
凪の海
カタイ
ザイトン
タワーリスィー
ムル・ジャーワ
スキタイ
インド
タプロバネ
カスピアの門
インド海
ホルムズ
バクー海
閉じられた門
カスピ山脈
カルデア
アラビア湾
エルサレム
トレビゾンド
マウレの海
コンスタンティノープル
エジプト
エチオピア
ローマ
ジェノヴァ
アヴィニョン
リビア
イングランド
セント・オールバンズ

装幀　大島依提亜

第Ⅰ章

アーサー・マンデヴィル、ローマ教皇に謁見する

男が、突然わが屋敷へやってきたのは、ある年の暮れのことであった。

その日もわたしは、ひまにあかせて庭仕事をしていたのである。

庭といえば、人は花壇を作って、薔薇だ、ユリだ、パンジーだ、ウォールフラワーだといった派手な色合いの草花を、まるでそれが上品な人間の特権だとでもいうように植えたがるが、わたしの庭にはそのようなものはいっさいない。あるのは、苔と羊歯（しだ）のみである。

屋敷の壁を必要以上に高くつくり、中庭をなるべく日の光と外からの視線がとどかぬように囲い込んで、そこに苔と羊歯を植え、気分が鬱屈してくると、それを眺めるようにしている。気が滅入ると明るい花を愛でて立ちなおるような人間は、それは本当に滅入ったことがない偽者であって、わたしぐらいの本格派になると、日陰の植物である羊歯・苔に心の底から親近感をおぼえ、それら植物が健気にも鬱屈したまま甘んじて生きている姿を眺めることで、心身が鬱々と冴えわたり、明日も存分に屈折しようという気力が充実してくるのだ。

その日は、新しく手に入れた苔の苗を、ときおり太陽が南中して日が差す一画にも根づかせるべく、混ぜ返した土の上に配置して、バフバフと押さえつけていたところであった。

どういうわけか、わたしは苔が好きなくせに、いざそれを植える段になると、わざとぞんざいに手のひらで上から叩く癖があって、ある種の近親憎悪ではないかと自分では思うのだが、おかげでせっかくの苗が土にめりこんでへしゃげたりする。

へしゃげるぐらいならまだよくて、ときには根づかずに枯れてしまうこともあった。

さすがに、何度もそうやってせっかくの苗を台無しにしていると、自分の庭さえも思い通りにならない非力さに少しばかり卑屈な気分になってくる。それでも最後はその卑屈こそがわが友人であったことを思い出して、また立ちなおるのであった。

とにかくそうやって自らを鼓舞しながら新しい苗をバフバフやっているところへ、執事が客の来訪を伝えにきたのである。

わたしが玄関へまわると、日に焼けたずいぶんと大柄な男が馬車から降りてきて、わたしを見るなり、

「アーサー・マンデヴィルか?」

と居丈高にいった。

「その通りだが、何の御用でしょう?」

わたしが慇懃(いんぎん)に答えると、男はローマ教皇ウルバヌス六世から派遣された修道士だと名乗り、わたしに、すぐに旅に出かける準備をするように、と命じた。

わたしは混乱して、しばらく戸口に立ち尽くした。

なにゆえ、イングランドの片田舎で陽にあたらぬようにして暮らしているわたしのような人間に、ウルバヌス六世がはるばる遣いをよこすのか。そもそもローマ教皇のような天上人とわたしに何の関係が? これまで教皇庁などとは何のかかわりもなく生きてきたわたしである。

だが、次の瞬間には、あることを思い出していた。

仮にわたしと教皇庁に何か接点があるとすれば、それはただひとつ、あのことしか考えられない。それは深い深い記憶の井戸の底にとうの昔に葬り去った思い出したくもない事柄であった。

修道士の背後に立っている、頭にかぼちゃを載せたようなおかしな髪形をしたもうひとりの人間を見つけたとき、わたしの悪い予感は見事に的中していることがわかった。

「エドガーじゃないか！」

「兄さん！」

少しばかり疲れた様子で修道士につき従っていたのは、もう何年も会っていなかった異母弟エドガーであった。弟は、最後に見たときよりずっと大人びて立派な青年に成長しており、かつてはなかった賢しさのようなものがその面差しに付け加わっていたものの、実の兄であるわたしには、垢抜けない頭の形ですぐに本人だとわかった。家具職人になって修行の旅に出たという話を人づてに聞いていたが、いかに研鑽（けんさん）を積んでも生まれ持ったかぼちゃ型を脱することはできなかったらしい。

ともあれ弟とわたしが教皇庁から呼び出されたということは、やはりこれが、あの一冊の本、今は亡きわれらが父ジョン・マンデヴィルがかつて教皇へ献上した『東方旅行記』なる書物に関連した件であることを示している。

「やれやれ」

わたしはため息をついた。

われわれは、亡き父にかわって、教皇を欺いた責任をとらされるのだ。

この場合、そうとしか考えられないのだった。

『東方旅行記』は、父ジョン・マンデヴィルが生前、故郷イングランドからコンスタンティノープル〔イスタンブール〕を経て、エルサレムやバビロン、さらにその東方にあるはるかなオリエントの国々を三十四年もの長い年月をかけて巡り、その旅先で見聞きした諸々の事柄を書き記したものである。

いまだ知られざる神秘と怪異のうごめく東方世界に関する書物としては、ヴェニスのミリオーネことマルコ・ポーロの『大ぶろしきマルコの物語』や、ポルデノーネのオドリコ修道士による報告、アンコーナのユダヤ人商人ヤーコポが記した『光の都市』などが知られているが、それらの書物とともに『東方旅行記』は、出版当時広く読まれたものであった。誰もが、果たしてこの世界はどこまで続いているのか、そして、世界の果てには何があるのかを知りたがっていたのである。『東方旅行記』はその疑問と好奇心に見事に応えた書物であった。

ところが、である。

これが真実を記した書であるならば何も問題はないのだが、この父の手による『東方旅行記』の記述は、実はまったくのでたらめ、嘘八百なのである。

なぜそうと断言できるかといえば、父がオリエント世界を旅していたとするまさにその期間中に、このわたしアーサー・マンデヴィルがイングランドのセント・オールバンズで生まれ、かの地で両親に育てられていたからである。

少なくともわたしが生まれてから父が亡くなるまで、父本人はせいぜいベルギーやフランス、それからローマ教皇のもとへ件の『東方旅行記』を献上しに出かけたことはあっても、オリエントについては、エルサレムどころかコンスタンティノープルにさえ出かけていないのは疑い得ない事実である。

『東方旅行記』は、出版された当時大ヒットした『大ぶろしきマルコの物語』に勝るとも劣らぬ内容ともてはやされ、それが教皇に献上されたとの噂が広まるや、教皇庁の威光と世論に押される形でエドワード三世も父にサーの称号を奮発するなど、父の成りあがりぶりといったら尋常とは思えないほどだった。

だが、すでに爵位の授与式がとりおこなわれる頃には、巷では『東方旅行記』イカモノ説がささやかれていたし、その後父の人となりが世に知られるにつれ、数年も経ずして父そのものがイカモノと呼ばれるようになり、やがて亡くなる時分には、イカモノ、ジョン・マンデヴィルの死を悼む人間など家の者を含めてもせいぜい十人もいたかどうかという体たらくであった。

あれからすでに十三年もの月日がたち、世間は父のことなどとっくに忘れ、『大ぶろしきマルコの物語』は読まれていても、『東方旅行記』を読んでいる人間はとんと見なくなった。そういう意味では、父の捏造疑惑はとっくの昔に決着のついた問題であり、ローマ教皇庁から何の音沙汰もなかったので、教皇庁も狂人の戯言と見逃してくれたのかと思っていた。

だが、そうではなかったのだ。今さら何を、と思わなくもないが、教皇庁としてはやはり、教皇をうろんな書物で欺かんとしたペテン師の存在を黙って見過ごすわけにはいかないのだろう。あるいは、天上人の反応は物事がはっきりしてから何年か遅れてやってくるものなのかもしれない。

――あの、イカモノ親父め！

わたしは、自分の父親のいかがわしさを呪わずにはいられなかった。

本人はとうの昔にベルギーで死んでおり、今頃は天国か地獄か知らんが、いや、きっと地獄に違いないが、その地獄で我関せずとのうのうと生きている、否、死んでいることだろう。もはや責任のとらせようもない。しかし残されたわれわれにとっては迷惑千万極まりない話であった。

それから約ひと月後、迎えにきたペトルスというイタリア人の大柄な修道士に連れられローマまで出向いたわたしは、弟とともに教皇庁の謁見室に通され、ウルバヌス六世の前にうやうやしく跪(ひざまづ)いて頭を垂れていた。

「ジョン・マンデヴィルの息子、アーサーならびにエドガー、仰せにより、ただいまここに参上いたしました。教皇さまには、ご機嫌うるわしく、なによりのこととお喜び申し上げます」

「来たか、マンデヴィルの息子たちよ」

教皇は実際にご機嫌うるわしかった。厳しい叱責を受けるものと思っていたのでわれわれは面食らった。

「ふたりとも立派な若者だのう。まことにもって武勇でならしたお父上の血筋である」

まさか本気のお言葉ではあるまい。あのお調子者が武勇でならしたとは、冗談にしてもまったく笑えない。

「実は、そなたたちを呼びだてしたのはほかでもない。かのお父上の著書のことで折り入って話がしたいと思ってな」

やはりその話であった。われわれ兄弟は父にかわってローマ教皇庁を欺いた責任をとらされるのだ。

主よ、あわれみたまえ。どうか哀れなマンデヴィル兄弟をお救いください。

ところが続けて教皇が口にしたのは意外な言葉だった。

「あれは素晴らしい書物であるのう。マンデヴィルの息子たちよ」

わたしは唖然とした。

いったい何の話であろうか。

わたしは教皇がどんな面もちでそう言うのか上目遣いで盗み見ようとした。しかし大胆に見つめるのは憚(はばか)られ、よくわからなかった。皮肉たっぷりな表情を浮かべているのではないか？

そんな憶測で身が縮む思いだったが、その口調はあくまで柔らかく慈愛に満ちていた。

理由は不明だ。不明だけれども事態は平和的に推移しようとしている。ここは、下手なことを言ってやぶ蛇になるのは避けなければならない。

われわれは沈黙を守った。

「そなたたちも聞き及んでいることとは思うが」

穏やかに教皇は話し続ける。

「目下ローマは、異教徒どもの謀略によって未曾有の危機に瀕しておる。サラセン人〔イスラム教徒〕どもが、ビザンツ帝国に侵入し、アドリアノープルまで征服したうえに、セルビアやボスニア、ワラキア〔ルーマニア南部〕までをも手中に収めようと西へ向かっておるのだ。コンスタンティノープルだけは陥落せずに持ちこたえておるが、これも果たしていつまで持つか。コンスタンティノープルが落ちれば、奴らは一気にアドリア海に攻め込んでこよう。そうなれば聖地奪回どころの話ではない。おそろしいことに、われわれの住むこの栄光のローマさえもが、異教徒の手によって蹂躙されるやもしれぬのだ。まったく神の正義も何もあったものではない」

教皇は、まことに嘆かわしいといった口ぶりで、ため息までついた。

「そのうえこともあろうにだ。異教徒の脅威がすぐそこまで迫っておるというのに、この教皇庁さえもが団結してことにあたれぬありさま。もはや神の審判が下る日も近いということであろうか」

ローマ・カトリック教会は、いかなる理由によってかは俗人の知るところではないが、現在ローマとアヴィニョンとのふたつに分裂している。ウルバヌス六世はローマ側の教皇であった。アヴィニョンにはフランスの枢機卿によって別の教皇クレメンス七世が立てられている。

「しかし今は、アヴィニョンの似非司祭どときにかかずらってる場合ではないのだ！」

教皇は、不意に強い口調で言った。

「いつかアヴィニョンには思い知らせてやらねばならんが、ここにきて大変残念なことは、アヴィニョンよりも、ローマのほうが東にあるということだ……。サラセン人と相対するのは、こちらのほうが先になる。それゆえたとえ異教徒どもを撃破し得たとしてもだ。彼らとの戦闘で疲弊したところを、アヴィニョンの連中につけこまれる可能性がある」

教会が分裂したのは、ウルバヌス六世の即位とともに、アヴィニョン側がふたたびクレメンス七世なる教皇を立てたときからである。それだけに教皇のアヴィニョンへの対抗意識は尋常ならざるものがあるのだろう。そしてそうであるがゆえに、自分たちだけがサラセン人と対峙させられ、その間アヴィニョンがのうのうと高みの見物をするようなことは断じて容認できないと考えているようすであった。

ちなみに、父ジョン・マンデヴィルが『東方旅行記』をローマに持ち込んだときには、教皇はアヴィニョンに一本化されていた。おそらく教会のバビロン捕囚のことなど父は知らなかったのだろう。浮世離れした父にとって、教皇といえばずっとローマにおわすものと決まっていたのだ。

父が、教皇のいないローマでいったい誰に『東方旅行記』を手渡したのかはっきりしないが、たがの外れた父のことだから、教皇のいるいないにかかわらず、そのまま献本してきたものと思われる。

——待てよ。

わたしは、ふと思った。

——ひょっとすると『東方旅行記』は、一三七七年にグレゴリウス十一世がアヴィニョンからローマに復帰した時点で初めて、つまり世の流行からはるかに遅れて、教皇の目に入った可能性もあるのではないか。なぜならそれまでローマに教皇はいなかったのだから。

そしてウルバヌス六世は、グレゴリウス十一世から教皇職を継いだばかりであった。

——もしかすると、教皇は、最近になってはじめて『東方旅行記』の存在を知ったのではないか。

なにやら不吉な予感がしてきた。

「聞くところによれば——」

教皇は続ける。

「異教徒どもの土地のさらにその先には三つのインドがあり、そのすべてを祭司ヨーハンネス、すなわちプレスター・ジョンなるキリスト教徒の王が治めているという」

その噂はもちろんわたしもよく知っている。むしろヨーロッパ中で知らない者を探すほうが難しいだろう。

聖地エルサレムより東には、チグリス、ユーフラテスのふたつの大河を擁するカルデア［バグダッド］の地があり、その向こうに広大無辺な三つのインドが広がっている。すなわち聖トマスの亡骸の眠る大インドと、小インド、そして北方のインドである。プレスター・ジョンなる王は、その三つのインドのみならず、はるか荒野を通り太陽の昇る地点までをも支配しているという話であった。

「かの祭司が配下に従える王国の数は六十二とも七十二とも言われておる。遠征時には金と宝石でできた十三の大きく高い十字架を掲げて進み、そのそれぞれに一万の騎兵と十万の歩兵がつき従うのだそうだ」

脳裏に、強大な軍隊を従えて進軍する異郷の王の姿が浮かぶ。

軍隊の強大さもさることながら、わたしが巷で聞いて驚いたのは、その国土の、にわかには信じられない豊かさと奇怪さであった。

プレスター・ジョンの広大な領土には蜜と乳のあふれる川が流れ、さらに宝石の河と、ふんだんに胡椒を収穫できる森があるほか、食を断った状態で三度その水を飲めば一切病に罹ることなく常に三十二歳のままでいられる奇跡の泉があると、人々は夢見心地に語っていた。それだけではない。そこには砂のみでできた海があり、週に三日、石の転がる河があり、ありとあらゆる不可思議な動物、グリフォンや一角獣、不死鳥、角の生えた人間、鶴と戦う小人、巨人、全身真っ黒で目がひとつの人間、食人種などが住むということであった。

これらがすべて事実だとすれば、ビサンツ帝国や神聖ローマ帝国をはるかに凌ぐ強大な軍隊と、謎に満ちた豊穣な国土とを併せ持つ、全世界最大の王国が存在することになる。

「もし、その広大な国の王が、まことのキリスト教徒であるならば」

教皇は言った。

「わがローマ教皇庁は、かの王国と同盟関係を結び、サラセン人を挟み撃ちにして撃破したうえに、アヴィニョンの異端者どもも一気に蹴散らすことができるだろう」

わたしは頭が混乱してきた。教皇はいったいなぜ一介の市民に過ぎないわれわれにそのような話をされるのか。

「だが残念なことに、同盟を結ぼうにも、プレスター・ジョンの所在についてははっきりしたことがわかっておらぬ。そのせいでグレゴリウス九世の御世には、東方より来たりてグルジア、ロシア、ハンガリー帝国を侵略したタルタル人どもを、プレスター・ジョンの軍隊と取り違えたこともあった」

それはたしかに教皇の言う通りだった。

第五回十字軍が、はるか東方の国モンゴリアから西進してきたタルタル人の軍隊をプレスター・ジョンの軍隊と読み誤り、その到来を期待してエジプトのスルタンに無謀な戦いを仕掛けてこてんぱんに撃破され、全軍がエジプト軍の捕虜となった屈辱の歴史は、キリスト教徒なら誰もが知るところである。

「以来、プレスター・ジョンの王国の所在は広大な地平の彼方に霧のようにかき消え、その存在が人々の口の端にのぼることも絶えて久しい。今ではカルデアの先にはモンゴリアやカタイ〔中国〕など異教徒どもの国があることがわかっているが、プレスター・ジョンの王国はどこにも見つかっておらぬ」

教皇は嘆いた。

「昨今ではあれは空想の産物以外の何物でもなかったという者まであらわれる始末。だが、余は王国がどこかにあると信じておる。かつてアレクサンデル三世〔ローマ教皇(一一五九～一一八一年)〕に、そのプレスター・ジョンなる王より書簡が届いたこともあるのだから。

問題は、ではいったい王国はどこにあるのかということだ。いまだわからぬその所在についてはさまざまな憶測が飛び交って錯綜しておる。たとえば、かのミリオーネ、大ぶろしきのマルコは、プレスター・ジョンの帝国はカタイの平原にあって、モンゴリアのチンギス・カーンに滅ぼされたと記しておる。

また、ルブルクのウィリアム修道士は、プレスター・ジョンがカラカタイ〔西遼〕のナイマン人の君主で、のちに王を名乗ったに過ぎないと報告してきた。

それだけではない。モンテコルヴィーノのヨハネス修道士は、かつてのプレスター・ジョンの信徒たちは、すでにカタイの一地方で、ネストリウス教徒に堕してしまったと書き送ってきた。

ポルデノーネのオドリコ修道士に至っては、プレスター・ジョンの噂は百分の一も真実でないといい、それはカタイの西五十日のところにあるが、帝国第一の都市はヴィチェンツァほどでもないと話しておったそうだ。

まだある。昨今、ジェノヴァのアンジェリーノ・ダ＝ダロルトなる者が上梓した地図によれば、プレスター・ジョンの王国はナイル川の上流に描かれているというではないか。しかも彼はエチオピア人だという。みな言っておることがバラバラだ」

教皇はため息をついた。

「なぜ、そのような混乱が生じておるかといえば、それは、この者たちが、実際に現地へ赴いたかのように見せかけながら、実は伝聞によって、それを書き記したからだ。そしてそのすべてがでたらめなのだ。

なぜ、でたらめと断定できるかといえば、そんなことは造作もない。なんとなれば、プレスター・ジョンの王国が真のキリスト教徒の国であるならば、それは神の御国のある絶対的東方になければならないはずだからだ。

にもかかわらず、マルコもヨハネスも、王国がカタイのなかにあると書いておる。オドリコは、カタイから西へ五十日進んだ場所にあるなどと、馬鹿げたことをぬかしおる。アンジェリーノ某にいたってはナイル川の上流だと、ふん、いくら嘘でももっとうまくつくものだ。もし彼らの記述が正しいとするならば、真のキリスト教国のさらに東側にカタイがあることになるではないか。カタイは蛮族の国であり、そのような国が絶対的東方に接しているはずがない。約束の地が異教徒のものであることなど天が許すはずがないのだ。すなわち彼らの書いておることはすべて嘘っぱちだということだ」

教皇はそこで、いったん言葉を切った。話しているうちに激昂してきたらしい。しばらく深い息をして気持ちを鎮めている気配が感じられた。われわれはひたすら黙って拝聴するだけである。

「しかしだ。幸いなるかな、ここに真実を記した書がある」

教皇はこれまでにも増して温かみのこもった言葉をわれわれに投げかけた。

「そう、そなたたちの偉大な父、サー・ジョン・マンデヴィルの手による『東方旅行記』だ」

——えええっ！

全身から血の気が引いた

あれは全部作り話です。そう言おうとしたが、咄嗟（とっさ）に声が出なかった。

「どうか面をあげてそちたちのうるわしい顔を余に見せてくれぬか、マンデヴィル兄弟よ。余もこのような素晴らしい書物がこの世に存在していようとは、想像だにしておらなんだ。

それが先日教会の書庫を調べておるときに、余の頭のうえにこの本が偶然落っこちてきたのだ。おそらく神の思し召しであろうな。読んでみた余は驚きを禁じえなかった。この素晴らしい書には、プレスター・ジョンの王国についての詳細なる記述があるではないか。なかでもこの稀有なる書物が、他の凡百のイカサマ本と異なるのは、王国の位置を正しく確定していることだ。

第三十章にこのようにある。

《とはいえ、カタイといえど、そう近いわけではなく、ヴェネチアあるいはジェノアから出発して、海路と陸路でカタイの国まで達するには、十一ヶ月、もしくは十二ヶ月を要するのである。だが、プレスター・ジョンの国土となると、そのうえなお、多くの日子がかかる》

プレスター・ジョンの王国は、カタイよりも遠いのだ。断じてカタイのなかにあるわけでも、西にあるわけでもない。いかがわしい商人であるマルコはともかく、オドリコやヨハネスのような神の使徒たるべき者がそのような初歩的なミスを犯すとは、まったくもって許しがたい。キリスト教徒の風上にもおけぬ輩じゃ。そなたたちのお父上の篤行がなければ、危うく真実は間違って伝わるところであった。『東方旅行記』を余の頭のうえに落としてくれた神に感謝する。神のなされることに意味のないことは何ひとつないのだ」

いつの間にか咽喉がからからに渇いて、気道の奥がぺったりとはりついていた。声を出したくても、うめくことしかできない。

思わず弟のほうを見やったが、弟はこの重大な局面で、わたしに代わって発言しよう、機転を効かせて苦境を打破しよう、というような気概もみせておらず、ただ萎びたかぼちゃのような頭をうやうやしく床に擦りつけているだけであった。わたしは愚鈍な弟への怒りと焦りで、口の端から泡を吹きそうになった。

「どうしたマンデヴィル兄弟よ、なぜ面をあげぬ」

わたしはおそるおそる顔をあげて、畏れ多くも教皇ウルバヌス六世の顔を仰ぎ見た。

そして渾身の力をふり絞り、やっとの思いで声をあげたのだった。

「お、畏れながら、申し上げます……われらが父、ジョン・マンデヴィルが書き記しましたる、と、『東方旅行記』なる書物は……」

「そなたは兄のアーサーであるな。さぞかしお父上に似て博識なことであろう。うるわしいその顔に聡明さがあらわれておる」

ウルバヌス六世は、慈悲深い眼差しをわたしに向けた。

「は……あ、いえ、決してそんなことは……」

「アーサー、謙遜せずともよい。そなたのお父上は立派な仕事をなされた。そなたは誇ってよいのだ」

——ちがうのです。ああ、そうじゃない。

「余は、プレスター・ジョンへの書簡と『東方旅行記』を持たせて、すでに何人かの使節を東へ向かわせた。ところが彼らは数ヶ月前から何の連絡もよこしてこぬ。あるいは蛮族や怪物の餌食にでもなって神のもとに召されたのかもしれん。なんでも東方には恐ろしい怪異が満ち満ちておるというからな。使節にはなるべく屈強な修道士たちを選んだつもりだったが、それでもだめであった」

――屈強な修道士が、蛮族や怪物の餌食に……。なんということだ。

そしてウルバヌス六世は最後にこう言ったのだった。

「そこでだ、そなたたちにあらためて書簡を託すゆえ、それをプレスター・ジョンに届けてもらいたいのだ」

「……な、……われらに、プ、プレスター・ジョンの王国へ出向けとの仰せでございましょうか」

「さよう。そなたら兄弟に書簡を託すことをなぜ今まで思いつかなかったのか。かの偉大なるジョン・マンデヴィルの息子たちならば、必ずやその崇高な使命を果たしてくれるであろう。そなたらの行く先にあまねく神の恩寵が降り注がんことを」

わたしは、その場に卒倒した。

第２章

スキタイの子羊を求めて

ウルバヌス六世との謁見の場で卒倒するという失態を犯したわたしは、不敬な信徒としてお咎めを受けるかと思いきや、教皇の寛大な慈悲によって施療院での休養を許された。

おかげで体調はほどなく回復したが、気分は晴れないままであった。晴れないどころか最悪といってもいい。

教皇はわたしに、プレスター・ジョンの王国へ出向けと命じられた。

キリスト教徒にとってローマ教皇の命令は絶対である。

だが畏れ多いことに、わたしはその計画に賛成することができないのだった。

なぜなら、父の著書『東方旅行記』に書かれている内容はほぼ嘘八百であり、そこに書かれたプレスター・ジョンの王国への道筋などでたらめに決まっているからである。あの稀代のイカモノがご丁寧にも知りもしない王国への道筋まで書き込んでいたとは、馬鹿につける薬はないとはこのことだ。

そもそもプレスター・ジョンの王国自体、本当にあるのかどうか。食を絶った状態で三度その水を飲めば永遠に三十二歳のままでいられる泉など、ずいぶんと嘘くさい話ではないか。もしそれが真実なら、その国では誰も年をとらず死を知らず、そこらじゅう三十二歳が歩き回ってそのうち国土がぎゅうぎゅう詰めになってしまうはずだ。

「しかし兄さん、実際にプレスター・ジョンから東ローマ帝国皇帝マヌエル一世コムネノスへ正式な手紙が届いているのですよ」

エドガーがいらだつわたしを諭すかのように言った。

「王国が存在しないなら、いったい誰がそんな手紙を送ってよこしたんです？」

彼は、教皇の命によりわが屋敷へ派遣された、かの修道士ペトルスとともに、施療院にわたしを迎えに来ていた。

「マヌエル一世コムネノスだって？　いったい何年前の話だ、もう二百年は経っているぞ」

「たしかに古い話ではあります。大ぶろしきのマルコも、王国はタルタル人によって滅ぼされたと書いていますし、オドリコ修道士の報告でも王国の噂は百分の一も真実ではないって書いています」

「教皇もそうおっしゃっていた。つまり仮にそんな王国が過去に実在したとしても、今さら行ったところで何も残っておらんということではないか」

「そうかもしれません」

わが弟ながら、この男も謎である。

そこまでわかっていながら、なにゆえにこのでたらめな計画を後押しするかのような言説を弄するのか。

ジョン・マンデヴィルの血を受け継ぐとまっとうな判断もできなくなるらしい。あるはずのない国を探して世界の果てをうろつくなど、貴重な人生の浪費でしかない。自分で自分の首を絞めていることもわからないとは、実に嘆かわしい血の因縁である。何の災難かわたしの体にも同じジョン・マンデヴィルの血が流れているが、イカモノの血は弟のほうに優先的に受け継がれたようだ。不幸中の幸いである。

そのとき、修道士のペトルスがわたしの前に立ちふさがり、毛むくじゃらの怪物のような恐ろしい形相でわたしを睨みつけた。

「祭司ヨーハンネスの王国は今も存在する。手紙が届いたのは東ローマ皇帝だけではない。教皇もおっしゃったようにアレクサンデル三世にも届いておる。そしてアレクサンデル三世は祭司ヨーハンネスに使者をお送りになったのだ」

体躯の大きいペトルスだけに、目の前に立つと相当な威圧感があった。この男、見たところ三十歳ないし三十五歳ぐらいだろうか。

聞くところによれば、この頃の修道士のなかには、務めも果たさず私腹を肥やしたり徒党を組んで街を荒らしたりと放蕩の限りを尽くす野蛮な輩も珍しくないそうだ。ウルバヌス六世の覚えめでたきこの男がそんな堕落した似非修道士だとは思わないにしても、その熊のような体と、どこか横柄な態度はわたしの修道士のイメージを覆した。修道士というのはもっと繊細な存在かと思っていた。

「ならば王国の所在はもう知れているわけではないか」

わたしは言い返した。

「いや、所在はわかっていない。使者は戻らなかった」

さもありなん。その使者はありもしない王国を探して今も地の果てを彷徨っていることだろう。

「使者は戻ってこなかったが、王国は存在している。いや存在しなければならん。彼らとの同盟がなされなければ、教皇庁はサラセン人によってローマを追われてしまうかもしれんのだ」

この男は神に仕える身でありながら、言っていることがまるで合理的でない。

「教皇庁の都合で、彼方の国が存在したりしなかったりするものか」わたしは呆れるほかなかった。

どいつもこいつもどうしてこうもでたらめなのか。

「教皇庁の都合ではないぞ」ペトルスは食い下がった。

「世の中にはキリスト教国と異教徒の支配する国があるが、もしサラセン人どもの向こうにキリスト教徒の国がなければ、異教徒の国が地の果てまで続いていることになる。世界の大部分は真理の教えのうちにあるとすれば、異教徒の国々が地の果てまでを覆い尽くしているはずがない。よって祭司ヨーハンネスの王国がたとえ滅んでいたとしても、そこには必ず別のキリスト教国が生まれているにちがいないのだ」

絵に描いたような詭弁。額に入れて祭壇に飾っておきたいぐらいの詭弁中の詭弁である。

修道士というのは理屈の通らない信念を強固に抱くことができるものらしい。わたしは反論する気も失った。

そしてさらにうんざりすることに、この修道士ペトルスも、プレスター・ジョンの王国への旅路に使者として同行するというではないか。実に暗澹たる気分であった。

教皇庁のもとで数日を過ごした後、ジェノヴァに移り、わたしは気乗りしないままに旅の準備を整えた。

ペトルスは教皇から預かったプレスター・ジョンへの献上品を大事そうに鞍袋に梱包している。

「いったい何を献上しようというのだ」

わたしはとくに関心もなかったが、なんとなく尋ねた。

ペトルスによれば、献上品は、真珠の首飾りや、柄に金とエメラルドの象嵌のある短剣、銀と象牙と本黒檀でできた十字架やイコンなどだという。

「一国の王に贈ろうかという献上品がたったのこれだけか？　町人の結婚式でももっと多くの品を贈るのではないか」

「言うな」

ペトルスは不機嫌に言い返した。

「教皇はすでに何人もの使者を祭司ヨーハンネスのもとに送っておられる。そのたびに多くの贈り物を持たせた。しかし誰も王国にたどり着かぬゆえ、すべて無駄になっておるのが現状だ。

これ以上の無駄な出費は控えたいと教皇がお考えになるのも仕方あるまい」

「われわれもあてにされていないということだな」

「そうではない。これを見よ」

ペトルスは鞍袋のなかから、長い布きれのようなものをうやうやしく取り出した。

「雑巾か？」

「馬鹿を言え。主イエスが生前にお穿きになった靴下だ」

「イエスの靴下だって？」

「教皇は、これまで金銀などの高価でかさばる献上品が多すぎたためにかえって盗賊に狙われたのではないかと畏くも推理された。そのせいで使者が王国にたどり着けなかったのやもしれぬと。そこで異教徒の盗賊には価値を知ることができず、かつ軽くてかさばらない聖遺物を贈ることにされたのだ」

「この靴下が聖遺物？」

「金銀にはかえられぬ非常に貴重なものだ」

「本当にイエスが身につけていたかどうか怪しいものだな」

いぶかるわたしをペトルスは鋭い眼差しで睨みつけた。

「軽々しくそのような口をきくな。たしかにこの靴下の刺繍は教皇が履いておられるものとそっくり同じだ。サイズまでもな。わしも一瞬まさかとは思ったが、神聖なる靴下が教皇の履き古しであるはずはない。逆に教皇がこれを模倣して自分の靴下を作らせたのであろうとすぐに気づいて、一瞬でも教皇を疑ったおのれの不徳を恥じたわ」

「千年以上前にものにしてはいまだ微妙な匂いがするではないか」

その問いにペトルスは答えなかった。相手をする気にもならないというふうであった。

そうしてわたしはこの不合理なミッションに根拠なく前向きな彼らとともに、虚ろな気分でプロポンティス海〔マルマラ海〕を船で渡ると、ふてくされたままコンスタンティノープルを経由して、聖ゲオルギオスの海峡〔ボスポラス海峡〕を抜け、憤懣やるかたない思いとともにマウレの海〔黒海〕沿岸のトレビゾンド〔トラブゾン〕へとたどりついた。

稀代のイカモノであるわが父ジョン・マンデヴィルの『東方旅行記』によれば、彼がプレスター・ジョンの王国へたどった道筋は、エルサレムからヨブの国を経てカルデア〔バグダッド〕へ抜け、そこからインドへと到達しているようだが（ようだ、というのはわたしがそれを読んでいないからで、エドガーから教えてもらったのである）、現在エルサレムはマムルーク朝エジプトの手に落ちており、その他アッカー〔アッコ〕の港やアレッポ、ホムスやハマーといった主要な街からもあらゆるキリスト教徒は締め出されてしまっていて、同じルートを辿るのは困難であった。

もとよりアレクサンドリアに渡ってアラビア湾〔紅海〕を船でいくことなどマムルーク朝のキリスト教徒嫌いを考えれば望むべくもない。インドへ渡るには地理的にそれがもっとも効率のいいルートと言われているが、あきらめるしかなかった。

となると、われわれが東方へと到るためにはオスマン帝国を北から迂回するしか道は残されていないとエドガーは結論づけた。

その後は内陸伝いにカタイへ向かうか、カルデアを経由してホルムズの港までなんとかたどりつき、そこから船でインドへ向かうしかないというのである。

そのほかペトルスが聞いた話として、アフリカの西海岸を南下しエチオピアを経由して隣のインドへ通じる海があるとの噂を信じ、ジェノヴァのヴィヴァルディ兄弟が船出したとのことだが、エドガーは現実的な話とは考えていないようだった。実際ヴィヴァルディ兄弟のその後の消息は不明だという。

そんなわけで北方ルートに的を絞ったペトルスとエドガーのふたりに、半ば拉致されるようにして、わたしは不承不承トレビゾンドにやってきたのだった。


トレビゾンド帝国は、インドやカタイなど東方の国々とローマを結ぶ最後の交易路とされ、街は華やかな彩りに満ちていた。

金色のドームを持つ巨大な宮殿の周囲には白亜の壁に縁取られた屋敷が建ち並び、マウレの海にその美しい街並みを映している。山に入れば空に浮かぶ奇跡のような修道院もあるとのことだった。

「見よ、キリストの威光はこのような辺境の国にも及んでおるのだ」

華やかな街路を歩きながら無邪気に喜ぶペトルスに対して、わたしの胸は重たく沈んでいた。

「問題はこの先です」

エドガーは冷静である。

「この先の土地は、かつてはフラグ・ハーンが支配し、当初はキリスト教徒も自由に通行を許されていましたが、ガイカツの子ガザンがイル＝ハンに即位してからは、異教徒の通商禁止令が発令されて取り締まりが厳しくなり、そのイル＝ハン国が解体した今は、キリスト教徒を敵視するペルシャ人の盗賊が群雄割拠して、治安は最悪だと聞きます。おまけに近頃はティムールとかいう軍人が、逆らう者を徹底的に弾圧しつつ勢力を伸ばしているそうで、多くの商人がここから東へ向かうのを断念してるということです」

それでなぜトレビゾンドに来れば何とかなるとこのふたりは思ったのか。さっぱり意味不明だ。

「何者だ、そのティムールとは？」

ペトルスが尋ねた。

「聞くところによればカーンの血筋の娘婿だとか。かつてオドリコ修道士はここからタウリス［タブリーズ］を経てスルタニイエ、カサンと進んでカルデアに到達していますが、スルタニイエはもうティムールに壊滅させられ、タウリスもかつての賑わいにはほど遠いとの噂です」

「ずいぶんと詳しいじゃないか」

「トレビゾンドには、何度も来たことがあるんですよ」

そういえば、エドガーはドイツの遍歴職人にならって修行のために各地を歩いて回っていたのだった。本人は家具職人を標榜しているが、そういえば家具を作ったという話は聞いたことがない。いったい何の修行をしていたんだか。

「カーンの血筋の娘婿だと？　タルタル人め！　きっとそやつも犬の顔をしているのだろうよ」

ペトルスが唾を吐き捨てた。

この発言には少々説明が必要かもしれない。タルタル人が犬の顔をしているという話は、以前から人々の間に広まっていた。

教皇も言っていた通り、タルタル人といえばローマ教皇庁には苦い経験がある。プレスター・ジョンからの手紙が東ローマ皇帝のもとへ届いて半世紀ほどたった頃、中央アジアのイスラム教国であったホラズム王国を滅ぼし、コーカサスからルーシ［ロシア］に攻め入らんとした謎の東方王国があった。教皇庁はこれこそがサラセン人を蹴散らしに来たプレスター・ジョンの軍隊だと信じ狂喜した。

しかし実態は東の草原地帯から来たモンゴリアのタルタル人の軍隊であり、その後再びルーシが攻め込まれ、ポーランド軍やハンガリー軍まで打ち破られるに及んでは、タルタル人とプレスター・ジョンとは何の関係もないことがはっきりした。

このとき教皇インノケンティウス四世は、タルタル人に向けてキリスト教への改宗を懇願する手紙を送っている。もちろんタルタル人はこれを一蹴し、改宗どころか教皇を下に見て帰順を求めてきたのである。

タルタル人が犬の顔をしていると噂を広めたのは、顔に泥を塗られた形のキリスト教会側のせめてもの意趣返しであったのだろう。

もちろんハンガリー帝国にやってきた実際のタルタル人はとくに犬には似ていなかった。だが、そうであっても、はらわたが煮えくりかえったローマ教皇庁は、彼らを人間とみなしたくなかったのだ。

それにしてもこのペトルスという男、修道士でありながら唾を吐き捨てるとは、見下げたやつだ。修道士というのはもっと自制心の備わった人間であるべきではないのか。傲慢不遜で威圧的な態度といい、横暴な口の利き方といい、本当に修道士なのか疑わしいぐらいである。こんな男に命運を託すとは、ローマ教皇庁もよほど人材不足と見える。これからずっとこの男と旅をすると思うと気が重いことこのうえなかった。

「それでこの先はどうするつもりだ、エドガー」

わたしは気がすすまないままにエドガーに説明を促した。

「この街で情報を集めます。何か抜け道があるかもしれない」

「抜け道？　ペルシャ人の盗賊やタルタルの娘婿ティムールを出し抜けるとでも？」

「いや、風紀が乱れているぶん、マムルーク朝のエジプトとちがって勝機はある。神のご加護があれば、オドリコ修道士と同じ道を行けるだろう」

　ペトルスが割って入った。

　もっともらしい言い草だが、つまりは神頼みということだ。何も考えていないに等しい。

「サラセン人の地でも神はあてになるのか」

わたしは思わず混ぜ返した。ペトルスは冷ややかな目でわたしをじろりと睨むと、

「神の恩寵は世界のあらゆる場所にあまねく満ちておる。サラセン人の地とてかわりはない」

と断言したが、そんな楽観に過ぎる見通しはいい迷惑であった。

　彼ら修道士は、仮に死んでも神の思し召しと考え、それで天国へ行くつもりでいるからどうなろうと満足であろう。場合によっては殉教者として聖人に列せられる可能性さえあるのだ。だが巻き添えで死ぬわれわれはどうなるのか。犬死もいいところではないか。

「北から迂回するのはどうでしょう」

　エドガーが提案した。

「ここからカスピ山脈〔コーカサス山脈〕を越えてカデリ〔ヴォルガ河流域〕を通り、バクー海〔カスピ海〕を回りこむのです。そこから東へ東へと進めばカタイに届くのではないでしょうか」

「無謀すぎる。そんなルートでカタイを目指した先人などひとりもいないだろう」

「いえ、おります。カルピニのヨハネス修道士やルブルクのウィリアム修道士が、ほぼ百年前にかつてはスキタイと呼ばれた国の領土を通過してモンゴリアへ到った記録が残されています。道はきっとあります」

わたしはそのカルピニ某やルブルク某のことはウルバヌス六世が口にするまでまったく知らなかったが、エドガーは今回の旅にあたって先人の資料を徹底的に集めてきていた。その手回しのよさには頭が下がらなくもないけれども、それ以前にそもそもなぜこんな理不尽な計画に積極的になれるのか、いまだもってさっぱり理解できない。

「モンゴリアだと？　それはタルタル人の故郷だろう。われわれが目指すのはカタイのさらに先と言ってなかったか」

わたしはつい批難めいた口調になった。

「カタイはモンゴリアと隣り合っているはずです」

「なぜわざわざ凶悪なタルタル人の土地を通らねばならんのか」

無茶な話だ。とても安全とは思えない。

「フラグ・ハーン率いるイル＝ハンもタルタル人の国でした。タルタル人だからといって決して話がわからないというわけではありません」

「いい考えがある」

わたしはふたりに向き直った。

ふたりが驚いたようにわたしを見る。

「ここで解散しておのおの好きな道をゆくのはどうだ」

ペトルスが、ふん、と侮るように鼻をならした。わたしは毅然とした態度を保って言った。

「いいか、現状を見るがいい。もはや進退窮まっている。ここから先に道はないのだ」

「道がないのではない。お前に神を信じる心がないのだ」

ペトルスが嘲った。だがわたしは引き下がらなかった。

「タルタルの娘婿ティムールを出し抜いて、さらにタルタル人の巣窟へ向かうというのか。お前たちは阿呆か。この先どっちへ行こうがタルタルばかりではないか。あっちもタルタル、こっちもタルタル。神もそんな無謀な旅人にいちいちかまってはおられまい。自業自得だと見放すだけだろう。わざわざ身ぐるみはがされに行くより、おとなしく帰ったほうがいい。命をとられては元も子もないのだ」

ペトルスがわたしを睨みつけた。

「もし使命を放棄するというのならば教皇庁はお前を破門にする」

わたしは睨み返した。

「わたしは日曜礼拝を一度も欠かしたことがない敬虔な信者だ。破門にされるいわれはない」

「教皇の意思は神の意思である。背くことは許されぬ」

「ペトルス、あんたはジョン・マンデヴィルの『東方旅行記』を読んだことがあるのか。あれは嘘八百、でたらめしか書いていない。読めばわかる。プレスター・ジョンなどこの世にいないのだ」

「わしは読んではいないが、教皇はそこに正しい道筋が書かれてあることを証明されたではないか。教皇を疑うというのか。そもそもそういうお前は読んだのか」

「読んでいない」

わたしは答えた。

ペトルスは声を出して笑った。

「読んでもいないくせになぜでたらめとわかる。お前こそ嘘つきだ」

「わかるさ。あの男は三十何年にもわたる長い旅になんか出ていないからだ。わたしが成人するまであの男はずっとわたしのそばにいたよ。イングランドのセント・オールバンズにな」

「お前と父親との間に何があったか知らんが、父親を嫌うあまりその業績を貶めたくてそんなことを言うのであろう」

「業績だって？　あのイカモノ旅行記が業績？　上等だ。そう信じるなら勝手にプレスター・ジョンを探しに行けばよい。わたしは行かない」

「破門だぞ」

「結構だ」

これ以上議論する余地はなかった。ありもしない王国を探しに行くなど人生をねずみの餌にくれてやるようなものだ。

と、そのときだった。

ふわふわと風に舞いながら、真っ白な羽毛が一片、空から落ちてきて、わたしの服にひっついたのは。

一片の羽毛ごとき取るに足らない出来事であって、わざわざ語ることでもないが、今回に限ってはそうではなかった。

わたしが無意識に手で払おうとした次の瞬間、そばを通行していたひとりの老夫がわたしに向かってものすごい形相で歩み寄ってきたのである。そうしてその羽毛を素早くつまみあげると、親の仇（かたき）でも見るような目つきでじっとそれを睨みつけたのだ。

なんだ、なんだ？

それは何やら重大な羽毛であったらしい。

突然のことに、われわれ三人は議論も忘れて、呆然とその老夫と羽毛を交互に見やった。

わたしの見る限り、重大な羽毛は見るからにそのへんによくある羽毛だった。

老夫がいったいなぜ羽毛ごときにそれほど深刻な顔をしているのか理解できない。果たしてこれが睨み倒さなければならないほどの凶悪なものなのか。

ただ、結局それは誤解だったようだ。懸念すべき羽毛ではなかったらしい。老夫は打って変わって穏やかな表情になると、羽毛を無造作にほうり捨て、わたしに向かってにっこりと微笑んだ。

「いったいどうしたのです？」

尋ねずにはいられなかった。

「心配には及ばぬ、鳥の羽じゃ」

老夫は鷹揚に答えた。そんなことは言われずともわかっている。

「何の心配です？　いったい鳥の羽じゃなくて何だと思ったのですか？」

「バロメッツよ」

「バロメッツ？」

「そう。バロメッツの毛かと思ったのじゃよ。だが、そうではなかった。ただの鳥の毛じゃ。心配ない」

「バロメッツとは何です？」

「バロメッツを知らんとは。旅人よ、いったいどこから来なさったたね」

老夫は珍しいものを見るような目でわれわれ三人を見た。

「イングランドです」

「その村の名は聞いたことがないな。ずいぶん遠くから来なさったようだ。バロメッツを知らない土地がこの世にあるとはな」

老夫は自分の被っている帽子を取り上げると、周りを囲む白くふわふわした毛の部分を指でさし示した。

「この毛はバロメッツのものだ」

「動物の毛ですか？」

「そうとも言えるし、そうでないとも言える」

わたしはエドガーと顔を見合わせた。いったいどういうことであろうか。

いぶかしむわれわれに向かって老夫は語り始めた。

「昔からスキタイにはバロメッツと呼ばれる植物が自生しておった」

「植物なんですね」

「最後まで聞きなさい」

老人はぴしゃりと言った。

「そのことは今から話す」と制して、「バロメッツは別名《スキタイの子羊》とも呼ばれておる。スキタイにたくさん生えておるからな。で、地中から三フィートほどの高さの太い茎が育つのだが、その先端に子羊が実るのだ。頭の角のかわりに角の形をした毛が生えている以外は、四本の足もひづめも耳すらも、本物の子羊にそっくりな実じゃ」

「まさか、本当に植物に羊がなるのですか」

「わしを疑うのかね」

老夫は鋭い目でわたしを睨んだ。

「この帽子はその子羊のような実に生えた毛を編んだものだ。嘘ではない。子羊は、へその部分で茎とつながっているが、その届く範囲で歩き回り、地面に生えた草を食べ尽くすのだ。そうして草がなくなると死んでしまう。つまりバロメッツは植物でもあり動物でもあるということじゃな。切り傷をつければ血を流すし、肉はザリガニに似て美味なのじゃ」

「そんな得体の知れない生き物がいるものか」

ペトルスが反駁した。

「いるもなにも、わしはこの目で何度も見ておる」

するとエドガーが、

「父さんの本にもそれについて書かれていたと思います。たしかカディルという王国に、ひょうたんのような大きな果実がなり、そのなかに毛のない子羊のような獣が入っているとか」

「ひょうたん？　違うな。毛がない子羊では帽子が作れんぞ」

「よく似た動物が別の国で見つかることもありますからね。同じ仲間なのかも」

そのとき、少し離れたところからわれわれのやりとりを見ていた老婦が、

「あなた、早く参りましょう。孫たちが待っているわ」と声をかけ、老夫ははっと顔をあげて、そうだった今思い出したという表情で「失礼」とわれわれ三人に挨拶すると、足早に老婦とともに立ち去ってしまった。

その後ろ姿を見送りながら、ペトルスが、

「ははは。あの老夫、ずいぶん物騒な顔をしておったの。アーサー、お前につかみかかるかと思ったぞ。しかしバロメッツをなぜそんなに恐れるのか話す前に行ってしまったな」

「世の中にはわれわれの想像を超えた生き物が存在するのですね。ぼくは老夫の話を信じます」

「どうだかな、老人のたわごとかもしれんぞ」

「海の中にもホヤだのイソギンチャクだの、動物のような植物のような生き物がたくさんいるではありませんか。それに一見見慣れた生き物が、実はまったく結びつきそうにない生き物から育つことは決して例のない話ではありません。たとえばスコットランドでは海岸に生えたフジツボから、ある種の雁が生まれるといいます。貝の中から鳥が生まれるのですから、植物から羊が生まれても不思議はないでしょう……に、兄さん？」

エドガーが怪訝（けげん）な顔でわたしをのぞきこんだ。

「兄さん、どうしたんです？　顔色が変ですよ」

わたしの顔は傍から見て心配になるほど変化していたのだろうか。それに気づくとは弟の観察眼もたいしたものだ。

さよう。たしかにわたしはバロメッツの話に動揺していた。

だが、エドガーの心配は見当違いであった。わたしは落ち込んでいたのではない。興奮していたのだ。熱い衝動が胸に湧き上がり、心臓が激しく脈打つのが感じられた。

自分に今必要なことが何であるか、このときわたしは、はっきりと理解した。

——バロメッツ！

なんという魅惑的な生き物であろう。

その植物でもあり動物でもあるという奇妙な生き物バロメッツを、わが屋敷の庭に持ち帰って、羊歯と苔の間に植えたい。

それはここ数年来味わったことのない感情だった。

羊歯と苔だけでは何か足りないと思っていたのである。かといって薔薇だの、ウォールフラワーなどという俗悪な花を植える気など毛頭なかった。そんな世俗にまみれた野卑な庭はつくりたくない。

だがついに今、わが庭に足りなかったピースを見つけた。

おお、バロメッツよ、バロメッツ！

ここでその存在を知ることができたとはなんという僥倖（ぎょうこう）であろう。バロメッツこそは、まさにわたしがここにやって来た真の理由ではないのか。

「エドガー、お前はさっきカスピ山脈を越えてバクー海を回り込むと、かつてのスキタイ国だと言ったな」

「はい。今はキプチャク＝ハン国と呼ばれているようですが」

「その道を行こう。どこかで《スキタイの子羊》に出会えるかもしれん」

わたしは興奮で何かを見失っていた。


トレビゾンドで馬を手配し、プレスター・ジョンへの贈り物や身の回りのもの、食料などの入った鞍袋を背負わせると、われわれは北へ向けて出発した。

マウレの海を離れ、カスピ山脈にさしかかったあたりから気温はぐんぐん下がっていった。峠に登ったせいかと思ったが、下りても寒さはつのる一方であった。山は雪を抱き、なだらかに広がる明るい牧草地にも朝には霜がおりるようになった。

われわれにはそれこそモフモフした毛皮が必要だった。石づくりの平たい家が並ぶ通りすがりの小さな村で、毛皮を売ってくれる店はないか尋ね、教えられた店で全身を覆う毛皮のコートを手に入れた。羊の毛皮だとのことであった。さらにバロメッツの毛で作られた帽子もあったのでそれも買った。

「バロメッツの生えている場所を知らないか」

わたしは店の主人に尋ねた。この地の言葉はまったくわからなかったが、ペトルスが通訳してくれた。意外なことに、この柄の悪い修道士は多くの国の言葉を操れるのだ。

店の主人は、バロメッツという言葉ににたりと笑ったように見えた。

「この主人が言うには、バロメッツを狩りにいくなら十分に気をつけたほうがいいとのことだ」

　ペトルスは不審な顔で男の言葉を伝えた。

「どうしたペトルス、なぜそんな顔をする？」

「いや、この男が言うにはバロメッツは人を食うらしいのだ」

「は？　人を食う？　トレビゾンドの老人は地面に生えた草を食むとしか言ってなかったが」

　ペトルスがあらためて主人に何か尋ね、主人が簡潔に何か答えた。

「それは子どものバロメッツだそうだ」

「なんと」

「この先さらに北に進めばバロメッツが掃いて捨てるほど群生しているらしいが、素手で取りにいくのは危険だとこの男は言っている。このあたりの人間はみなで武装して毛を採りにいくそうだ」

「武装して……」

「それでもたまに食われてしまう者がいるらしい。毛を採るのは命がけの仕事なのだと」

「兄さん、気をつけたほうがいいですね。どうします？　それでもバロメッツを探しに行きますか」

「人を食わないバロメッツはいないか聞いてくれないか」

　わたしはペトルスに頼んだ。

ペトルスはまたしばらく店の主人と話し込んでいたが、

「人を食わないバロメッツなど聞いたことがないそうだ」

芳しくない返事であった。

「もしどうしてもバロメッツが欲しいなら、専用の鉈を売ってもいいと言っているが、どうする？」

わたしはずいぶん大掛かりな話になってきたと思いながらも、バロメッツをあきらめる気にはなれなかった。せっかくここまで来てバロメッツを持ち帰らないことなど考えられない。何しろスキタイに来なければ手に入らないのだから多少の労苦は厭うべきではなかった。

「鉈をひとつ頼んでほしい」


店の主人が教えてくれた道をわれわれはさらに北へ向かった。

バロメッツ専用の鉈というは、見たところ少し大振りなだけの普通の鉈だったが、主人の話では特別な油を塗ってあるらしい。その油を塗っていないとバロメッツの茎を断ち切ることはできないのだそうだ。

茎を切ってしまって大丈夫なのかと聞けば、むしろ茎を切れば子羊はすぐに死ぬので安全だという。根から掘り出そうとすると、子羊はしばらく死なずに生きており手に負えない。茎を切っても挿し木で育つから心配はいらないとのことだった。

世界にはわれわれの知らない不思議なことがいろいろあるものだ。

わたしはバロメッツをわが家の守衛にすることを思いついた。庭だけでなく門の両脇にも植え、あるいは塀の下などに並べて植えて闖入者を防ぐのだ。

北へ進むにつれ寒さはさらに強まった。

われわれはバロメッツの帽子と羊のコートでそれをしのぎながら、さらに進んでついにバクー海［カスピ海］に出た。

この海は世界の大洋からは切り離された淡水の海で、またの名をゲルケラン海といった。

その畔を北へ北へと進んでいくと、やがて《閉じられた門》という名の街にたどりついた。

急峻な崖がバクー海に迫り、崖の上には城砦が築かれていた。北へ抜けるには海と崖の間の狭い土地を進むしかなく、なるほどその名の通り門のような街である。

エドガーがいうには、ここから先がかつてのスキタイ国とのことだった。

われわれは街ゆく人に声をかけ、バロメッツについて尋ねた。何人かは無視し、何人かは問いかけに応じてくれた。

ある男は言った。

「鉈だって？　そんなものは役に立たない。バロメッツがどんなものか知っているのか。ひとつの茎にいくつもの獣がなるのだ。鉈を持って茎に近づく前に食われちまうよ。どうしても手に入れたいなら槍か弓矢が必要だ。君たちは運がいい。わたしはちょうどいい槍を売っている店を知っている」

——おのれ、毛皮屋め、だましたな。

と思ったが、この男もどうも信用できない気がする。

またある若者はこう教えてくれた。

「バロメッツはもっと北に行けばたくさん生えているよ。バロメッツが人を食うだって？　そんな話は聞いたことがないね。あれはオオカミの餌なのさ」

あるいはこんなことをいう農夫もいた。

「バロメッツを挿し木で植えるだと？　なぜそんな面倒なことをする。なぜ種から植えないんだ。種なら持ち運ぶのも簡単だ。子羊はたらふく草を食べたら茎からちぎれて死ぬ。そのときへその位置には種ができている。それを採って植えればいいだけのこと。すぐに生えてくるさ」

だが、もっともわたしが気になったのは、ある老人が言った次の言葉だった。

「バロメッツを持ち帰りたいだって？　やめたほうがいい。あんな恐ろしいものを植えてはいけない。バロメッツの恐ろしさは人を食うことなどではない。北へ行ってみればわかる」

しかも老人は一度立ち去りかけた後、ふたたび戻ってきて、

「バロメッツの毛が降りはじめたら、すぐに行動を起こさないと大変なことになる。すべての作業をさしおいてでもバロメッツを防がねばならん。それも村人総出でだ」

と釘を刺していったのだ。

それはトレビゾンドで出会った老夫の態度を思い出させた。

「いったい、どういうことなんだ」

われわれは首をひねった。

「どいつもこいつも言うことがばらばらではないか」

当初はバロメッツに興味を持っていなかったエドガーもその真相が気になりはじめたようすで、わたしも持ち帰るかどうするかは後で考えるにしても、ここまで来たらなんとしてもバロメッツをこの目で見るまでは帰れないと思うようになっていた。

《閉じられた門》の街を過ぎ、われわれはさらに北へ向かった。

数日歩き続けるとバクー海の北端に達したので東へ折れ、さらにバロメッツを求めて歩いた。あたりの木々は背が低くなり、地面には低い草ばかりが目立つようになってきた。

どれほどの道を来ただろうか、われわれはかつてスキタイと呼ばれた国の奥深くに進入していた。

空は晴れていても地表は寒々として土が凍りついている。極北人の地に来たかのようであった。街道も細くなり、道に沿って村が点在してはいたが、人影はまばらである。

「なんて寒いんだ。われらは寄り道しすぎた。もうバロメッツはあきらめてインドへ向かうべきだ」

ペトルスがうんざりしたように空を見上げる。

「寄り道といいますが、あえてティムールの領土を迂回しているので、われわれはほぼ計画通りに進んでいるのです」

エドガーが言った。と、そのとき、

「あれはなんだ、あんなところに入道雲が」

ペトルスが指差す先に大きな雲が見えていた。その雲にはわたしも気づいていた。このような寒い国で入道雲を見るのは奇妙なことだったからである。

そしてその入道雲自体もまた奇妙なのだった。

それは文字通り天まで届くほどにモコモコと盛り上がっていたが、同時に地表にも届いていた。おまけにわれわれの行く手のほとんどすべてを壁のように覆っていたのだ。

まるでここが世界の行き止まりとでもいうかのようだった。

さらにわれわれの興味を引いたのは、その地表に届いた入道雲のまわりに、いったいどこから現れたのかと思うぐらいに多くの人が群がって何かしていることだ。

近づくにつれ、怒鳴ったり叫んだりしている人々の声が聞こえてきた。なにやら尋常ならぬ気配が人々の間に満ちている。

やがて入道雲の麓にたどりついてみると、人々は大きなフォークのようなものを振りかざして入道雲を刈りとっていた。

「いったい何をしているのです？」

思わず近くにいた農夫のひとりに尋ねた。すると農夫は、

「バロメッツだよ。あんたも手が空いているなら手伝ってくれ」

と納屋を指差し、

「あそこに鋤が余っているはずだ」

と言うのだった。

「バロメッツだって？　いったいどこにバロメッツがあるというんです」

わたしは思わず聞き返していた。男は呆れたような顔でわれわれをまじまじと見た。

「あんたらどこから来た？　これがバロメッツさ。誰でも知ってる。バロメッツが村を飲み込んだんだ。もっと早く駆けつけるべきだった」

「これって？　この雲のことですか？」

「雲だって？」

農夫は呆れ顔で雲の一部をむしりとると、わたしの目の前につきつけてみせた。

「これが雲に見えるか。これはバロメッツの毛だ。よく見ろ、毛の中にところどころ茶色い種があるだろう。これを急いで集めないと弾けたら大変なことになる」

「大変なこと？」

「見てわからんか。バロメッツの毛がどんどん侵出してきているのだ。先月まではるか丘の向

こうに見えていたのが、瞬く間にこのありさまだ。ここにあった村が昨日バロメッツの毛に飲み込まれてしまった。ごたごた言ってないで早く手伝ってくれ」

「鉈は必要ないか」

「鉈？　鉈で毛が刈れるか？　鋤を使うんだよ」

——毛皮屋め、やはり嘘だったんだな。

と腹が立ったが、ことは急を要するようだ。われわれは急いで納屋へ鋤を取りにいき、農夫とともに、雲ならぬバロメッツの毛を刈りとりはじめた。

「種はひとつも漏らすことなく集めてくれ。飛んでいって自生しはじめたら、あっという間に増えるから厳重に管理しなければならないのだ」

「毛は、毛はどうしますか」

「毛は帽子にする」

農夫が言うには、バロメッツの子羊は死ぬと毛の塊となり、風に転がって移動してはその地で種を撒き散らすのだという。そうやって数を増やしていくうちに、毛がそこらじゅうを覆い尽くすのだ。毛が充満してしまうとその土地は先を見通すこともできなくなり、闇に閉ざされるとのこと。だから管理されていないバロメッツは早めに見つけて根絶しなければならない。

そうしないと世界はバロメッツの毛に覆われてしまうだろう、と男は言った。

「それを防ぐためにわれわれは常にバロメッツの毛を監視して種が弾ける前に刈りとっている

のだ。だが年々バロメッツは勢力を増してきている。去年は裏をかかれて山向こうの村がやられた」

入道雲のように育ってしまった毛の塊のなかから飲み込まれた村を救出するのは大変な作業だった。

雲に隠れていた、否、毛に隠れていた村の姿が見えてくるまでそれから数日を要したのである。われわれは村に滞在してバロメッツ刈りに協力した。

やがてどうにか村を毛の中から救出すると、わたしはバロメッツの本体を見極めようと、まだあちこちに毛の舞う村のなかを歩き回った。

村はずれにやや深く切れ込んだ谷があり、その斜面に太い植物の茎がたくさん枯れているのを見つけた。

あれがバロメッツか、と村人に尋ねると、

「あれがバロメッツだ」

と村人は答えた。

そこにはただありふれた植物の太い茎が無数にしおたれているだけだった。繋がっていたはずの子羊はすべて茎を離れ空と大地を満たしたのち、村人とわれわれによって刈りとられたのだった。

わたしは農夫のもとに戻り、

「バロメッツが人を食うというのは本当ですか？」

と尋ねた。農夫は言った。

「人どころか村や町、世界のすべてを飲み込むのだ。あんたも見ただろう」

つまり人を食うのではなく飲み込むということだったのか。

村に侵入したバロメッツの毛はすべて刈られたが、村の境の向こう側にはいまだ入道雲のようなそれが天と地を覆い尽くしていた。

「あの中はどうなっているのです？」

「さあな。だが、ときどき中から人の声や馬のいななきが聞こえてくることがある。毛の奥にハムソンという村があるという噂も聞くが、本当のことは誰にもわからない。どっちにしても中には太陽の光も届かないから、真っ暗闇だろうよ」

バロメッツの撤収に協力したわれわれは、農夫の家で数日世話になって体を休ませてもらったが、その間も農夫は、村向こうで天に届かんばかりにそびえたつバロメッツの毛の壁に、不穏な変化がないか毎日監視していた。

「この道はこれ以上進めそうにないな。毛をかきわけて進むわけにもいくまい」

われわれはプレスター・ジョンの王国へ向かう別の道を探すため、来た道を引き返すことを決めた。

バロメッツの種のひとつやふたつこっそり持ち帰ることもできたけれど、わたしが持ち込んだ種によって、イングランドの空と大地をもこもこした羊毛で覆い尽くすはめになっては、故郷の人々に申し訳が立たない。わたし個人の趣味のせいで、彼らを毛の処理で消耗させるわけにいかなかった。

別れ際には農夫が名残りを惜しみ、

「おれたちが世界を守るためにいつも戦っていることを忘れないでほしい」

と言って手土産に帽子をくれようとしたが、われわれは帽子ならすでに持っていたので辞退したのだった。

第3章

女軍団の島アマゾニア

プレスター・ジョンの王国へ繋がる新たな道を求め、われわれは親書や聖遺物などの献上品、そして旅の資料となる写本や食料などを積んだ馬を引きながら、バクー海に沿った街道を南へ歩いていた。

気分は最悪であった。

ペトルスとエドガーについては知らないが、とにかくわたしは最悪だった。

バロメッツなどという珍奇な植物に目がくらみ、はずみであれほど嫌がっていた不合理な旅にうっかり出立してしまったからである。われながら大失態であった。

トレビゾンドであの老夫と重大でもなんでもなかった羽毛に出合わなければ、ペトルスとエドガーのふたりを説得するなり、まくなりして、わたしだけでもイングランドに帰ることができたかもしれないのに、つい生来の珍奇植物趣味が顔を出し見境をなくしてしまった。できれば今からでもトレビゾンドのあのときに戻りたい。

「結局ティムールの領土を行くしかなくなったわけだ。われらの無事を神に祈ろう。神がきっとなんとかしてくださる」

ペトルスは何事も神に頼めば済むと思っているらしい。そういう他力本願なところが癇に障る。「ひとりで行けばいい」と言ってやりたかった。というか何度も言ってやったのだが、返事は「教皇の意思は神の意思」の一点ばりで、挙句の果てに破門だとか何だとかめんどうなことを言い出すので埒(らち)が明かないのだった。

一方でエドガーは出発前にかき集めた文献を毎晩丹念に読みふけり、新ルートの探索に余念がない。熱心さは認めるものの、いったいどんな意図があってこの旅に前向きに取り組むのか、彼の心の内がいまだ理解できなかった。われわれ兄弟にとってこの旅に何の得があるというのか。

そう考えると、どう控えめにみても三人のなかで一番まともで賢明なのはわたしであった。存在するかどうかもわからない、むしろ存在しない確率のほうがずっと高いプレスター・ジョンの王国を探して、しなくてもいい苦労を重ねるよりも、自分の家に帰ってゆっくりするほうが命や財産を失う不安も少なく健康にもいい。今からでも引き返し、ほとぼりが冷めた頃に教皇庁に出向いて、そんな王国はありませんでしたと報告するのが、この場合もっとも合理的な判断ではないかと思うのである。

それなのに、そんな一番まともなわたしの意見が、今後の行動を決めるにあたって一顧だにされていないのは、実に納得のいかないことであった。

ある朝、商人宿で目覚めて天井の凹凸をとくに意味もなく眺めていると、エドガーが、

「見つけました」

と言ってわたしのそばに寄ってきた。手には羊皮紙ならぬ安いヤギ皮でできた写本を抱えている。予算の都合で安い写本しか手に入らなかったのだ。

「バクー海の南にカスピアの門という間道があるのですが、そこから奥インドまでの道中について、アレクサンドロス大王の東征の記録に詳しく書かれていました」

アレクサンドロス大王だって？

また古い文献を引っ張り出してきたものだ。いったいその情熱はどこからくるのか。

わたしが呆れてなんと返事したものか答えあぐねていると、横からペトルスが先を促した。

「読んでくれ」

「《獣道を知っている百五十人の道案内人を選んで、八月、私は太陽に燃える砂地と、水の干からびた土地を行進しました》《まもなく荒野の真っ直中で、私の前に一筋の河が現れました》」

「河の名前は？」

「書いていません。それより問題はこの部分です。大王の部下の兵士たちが河を渡ろうとするのですが、《彼らが河を四分の一ほど渡ったとき、私どもの目の前に突如何かショッキングなものが飛び込んできました。はるか深淵より、象よりも大型な河馬たちが浮き上がって来たのです。そして兵士らを渦に巻き込み、恐るべき暴虐のかぎりをつくし、男たちを血祭りに上げ、嘆泣する私どもの前で、貪(むさぼ)り食ってしまったのです》」

「結構だ」わたしは天井をにらみつけたまま口を開いた。「今すぐイングランドに帰ろう」

だがその建設的な提案は無視された。

「その河に舟はないのか」

ペトルスが不安げに尋ねる。エドガーはそれには答えず、さらにこういう記述もあるとつけ加えた。

「《無数のインドの蠍たちが、巻いた尾の棘を押し立て、草原からいつもの水飲み場へと向かって進みながら、私どものキャンプにやって来たのです》《この驚異が去ると、さまざまな色に分けられた角蛇や水蛇の大軍が来ました》《夜の三時には、まさに私どもが少し休もうと思っていたときですが、二つないし三つの頭をもつインド蛇が——鶏冠を有し円柱ほども巨大でしかももっとずっと長いのですが、近くの山々の洞窟から這い出て水を飲みにやって来て》《私どもはこいつらと一時間以上戦い、三十人の奴隷と二十人の兵士を失いました》」

「帰るのだ」わたしはもう一度強く言った。引き返すなら今しかない。

「《次は鰐の皮に覆われた蟹の大群が、キャンプを襲いにやって来ました》《雄牛のように巨大な白いライオンたちが現れ、凶暴に唸り、たてがみを激しく揺さぶり、高く構えて、雷のように激しく私どもに襲い掛かりました》」

「もういい。ふりかかる災難が豊富すぎる」

わたしは起き上がってエドガーの持つ書物を無理やり取り上げ、鞍袋の中にたたき込んだ。

「われわれは最初の河馬の段階で貪り食われて終わるだろうよ。水飲み場に向かう無数の蠍に出会う前にな。何がうれしくてそんな道を行かねばならないのだ。だいたいその話には道順がちっとも出てこないじゃないか」

「そうでもありませんよ。その後、巨大な猪と、鳩に似た体つきの蝙蝠(こうもり)の大群と、象より大きくて頭は馬のように黒々とし額に三本の角がある〈オドンタティランヌス〉という獣と、蛙のように体の色を変える怪物と、狐に似たインドの鼠と、禿鷹に似ているもののもっと体躯がでかく神秘的な色をし、褐色の嘴(くちばし)、黒い蹄(ひづめ)をもっている夜の鳥と戦ったあとに、バクトリア地方に着いたとあります」エドガーはわたしの放り捨てた本を取り上げて読み切った。

「それが道順か。バクトリアに着いたことしかわからんぞ」

「バクトリアとはどこだ？」

ペトルスが尋ねた。

「かつて存在したギリシャ人の国です」

「そこからインドまでは遠いのか」

「記述によれば、そのあとのこぎりの歯のような背中と河馬に似た頭をもち、鰐の胸を具え、もうひとつの頭には二本の頑強な牙がついている象の顔に非常に似た未知の怪物と戦ってから、インドの森の最深部に着いたということです。そこでブエマル河近くにキャンプを設営したと」

「それでお前はまさかその道を行こうと言いたいのか」

わたしはエドガーをなじった。

「インドにはたどり着けないと言っているようにしか聞こえないぞ。死にたいのか変態め。それならバロメッツの毛のなかを行ったほうがまだましだ」

「アーサー、心配には及ばん。アレクサンドロス大王の話は聖なるイエス・キリストがこの世に生を受けるよりもはるか昔のことだ。そのような怪物どもは神の威光を目にしてとうにどこかへ退散しておるだろうよ」

「河馬も蠍も今もいるではないか」

「河馬や蠍が何ほどのものだというのか。大丈夫だ。もし悪魔がわれらの行く手を阻んだとしても心配はいらん。教皇から特別にいざというときの災難除けの品も賜っておる」

ペトルスは意地の悪い笑みを浮かべながら鞍袋の中を探り、小さな指輪を取り出した。

「何だそれは」

「見たいか、アーサー。聖別されておる。粗末に扱うなよ」

そう言って手渡された指輪には、やや大きめの虫のような形をした淡い色の石が嵌めこまれてあった。

「何なんだ、これは。蝉か？」

「蝿だ」

「実に魅力的でない指輪だな」

「これはアルル王国のバルジョル村の教会の壁石で彫られておってな。この指輪が置かれた場所にはどんな蝿も近寄ることができないのだ」

「そんなことがありえるんですか」

エドガーが感嘆の声をあげた。

「そうだ。いかなる蝿も近寄れぬ」

ペトルスは無敵の武器を手にしたかのような誇らしげな表情でそれをふりかざした。わたしは頭を抱えた。

「蝿など知ったことか。こちらは河馬とか蠍とか額に三本の角がある怪物を追い払いたいのだ」

「河馬や蠍には役に立たぬかもしれんが、われらの旅を快適にしてくれるし、生肉の保存にも役立つ」

「エドガー、帰るぞ」

わたしは言った。いつまでもこんな茶番を続けていられない。

エドガーはいまだ熱心に書物を漁りながら、

「ぼくはプレスター・ジョンの王国を探します」

と顔もあげずに答えた。

「本気か？」耳を疑った。「そんなものはありはしないのだ、エドガー」

「なくたって構いません。ぼくは世界がこの先どうなっているのかこの目でたしかめてみたい。

ずっと父さんみたいに遠い世界を旅したいと思っていたんです」

「父さんは遠い世界を旅してなんかいない」

わたしは断言した。

「そうだとしても関係ない。ぼくは世界の果てを見てみたい。これは大きなチャンスなんです」

なるほど、エドガーがこの気宇壮大な茶番に前向きだったのは、そういう理由であったらしい。わだかまっていた謎がひとつ解けたが、それはエドガー自身の問題であり、それをもってこのわたしが鰐の皮に覆われた蟹や、鳩に似た体つきの蝙蝠の大軍に襲撃されていい理由にはならない。

「いい心がけだ、エドガー」

ペトルスがエドガーの肩を抱く。

「教皇もお喜びになるであろう。それにひきかえお前の兄の腰抜けぶりはどうだ」

「ペトルス」

わたしはそのいまいましい顔を睨みつけた。

「象より大きくて鰐みたいな胸を持つ三本の角があるなんとかいう怪物にわたしからよろしくと伝えてくれ」

「どういうつもりだ。引き返すのか。教皇はお前をお赦しにならないだろう」

「構わない。帰ったら屋敷から出ないで苔の世話をして暮らすよ」

われわれはそれから数日の間、南への街道をたどった。

ペトルスとエドガーはアレクサンドロス大王が通過したカスピアの門を探しだしてそこから東へ向かうつもりのようだったが、わたしはどこかでトレビゾンドへ戻る街道を見つけて、そこでふたりと別れる心積もりだった。

私の頭のなかは故郷セント・オールバンズに残してきた苔と羊歯の庭のことでいっぱいであった。

そもそも、のこぎりの歯のような背中と河馬に似た頭をもち……だったか、禿鷹よりもっと体躯がでかく黒い蹄をもっている……だったか、細かいところは忘れたが、蛙のように体の色を変える怪物と、庭いっぱいの苔や羊歯と、どっちがわれわれの味方であり友であるか比べるまでもないではないか。

苔はいい。

あの柔らかく包み込むような天然の褥(しとね)ともいうべき愛らしい姿。ベルベットのような手触り。それを世話するときのわたしは、まるでモフモフした愛玩動物でも腕に抱いているような気分になる。彼らはことさらに何を主張するでもなく、ただ淡々と己の生活をまっとうしているだけで心安らぐ世界を作り出してしまうのだ。

羊歯もまた素晴らしい。

慎み深く日陰を好み、決して一等地を占有しようとしない奥ゆかしさ。それでいてまるで宇宙の秩序を体現するかのように整然と葉を広げ、その姿はあくまでレースのように繊細である。どちらも、派手な色をまとって咲き乱れる花々の傲慢不遜、美しさをかさにきた鼻持ちならなさとは無縁である。

世にあふれる大半の花の、まるで自分が一番きれいだとうぬぼれているかのような姿はどうだ。見てくれ見てくれとうるさいばかり。自分が引き立つことしか考えていない。そうした花は彼らに目を奪われる人間に知らず知らず悪影響を及ぼす。

人間は本来引っ込み思案で陰気で屈折した生き物である。異論もあろうが、わたしの見る限りそうである。だからこそ協調しなければ生きていくことができない。

ところが、そんななかに、花々にならって他を出し抜こう、自分が一番目立とうと欲する人間が混じるとどうなるか。それまで心穏やかに過ごしていた周囲の人間に競う気持ちを生じさせ、妬みやひがみ、ひいては争いまで引き起こすことになる。

最初は自分ひとりのものだったかわいい屈折も、矛先が他人に向かうと攻撃的な言葉となって相手を傷つけはじめる。花は人を堕落へと導くのである。

なのでわたしは、自分の世界を堕落から守るため、高い壁に囲われた庭をつくりそこに苔と羊歯を植えて、そのなかで彼らと連帯して生きることにしたのだ。苔や羊歯とともに慎ましく屈折しようと考えたのだ。

にもかかわらず、人はわたしに世に出よ、社会の高みを目指せと諭す。己の世界に完結せず現実に揉まれよなどと強要するのである。なかには内に籠りがちなわたしを懐柔せんとして、世界には不思議なことがたくさんある、それを味わわないのはもったいないなどという者もいる。

そう、稀代のイカモノにしてわが父でもあるあの男ジョン・マンデヴィルである。

「アーサーよ」

父はよく言っていた。

「お前はもっと外に出ねばならん。外に出て世のために尽くすことが、わがマンデヴィル家の伝統である」

とかなんとか。

マンデヴィル家は、騎士として立派な血筋ではなかった。武勲も何ひとつなく、そもそも父の前の代まで騎士ですらなかった。多くの親族がペストで死に、母が死に、父も死にかけた。しかし父はめげなかった。軍功や剣の腕前がなくとも立派な騎士になれると言い、大事なのは未知に挑む心だと、あえて人のやることの逆をいった。人のやらないことをやる、それが彼の処世術であった。

「よいか、アーサー、これからは智略に富む者が世を制する時代が来る。お前には人の上に立という意志が欠けておる。今からでも遅くない、世界を知り、知恵を磨き、世を束ねるのだ」

だがわたしには自分が父の期待するような人間ではないことがよくわかっていた。父もよくわかっていたはずだ。マンデヴィル家から世にはばかるような人間が輩出された試しは、われわれの知る限り一度もなかったのだから。

わたしは社会の発展に尽くしたいなどとも思っておらず、ただひっそりと心穏やかに生きていくことだけを考えていた。

一方、父は違っていた。社会の発展に尽くすというより一歩抜きん出ようという気持ちが強かった。それが空回りして、祭りとなれば奇抜な格好をして出かけたり、誰かれ構わず話しかけては突拍子もない法螺を吹いたり、自分の屋敷の庭に精霊だか悪魔だかもはっきりしない奇怪な石像をたくさん建て、それを公開して得意がったりした。それが彼のいう智略に富む者がすることだとしたら、どうかしていると言わざるを得ない。

父が亡くなったあと、わたしがまっさきに手をつけたのが奇怪な石像の庭を壁で囲うことだった。何はなくともまずはあの恥ずかしい石像を人々の好奇の目から隠したかったのだ。そうして壁で囲うのと並行して石像を順次撤去し、そこに苔と羊歯を植えたのだ。

父はわたしの中に好奇心の欠如や気弱さの証拠を見つけては叱咤し、ときに激励したり軽蔑したり、さらにおだてあげたりもしたが、最後はついにあきらめた。凡庸な息子——それが父から見たわたしの姿だった。

わたしを懐柔しようとして父が何度も口にしたセリフをよく覚えている。

「なぜだ、アーサー。世界には不思議なことや面白いことがたくさんある、それを味わわないのはもったいないぞ」

世界の不思議だって？

今ならこう言い返してやりたい。

苔と羊歯こそがそれであると。

苔や羊歯には不思議があり、神秘がある。

ヨハネの日の夜、咲いたと思えば瞬く間にしぼんでしまい、決して人にその姿を見せない小さな羊歯の花。口に含んだ者は決して老いることがないといわれるその実。

地味な植物だからといってそこに不思議がないとどうして言えようか。

おお、わが庭よ。

わたしは故郷を思った。もはやそこにわずらわしい父はおらず、あるのは苔と羊歯の庭だ。やっと手に入れた穏やかな日々だったのに、遠く離れた見知らぬ土地を今こうして歩いている自分の運命が呪わしい。

ここはいったいどこなのか。

いったいいつになったら帰れるのか。

気がつくとわれわれは両脇に曖昧な草むらがどこまでも続くつまらない道を歩いていた。さっきからずっとそうである。

「エドガー、この道は合っているのか」

バクー海に平行する道を南へ歩いていたつもりだったのに、いつしか海の気配も匂いもまったくしなくなっていた。もちろんトレビゾンドがどっちの方角なのか見当もつかない。

「わからない。もうそろそろタバリスターンに着いてもいい頃なんだけど、道に迷ったみたいです」

人がいれば尋ねることもできるのだが、この日は朝から誰の姿も見ていなかった。途中で道を間違えたのは明らかだ。

「まいったな。大きな分岐はなかったと思ったんですが」

エドガーは険しい表情だ。

それでもしばらく進んでいくと、目の前に流れの激しい濁った川が現れた。川幅は広く、対岸には陰鬱な森が広がっているのが見える。目印となる山などはまったく見えなかった。

「ティグリス河でしょうか」

とエドガー。

「まさか、ティグリス河はもっと広いというぞ。タナイス河〔ドン河〕であろう」

これはペトルス。

「エティリア河〔ヴォルガ河〕じゃないのか」

最後にわたしが言った。

「どうする？　これは渡れまい」

「川に沿って下れば、いずれバクー海に出るかもしれません」

「いやマウレの海に出るのかも」

要するにわれわれは、自分たちがどこにいるのかさっぱりわかっちゃいなかった。

とそのとき、

「ありゃ、なんだ？」

ペトルスが川べりを指差して叫んだ。

見れば、川の中から大きな魚が顔をのぞかせている。それも一匹や二匹ではない。何十匹という魚の顔が、水面に浮かんでじっとこちらを見ているのだ。

川に魚がいても別段おかしな話ではないが、それらがみな水面から顔を出し、こちらを向いているのはおかしな光景だ。われわれを餌だとでも勘違いしているのだろうか。さらに驚いたことに、なんとそれらの魚は、見ているうちに次々と陸にあがってきたではないか。

あろうことか彼らには脚が生えていた。四つの脚でまるで鰐のように歩きながら、見る間に完全に陸上に出てきて、われわれの前に横一列に並んだのである。

「どういう生き物なんだ？」

鰐であれば体はドラゴンのような姿をしているはずだが、今目の前にいる生き物の体は明らかに魚のそれであった。鱗に覆われた体の側面から前後に二本ずつのどっしりとした脚が張り出していて、まるで牛のような安定感で地面を踏みしめている。

それが呆けたように口を開いて、われわれを虚ろな目で見ているさまは、まるで幼い子どもが餌をねだりに集まってきたかのような感じであった。

「●※△#$◆*○！」

突然、背後で人間の鋭い声がした。

ふり向くと、道には十人以上の戦闘姿の兵士がいて、われわれに向かって弓を引きながら近づいてくるところだった。

「ま、待て、われわれは行商の者だ。道に迷ったのだ」

ペトルスが思わず声をあげたが、言葉が通じているとは思えなかった。

よく見ると、兵士たちが跨っているのも同じ魚である。彼らはこの水陸両用の魚を馬のように乗りこなしているらしい。

ひとりだけ弓を引いていない中央の兵士が、われわれに向かって命ずるように何かを叫んだ。意味はわからないが、その険しい口調からありがたい内容ではないだろうことは想像がつく。

逃げようにも川と兵士の間に挟まれて逃げ道はなかった。

そうして次の瞬間には、われわれは兵士たちに手荒くつきとばされて地面に転がされ、荷物を没収されたうえ、三人とも後手にきつく縛りあげられてしまったのである。すべては一瞬のことであった。

牽いてきた馬は追い払われ、おのおの隠し持っていた剣をふるうひまさえなかった。

兵士たちは一連の動作を手際よく済ませると、最後にわれわれをひとりずつ魚の背に乗せ、そのまま魚を前進させて川の中へ向かって歩みはじめた。

魚は浅瀬では脚を踏みしめながら進み、やがて水が深くなると背中を水面に出したまま泳いだ。左右にくねるのでうまく跨っていないとふり落とされそうである。手が縛られているので鰭(ひれ)につかまることもできず、われわれは川に落とされないために両脚でしっかりと魚の胴体を挟み込んでいなければならなかった。

兵士たちに囲まれたまま対岸へと向かうと、どうやらそこは対岸ではなく島のようであった。水深が浅くなり、魚が脚を使うようになると乗り心地に安定感が増して、われわれはなんとか流されることなく島へ上陸した。

「ペトルス、蝿の指輪以外に何かないのか」

教皇から預かった災難除けの品が他にもあるなら、今こそ使うべきときではないかと思った。

しかし、ペトルスは、

「大丈夫だ。神が見ておられる。神がわれらをこのまま見捨てるはずはない」

と様子見を決めこんでいる。

完全に陸にあがったところでわれわれは魚の背からおろされ、兵士らに背中を小突かれながら、泥まみれになって島の斜面を登った。

「変ですね」

エドガーが言った。

「兵士たちは全員女のようです」

言われてみると、みな堂々たる体格をしているものの防具に包まれた体の線が柔らかい。胸当ての下には乳房のふくらみも見てとれた。どういうわけかふくらんでいるのは左の胸だけで、右の胸当ては男性用のように平板だった。

「ここは女が戦士で男がめしを炊く国なのか？」

ペトルスも首をかしげている。

粗末な小屋の並んだ集落を過ぎ、しばらく歩いて島の反対側に到達すると、縄を解かれ、岸辺に建てられた大きな檻に放り込まれた。檻は水の流れの淀んだ浅瀬に建てられていたため、われわれは膝まで水に浸かっていなければならなかった。座れば当然胸まで浸かることになる。水は冷たく、こんなところでは安心して眠ることもできない。

わたしは絶望的な気分になった。

なんという不運であろう。いつかこういうことになるんじゃないかと怖れていた。やはりプレスター・ジョンの王国にたどりつこうなんて無茶な話だったのだ。

ペトルスはと見れば、目を閉じて天を仰ぎ、胸の前で手を組んで何かもごもごつぶやいている。神に祈ればなんとかなると思っているようだ。その余裕がいまいましかった。

女たちが立ち去ると、われわれは自分たちが置かれている状況を詳しく検分した。

檻はふしぎな形をしていて、沖に向かって細長く作られていた。幅は五ヤード（約四・五メートル）ほどだが、どういうわけか川の中央に向かって四十ヤードほどもの長さがあった。当然沖のほうほど水が深く、ペトルスが試しに先端まで行ってみたところ一番奥にたどり着くよりずっと前に足が立たなくなったようだ。

檻には先客がふたりいて、おそらくはサラセン人であろう。濃い髭をたくわえた恰幅のいい男たちである。ふたりとも川の中に座りこみ、胸まで水に浸かったまま生気のない顔で呆然と虚空を見つめていた。新たにわれわれ三人が入ってきたことにも関心がないようだ。

言葉の堪能なペトルスが話しかけると、ぼそぼそと力のない声で何か答えるが、向こうから声をかけてくることはなかった。

「もうひと月ほどここに入れられているらしい」

ペトルスが彼らの答えを翻訳した。

「ここがどこか聞いてもらえませんか。サラセン人ならきっとわかるはずです。彼らは星を見るだけでその地がどこか知るそうだから」

とエドガー。それをペトルスが彼らに伝え、彼らが言葉少なに答える。

「アマゾニアという国だそうだ」

「アマゾニア！　聞いたことがある。たしか父さんの本にありました。カルデアの近くにある女だけの国だとか」

「たしかにさっき集落を通ったときも男の姿が見えなかったな」

「右の乳房がないのは、弓を引くために切除するからだそうです」

「女だけの国？　それでどうやって子孫を残すのだ」

ペトルスがいぶかしみ、あっと気づいたように、

「まさかわれらは子種のために捕われたのか。ふざけてはいかん。わしは神に仕える身だぞ」

だが、サラセン人らに聞くと、そういうことではないらしい。女たちは乾季になると川の対岸へ渡り、そこに住む男たちと交わるのだそうだ。そうして子どもを作ると、女の子なら島で育て、男の子なら七才になるまで育てたあとは対岸の男たちのもとへ送り届け、その後は男たちが育てるのだという。

「ならばわれらは何のために捕われたのだ。まさかやつら人間を食うわけではあるまいな」

サラセン人に訊いても彼らも理由はわからないようだった。

「盗賊のように荷を奪うためなら、さっさと殺すはずだが」

「奴隷として売りさばかれるんでしょう」

「祭司ヨーハンネスへの親書を届けるまでは、奴隷に身を落とすわけにはいかん」

やがて女が数人やってきて、五人分の食料を届けていった。バナナの果肉とナッツが少々と、あとはなんだかわからない肉がバナナの葉に載っている。言葉は通じなかったが、身振りで飲み水は川の水をすすれと言っているのがわかった。

「ふざけやがって、この濁った水を飲めというのか！」

ペトルスが抗議するもまったく取り合うことなく女たちが立ち去ると、エドガーが腑に落ちたというふうに頷いた。

「それでこんなに細長い檻なんですね」

「どういうことだ」

「トイレですよ。トイレはなるべく沖に出てやれということでしょう。檻の先のほうは川の流れに接してますから」

「耐えられん。どうにかして脱出するぞ」

だが、檻は鉄製でしっかりと地面に埋め込まれており、押しても引いてもびくともしなかった。もちろん切断することなどできない。扉を壊そうにも、見たこともないような頑丈な錠がかかっていた。

「次の捕囚が連れてこられたときに、隙をついて力ずくで逃げるしかないな」

「武器もないのに、どうやるんです。すぐに矢で射殺されますよ」

どう考えても絶望的な状況であった。

われわれは一番浅い檻の端にへたりこんで、とりあえず食事をとった。得体の知れない肉は、これが予想に反してかなりの美味であった。

五日ほど檻のなかで眠れぬ夜を過ごしたある日、徐々に川の水位が下がっていることに気がついた。

水に濡れながら眠るのは耐えがたかったので、檻の端に川の底が現れたときは、われわれは歓喜した。昼は平気でも夜には気温が下がるから、濡れずにすむのはありがたい。

それにしても女たちはいったいこの先われわれをどうしようというのか、それが何より気がかりだった。彼女らはただ食事を運んでくるばかりで、何ひとつ話しかけてもこない。言葉がわからないので話しかけられてもしょうがないのだが、女たちの意図が見えないのは不安だった。

われわれに毎日の楽しみがあるとすれば、それは食事だった。

肉がうまいのだ。何の肉かはわからないものの、上等なものであろうことは推察できた。

「われわれをたっぷり太らせてから食おうというのではないでしょうか」

エドガーは女たちの意図を怪しんだが、ペトルスは、

「何もわれらを太らせて食わずとも、この肉を食ったほうが旨いだろう。旨い牛肉をわざわざ犬に食わせて、その犬の肉を食うやつがいるか？」

と気にしていない。

「やつらも馬鹿ではない。ちゃんと肉を食わせないと奴隷が死んでしまうことがわかっているのだ。奴隷は健康でないと高く売れんからな」

「高く売れたそうな口ぶりだな」

わたしは皮肉った。

「わかっておらんな。その売られるときが脱出のチャンスなのだ。ここにいても埒が明かんだろうが」

一方でサラセン人たちの様子はおかしかった。

水位が下がり檻の端に地表が現れたというのに、水から出てこようとしないのである。幅が狭いとはいっても五人が座るだけのスペースはあり、われわれもこっちへ来たらどうだと手招きするのだが、彼らは虚ろな目でわれわれを見返すだけで、首から下が水に浸かるぐらいの位置で座ったまま動こうとしなかった。それどころか最初の頃は欠かさなかったサラセン人にとって重要なはずの毎日五回の神への祈りも、今ではさっぱり行なわなくなっていた。

「やつらとうとういかれちまったらしい」

ペトルスが肩をすくめた。

「いつ出られるかわからんこの状況では気がふれてもおかしくない。ああならんように、われらは希望を持ち続けなければならん。サラセン人どもの神とちがい、われらの神はきっとわれわれらを助けてくださるはずだ」

わたしはふと、ふたりのサラセン人の目にどこか見覚えがある気がしたのだが、それが何なのかわからなかった。

さらに数日が過ぎ、水はますます引いてきた。

乾季がやってきたらしい。

たしかサラセン人たちが言っていたのは、乾季になると女たちは対岸にいる男たちと愛の交歓を行うために川を渡るということだった。その準備がはじまっているのか、檻から集落は見えないものの、何やら島に騒々しい気配が満ちてきたのが感じられた。

食事を届けにくる女たちもどこか艶かしさを増したように見える。

それにしてもこんな屈強な女戦士と交わる男とはいったいどんな奴らなのか。かつてのスパルタの軍隊のような百戦錬磨の男たちなのであろうか。

同時に、島から女たちの数が減れば逃亡のチャンスもあるのではと考えたが、檻から出られないことにはどうにもならない。女たちの浮かれ具合とは裏腹に、檻のなかのわれわれには希望の兆しの一片も見えなかった。

次の朝目覚めるとサラセン人の男がひとりいなくなっていた。

いったいいつ連れ出されたのだろう。

夜中のうちに女が連れ出しに来た気配はなかった。気配も何も、わたしは檻の扉にもたれて眠っていたので、扉が開けられれば気づいたはずであった。

とすれば答えはひとつしかない。

男は水に沈んだのだ。トイレのために沖へ移動したときに、力尽きて溺れ、そのまま深みに沈んだにちがいない。檻の沖側の端は川の水位が低くなってきた今でも相当な水深があり、われわれは檻の格子につかまって浮かんだまま用を足していたが、もはやつかまる力もなかったのかもしれない。最近は相当にやつれていたし、水中に体を沈めたまま、濁った水面から鼻から上だけを出していることが多く、その姿はすでに半分溺れているようなものだった。

あるいは絶望して自ら死を選んだのか。サラセン人の宗教では自ら死を選ぶことが許されているのだろうか。

もうひとりのサラセン人はと見れば、同じような様子で、ほとんど顔の半分を水から出しているだけで、明日にも同じ運命をたどりそうである。

「お前の仲間はどうした、底に沈んだのではないか」

ペトルスが声をかけても、男は虚ろな目でこちらをじっと見ているだけだ。

「相当にいかれているな。このままだとこいつも溺れてしまうぞ」

「溺れたいやつは溺れればいいさ」

「そういうわけにはいかん。死体はそのうち腐って浮かんでくる。わしは死臭がついた水を飲むのはごめんだ」

ペトルスは男に向かって水に入っていき、腕をつかんで引き上げようとした。その瞬間、

「げっ！」

と大きな声で叫んで、後ろにひっくりかえった。

それを見たわたしとエドガーも同時に「うわっ！」と叫んでいた。

引っ張りあげた男の体が、人間ではなかったのである。

首はなくなり、ほぼ鱗に覆われた丸い身体に顔が埋め込まれていた。そしてその不気味な体から、かつての手足が生えている。

男は魚になっていた。魚になって口を大きく開き、ときどきパクパクと動かしている。

ここしばらく彼は顔の上半分しか水面から出していなかったので、水面下でそんなことになっていたとはまったく気づかなかった。

どこかで見覚えがあると思った虚ろな目は、女戦士たちに捕えられたときに最初に見た、あの陸にあがってきた歩く魚の目だったのだ。

「ど、どういうことだ」

サラセン人の男、いや今や魚になったかつてサラセン人の男だったものは、水から引っ張り出されたのを嫌がるようにゆっくりと後退し、ぷいっと川のほうへ向き直ると、そのまま頭から水中にその身を投じた。そしてそのまま背びれを川面に浮かべてしばらく檻の中を漂ってい

たが、やがて深く潜行して姿を消してしまった。

われわれは艦の陸側の端に身を寄せ、呆然とそれを見送った。

「いったい、人間が魚になるなんてことがあるのか」

信じられないが、それは目の前で実際に起こったのだ。

そして次の瞬間、新たな恐怖が脳裏に浮かんで、われわれは震えあがった。

女たちはわれわれを奴隷として売るわけではなかったのだ。われわれはすでに女たちの奴隷、いや奴隷以下の家畜だった。彼女らの乗り物である魚にするべく飼われていたのだ。

「アーサー、わしの顔はどうだ、魚になっているか」

「いや、ペトルス、まだむさくるしい人間に見える」

「そうか、よかった」

「わたしはどうだ、教えてくれ」

「ああ、大丈夫だ、相変わらず貧相な顔のままだ」

「あの肉ですよ。あれを食べるとだんだん魚になっていくんです」

エドガーは泣き出さんばかりである。

「あの肉は今後一切口にしてはならんぞ。バナナとナッツだけで生きのびるのだ」

「頼まれても食わんよ」

やがて女たちが食事を持ってやってきた。

サラセン人ふたりがいなくなっていることに気づいたようで、お互い何か言葉を交わしていたが、とくに檻を開けて確認するようなことはなく、そのまま立ち去った。

食事はいつもどおりバナナの葉に、肉とバナナの果肉とナッツが載っていたが、肉を除くとその量は微々たるもので、とても腹を満たすことはできそうになかった。

しかもいつもおいしく食べていた肉の匂いが鼻腔をくすぐり、われわれは誘惑と戦わなくてはならなかった。もうこの肉なしでは生きていけないような気分だったのだ。

「そそる匂いだ。誘惑に負けそうだ」

「このままではまずい。一刻も早くここを脱出しなければ」

魚になったサラセン人たちは、どういうわけかその後一切水面に顔を出さなかった。それでも、いつか女たちが彼らを連れ出しに来るはずであり、そのときが唯一のチャンスだとわれわれは考えた。

女たちがサラセン人を連れ出すときには、きっとわれわれを弓で威嚇し、少しでも動けば矢を放つそぶりを見せるだろう。そのときどうやって女たちを出し抜くか、われわれは話し合いを重ねた。

ところが翌日もその翌日も、食事を運んでくる女たちは檻の中を確認しようとすらしなかった。あるいはおおかたの女は乾季で島を出て、対岸の男たちとの交歓に出かけている最中なのかもしれない。サラセン人を連れ出すのは、彼女らが島に戻ってきてからということも考えられた。もしくは五人全員が魚になるまで待っているのか。だとしたら、われわれは魚にならない限り、ここから逃げ出すチャンスさえも来ないということではないか。なんということだ。

そう考えると絶望しかなかった。

それにしても、とわたしは思った。

あれ以来、サラセン人たちが一切姿を見せないのが奇妙だ。

この細長い檻のなかはそんなに深かっただろうか。

魚になったとはいえ、彼らもじっと動かないわけではなかろう。たまには水面に顔を出してもいいはずだ。

わたしはトイレに行きがてら、水中を足でさぐってみたが、何かに触れることはなかった。

彼らはどこに潜んでいるのか。

と、そのときわたしはあることを閃いて、自分の足した〝用〟が十分に流れ去るまで待つと、息を止めて水中に頭を沈め、檻につかまりながらそのまま下へ下へと伝っていった。深く潜るにつれて耳が痛くなり、息も苦しかったが、それでも我慢してなおも潜行していくと、ついに檻の行き止まりにたどりついた。

檻の鉄杭は川底に触れていなかった。

檻はそこから外へ通じていたのである。

わたしは息をこらえて必死で水面に浮かび出ると、ふたりのところへ急いで戻り、今発見したことを報告した。

「檻の一番の沖のところは下が抜けている。サラセン人たちはそこから外に出たんだ」

「本当か！」

すぐさまペトルスもわたしと同じように檻の一番先端で潜ってみて、檻の下が外に通じていることを確認すると、興奮しながら戻ってきた。

「あの奥はトイレに使っていたから潜ることは思いつかなかった、でかしたぞアーサー」

「魚になれば出られる仕掛けになっていたんですね」

「最初から開いていたとはな。水が濁っているから気づかなかったぞ」

われわれはしかしまだ魚ではないので、川を泳いで逃げるにしても水面で呼吸しなければならない。話し合った結果、見つかる可能性を考えて、脱走するのは夜にしてその日も食事が運ばれてくるのを待つことにした。

その夜、食事を運んできたのは初めて見る老婆と小さな幼女であった。われわれは状況を理解した。

「女たちは川を渡ったんだ。わしらは運がいい。予定通り今夜逃げるぞ」

「逆に川で鉢合わせする危険はないだろうか」

しばらく思案したが、むしろ女たちが男に欲情して注意力が散漫になっている今のほうがチャンスだという結論に落ち着き、予定通り脱走を決行することにした。

檻の先端でいったん深く潜り、檻の外の川面に浮かび出ると、われわれは月明かりのなか対岸に向かって泳ぎはじめた。乾季で水が減っているとはいえ流れは結構強く、かなり下流に流されたが、それでもなんとか泳ぎ渡り、ついに対岸にたどりついた。

「やはり神はわれらを見捨てなかった」

ペトルスは天を仰ぎ感謝の言葉を口にした。

「ああ、そうだな」

わたしもこのときばかりはペトルスに同意した。

「主よ、哀れなわれらをお救いいただき、感謝いたします」

わたしも胸で十字を切り天を仰いだ。

エドガーもはじめは同じように感謝を口にしていたが、気がつけば岸辺にへたりこんで浮かない表情を浮かべている。

「どうした、エドガー。泳ぎ疲れたか」

「いや、逆です、兄さん」

「？」

「全然疲れてない」

「ならよかったじゃないか。どうしたんだ、脱出できたのに、あまりうれしそうじゃないな」

「ぼくは、泳げないんです」

「もう泳がなくていいんだよ。というか今泳いできたじゃないか。自信を持て、相当な距離だったぞ」

「そういうことではありません。ぼくはこれまで一切泳いだことなんかないし、泳ぎを知らないんです」

それがどうした、初めてでこれだけ泳げれば上等だ、と言いかけて、わたしは不意にエドガーの懸念を理解した。

言われてみればわたしもまったく疲れを感じていないし、いつも以上に泳ぎがスムーズにできたように思える。

ペトルスも同時に理解したらしく、大きくおびえた目を見開いたかと思うと、あわてて自分の顔や体を触りはじめた。

エドガーは自分の手を何度も裏返しては確認し、さらにわたしの背後に回ってわたしの体を隅から隅まで眺めまわした。

やがてペトルスがひとつ大きな息をついてのちに言った。

「大丈夫だ。神はまだわれらを魚になさるおつもりはないようだ」

第4章

犬頭人の舟

夜のうちにできるだけ川から離れておくことにした。どのぐらい下流に流されたのかわからないが、あるいはあまり流されていないのかもしれず、どこで女たちに見つからないとも限らない。見通しのきく川べりは危険だった。

森に分け入ると、途端に周囲は闇に包まれた。見たことのないような大きな葉が頭上を覆い、隙間から差す月明かりも心細い。

それでもともかく少しでも川から離れたい一心で、われわれは奥へ奥へと歩みを進めた。どんな猛獣が出てくるかわからないので、慎重に進む。足元はぬかるみが多く、ときどき泥に足をとられて、歩きにくいことこのうえなかった。

「これは大変だ」

「どこかで落ち着こう。歩いていられない」

われわれは口々に言い合った。無闇に歩かず、どこか安全な場所を見つけて夜を明かすべきだった。

しばらく森へ入ったところに小さな崖があり岩が露出していたので、岩陰に体を寄せ合い今夜の棲家とした。ちょうどそこは地面が平らで横になることもできた。横になると、崖の上に星がまたたいているのが見えた。

「おい、あの星がわかるか。サラセン人は星の位置で自分のおおよその居場所がわかるというじゃないか」

エドガーに尋ねたが、彼はわからないというふうにかぶりをふった。ペトルスを見ると彼も首をふった。どうしてこうも役立たずばかりなのか。わたしは呆れて、自分も同じだという意味をこめ肩をすくめた。

いったいぜんたいここはどこなのだろう。川の名前もわからなければ、アマゾニアという国の名前も聞いたことがなかったから、自分たちがどこにいるのかまるで見当がつかない。エドガーは、アマゾニアはカルデアの近くだと父の『東方旅行記』に記述があったと言うが、あんなイカモノの記述が当てになるはずもない。唯一たしかなのは、スキタイ人の土地からかなりに南に来ているということぐらいだった。

「父さんの本以外にもアマゾニアのことが書いてあった気がするんですが、どの地方と書いてあったのか思い出せません」

「まずそっちの本を先に覚えておくべきだったぞ。優先順位がおかしい」

エドガーは傍目にもはっきりとわかるほど落胆していた。プレスター・ジョンへの親書や献上するはずだった財宝とともに、持ってきた写本をすべて女たちに取り上げられてしまったからだ。

「大ぶろしきのマルコや、オドリコ修道士、ルブルクのウィリアム修道士、イブン・バトゥータ、それにアレクサンドロス大王の本も、すべて奪われてしまった。ぼくにとっては大きすぎる損失です」

彼は毎晩のようにそれらを肌身離さずつきっきりで読みふけっていたせいで、今ではただの書物に対する以上の感情をそれらに抱くようになっていたらしい。

「イングランドに帰ればまた手に入る」

そうなぐさめて隣を見れば、そこにはうめき声をあげ頭を抱えるペトルスの姿があった。

「大切なことを忘れておった。使者が親書をなくすなどあってはならん大失態だ。教皇はお怒りになるだろう」

そう言うと、唯一指にはめていたために奪われずに残った蝿の指輪を固く目の前で握りしめ、何やらぶつぶつつぶやいた。口の中で教皇に赦しを乞うているのだろうか。

すべてを忘れて故郷に帰れば楽になると言ってやりたかったが、まず聞く耳は持たないだろう。わたしは念を押した。

「ふたりとも、まさか島に戻るというんじゃないだろうな。もう巻き込まれるのはごめんだからな。島に戻るならふたりで戻ってくれ」

われわれはいつしか眠っていたようだ、気がつくと熱い日ざしがじりじりと肌を焼いていた。

「起きろ、アーサー」

ペトルスが立ち上がってあたりを見回している。

「道だ」

そこは道だった。われわれは一晩中道の上に並んで横たわっていたらしい。どうりで平らで寝やすいと思った。

道は上流と下流、双方に続いていた。道だから当然である。

「下流に進むべきだ」わたしは言った。

遡るのは島に近づくことになり危険である。

「わたしはひとりでも下流に行く」

「いや、親書は取り戻さねばならん。それがわれらの役目だからな。なんとかして女どもを出し抜き取り戻すんだ」

ペトルスは戻る決意を固めているようだった。

「エドガーも同じ意見か」

と訊くと、

「書物が取り返せたらうれしいとは思ってます」

「そうか」わたしは頷いた。

「ならふたりで行ってくれ。わたしは国へ帰る。ここでお別れだ」

そう言い捨てて、ふたりがわたしを説得にかかる前に、下流へ向けて出発することにした。

二度とふたたび彼らに会うことはないだろう。エドガーとは血を分けた兄弟といっても、分けたのはいまいましいイカモノの父の血であるから、とくに名残り惜しいことはなかった。

「達者でな、エドガー。ペトルスも」

「お前のことは教皇に伝えて破門にしてもらう」

ペトルスはもう引き止める気はないようで、それならそれでありがたかった。これからはセント・オールバンズでつつましく羊歯や苔とともに過ごそうと思う。

そうしてわたしは歩きはじめた。わが屋敷の美しい庭を頭に描きながら。そうでもしなければこの状況に耐えられなかった。

そうなのだ、だいたいここの植物には品がない。

いったいどうすれば、このような無秩序で野放図で森というより草むらが肥大してもつれたような不快な土地ができあがるのか。

節操もなく巨大で大雑把な葉や、何にでも巻きつくあつかましい蔓、無闇に背の高い小生意気な樹に、地面に向かって垂れ下がる覇気のないつぼみ、やたらと花粉を撒き散らす毒々しい花々。

この地の植物にはどれもこれも奥ゆかしさ、清楚さ、芸術性といったものが感じられない。レースのように細やかな羊歯の葉、柔らかい褥のような苔、そしてふんわりと肌をくすぐるバロメッツ……、まあ、バロメッツはあれはあれで問題があるが、そういった上品な植物や菌類が持つあの涼やかさがここにはないのだ。

さらに虫が多いのにも閉口する。蚊だか蝿だか、たぶんその両方に加えて、豊富で雑多な種類の小さな虫たちがわたしの汗の匂いにつられて集まってきた。なかには見たこともない派手なピンク色の虫まで混じっていて、いったい何を期待してわたしにたかろうとするのか理解不能である。何かよからぬことを考えているのではないか。

実に鬱陶しい。いったいどうしてわたしがこんな目に遭わねばならないのだ。それもこれも、もとをただせば呪われるべきろくでなし、ジョン・マンデヴィルのせいである。あの父のおかげで得体の知れない土地を歩かされるはめになったし、危うく魚にもされそうになったし、毒々しいピンク色の虫も寄ってきた。こんな色の虫が極悪な性格でなかったためしがないのである。

そんなことを考えていると胸のうちにふつふつと怒りが湧いてくる。

おのれ、ジョン・マンデヴィル。

もはや記憶もおぼろげな父の姿を思い浮かべ、わたしは思いつく限りの呪詛の言葉を投げつけながら歩き続けた。実はひょっとしたらエドガーが追ってくるのではないかと期待していたが、まったくその気配はなかった。

半刻ほども歩いただろうか、道の先に何か大きな影が揺れているのが見えた。明らかに植物の影ではない。植物にしては動きすぎていた。

それは人間の大人の倍ほどの背丈があり、あたかも道を塞ぐかのように両腕を広げ、わたしのほうをまっすぐに見据えていた。

なんだかよからぬ気配がする。

よく見ると、広げていたのは腕ではなかった。首だ。

先端に河馬のような頭をつけた長いふたつの首が、太い牙をむき出しながら道幅いっぱいに分かれて二方向から睨みをきかせているのだ。立ち上がったそいつの胸は鰐のような鱗に覆われ、背中にはのこぎりのようなギザギザがついていた。

わたしはすぐさま回れ右をして上流へ向かって歩きだした。

臆して逃げたと思われては、化け物のほうで与しやすしとみて追ってくるかもしれないため、決して逃げているようには見えない速さで平然と先を急いだ。もちろん背中からは落ち着きと余裕をにじませることも忘れなかった。わたしはこういうときの逃げ方のうまさには定評があるのだ。

そうして来たときの半分ほどの時間でふたりのいる場所に戻ると、そのままふたりの前を通り過ぎて上流へと急いだ。

「どうした、アーサー。気が変わったか」

「兄さん、待ってください。島へ戻るなら作戦を立てないと」

「島には戻らん」

わたしはふたりをふり返り、その肩越しにあの化け物の姿がないか探したが、あれはまだ追ってきてはいないようだった。あるいはもうすぐやってくるのかもしれない。そのときはわたしでなく、まずふたりに追いついてもらうことが望ましい。

「そうだ、アーサー。賢明な心がけだ、見直したぞ。破門は避けねばならない。親書を取り戻すのだ」

ペトルスもエドガーも立ち上がりわたしの後を歩きだした。

「急ごう」わたしは言った。

「ずいぶんな気の変わりようだな」

と、そのときである。

背後でぞっとするような獣の咆哮が聞こえた。

「なんだ、あの声は」

「背中にのこぎりのようなギザギザがあった」

「なんですって？　兄さん、それってアレクサンドロス大王が遭遇した謎の怪物を見たってこと？」

わたしが頷くと、ふたりは突然わたしを追い越さんばかりの勢いで上流に向かって駆けだした。わたしも負けじと走った。最後尾だけは破門以上に避けなければならない。

われわれは互いをけん制しながら走りに走った。

咆哮は二度と聞こえなかったが、それでも走った。

途中道が曖昧になり、分岐しているようなところもあったが、気にせず走りまくった。もはやアマゾニアの女軍団のことなどすっぽり頭から抜け落ちていた。

どのぐらい走ったのか、自分たちにもさっぱりわからない。とにかく体力の続く限り走り続け、ついにそれ以上走るどころか歩くことすらできないまでに疲労困憊して、森の下草の上に三人折り重なるように倒れこんだ。

ペトルスは顔が真っ赤で、エドガーは真っ青だった。わたしはといえば、途中嘔吐してしまう始末だったが、昨夜肉を食べなかったので胃液を吐いただけで済んだ。

怪物が追ってくる気配はないようだ。

「汚いぞ、アーサー」

荒い息をしながらペトルスがなじった。

「先に自分だけ逃げようとしたな」

「あんたは殉教すれば天国へいけるんだろ」

わたしはいったん大きく息をついた。

「ならば、あんたが餌食になるのが一番いい」

「破門だ。お前は絶対に破門にしてもらう」

「破門は聞き飽きたよ。エドガーは大丈夫か？　顔が青いぞ」

「兄さんの顔は緑色ですよ」

あまり聞かない顔の色だ。大丈夫であろうか。

「兄さんは、アレクサンドロス大王が出会った怪物を見たんですか？」

「ああ、きっとそうだと思う。背中がのこぎりのようにギザギザで、首がふたつあった」

「だとしたら、ぼくらはかなりインドの近くまで来ているってことですよ。カスピアの門はもうどこかで通り過ぎたんです」

「よくもこの状況で喜べるな」

わたしは呆れて言った。

「しかもイングランドからますます遠くなったってことじゃないか」

「もう腹を決めろ」

ペトルスは仰向けに寝転がったまま、哀れむような目をわたしに向けた。

「三人で祭司ヨーハンネスに会いにいくのだ」

めまいと吐き気、そして胸の苦しさがおさまってくると、猛烈に腹が減ってきた。島を出てから何も食べていないのだ。それなのにさんざん泳ぎ、さんざん走ってしまった。こういうときに食べるためにジェノヴァから持ってきたビスケットも、親書や書物、財宝を積んできた馬とともに女たちにすべて奪われていた。

「お腹が減ってもう歩けない。どこかに食べられる果実はないんでしょうか」

「果実より獣がいい。ふつうの肉が食いたい」

すると、ペトルスがそんなわたしの肩に手をやり、

「犬の肉は食えるか」

ぼそりと言った。

「犬？　そんなものがいったいどこに？」

ペトルスの視線の先、道のまんなかに犬が立っていた。

「犬だ……」

だが、それはただの犬ではなかった。四足でなく二足で立っていたのだ。

しかもおかしなことに、頭部は耳がぴょこんと立って口が前に突き出し、全体に毛むくじゃらなところは紛（まご）うことなき犬なのに完全に犬と言い切れないのは、首から下にいくにしたがって体毛はまばらになり、前脚は人間の腕のようになっていて、全身に麻で編んだ衣服をまとっているのである。

下流へ進めば背中にギザギザのある怪物がいて、上流にくればこんな得体の知れない犬の化け物がいて、いったいここはどういう土地なのか。わたしはもはや理解しようという気も失せていた。

「タルタル人だろうか？」

ペトルスがつぶやいた。すると、驚くことに犬のようなものが、

「余はタルタル人ではない」

と答えたではないか。

「おお、ギリシャ語をしゃべるのか！」

ギリシャ語ならわたしにもわかる。

「というか犬がしゃべるのか！」

われわれが驚いていると、

「ギリシャ語とは何か？」

ふたたび完璧なギリシャ語で犬は答えた。

いったいなぜ犬がギリシャ語を話すのか。しかもギリシャ語をしゃべりながらギリシャ語を知らんと見える。いや、そもそも犬なのかどうなのか。頭はどう見ても犬のそれであるが、体つきは人間そのものである。

「キュノケファルス（犬頭人）だ」

エドガーがぼそりとつぶやいた。

「アレクサンドロス大王も出会ったと書いていました」

犬頭人は、それを聞いてうんざりといったようすであった。

「汝らがそう呼ぶのは知っておるが、それは汝らが勝手につけた名前で、余らの本当の名ではない」

「では、本当の名は何と」

「人間だ」

「何だって？」

「人間である」

「われわれも人間だが……」

「お前たちは男に過ぎない。われわれは人間だ」

何を言っているのかわからないが、今はそんなことはどうでもよかった。

わたしは冷静にキュノケファルスに向き直り、

「いや勝手な名で呼んで失礼した。人間殿、お願いがある。われわれに食料を恵んでもらえないだろうか」

と頭を下げた。ペトルスはそんなわたしを哀れむような目で見たが、人間でも犬でも誰でもいい。今は利用できるものはなんでも利用するべきだ。

「汝らは食事を望むか。それはよかった。余は気前がいい。ついて来なさい」

どうやら話のわかるキュノケファルスのようだ。

先にたって歩きはじめたキュノケファルスのあとを、われわれはふらふらした足取りでついていった。もはや背筋を伸ばす余力もなかった。ペトルスは犬に頭を下げたわたしに対し侮蔑の色を隠さなかったが、それでも食料の誘惑には勝てないのだろう。「生肉だったらわしは食わぬぞ」と言いながら、冷ややかな顔つきのままついてきた。

やがて小さな分かれ道があり、キュノケファルスは狭いほうの道へ踏み入っていく。あたりは植物が繁茂して、地面に届く光もないほど鬱蒼としていたが、半刻も歩くと突如として広い空の下に出た。一瞬川に出たのかと思ったほどだ。だがそこは川ではなく、森に囲まれた広大な草地だった。

草で編まれた箱のような簡素な小屋が整然と建ち並び、それはつまり村といっていい眺めだった。小屋の間を多くのキュノケファルスたちが歩き回っている。

「なんだ、ここは……」

「人間の村である」

キュノケファルスが言った。

突然の闖入者であるわれわれに興味を持ち、キュノケファルスたちが集まってきた。なかには子どものキュノケファルスもいる。みな一様に犬の顔をしていた。

野次馬、否、野次犬に囲まれながら、われわれを案内してくれたキュノケファルスは少し得意そうであった。そうして、いくつかある小屋のひとつにわれわれを導いた。

「ここが余の家だ。さあ、入るがよい」

中もいたってシンプルで、小さな木のテーブルと椅子が二、三あるのと、奥に寝台が見えているほかには、家具のようなものはなく、あとは食器などいくつかの家財道具が部屋の隅に整頓されているだけだった。キュノケファルスをそのまま小さくしたような子どもがひとりいて、キュノケファルスが何か言うと黙って出て行った。

キュノケファルスは、さっそく小さな竈で粉をこねたものを焼き、手際のいい動作で瞬く間にパンのようなものをこしらえてわれわれにふるまってくれた。

「人間殿、感謝する。われわれは腹ぺこだったのだ」

貧しい食事ではあったが、懸念していた生肉でもなく、疲労困憊したわれわれにはご馳走のように思えた。はじめは怪訝な表情で室内を見回したりしていたペトルスも、食事にありつけたことでだいぶ表情を和らげた。

「余は気前がいい。ほしいものがあれば何でも所望するがいい」

キュノケファルスはそう言うと小屋の外に出て、周囲を興味深げに取り囲んでいる他のキュノケファルスたちに向かって、声高によばわった。

「見よ。余は客人に食事をふるまった。これからさらに豪華な食事をふるまうつもりだ」

なんのためにそんなことをわざわざ宣言しているのか謎だが、キュノケファルスは室内に戻ると上機嫌で、

「余は気前がいいであろう」

とまたくり返した。

「人間殿……」

エドガーが声をかけるとキュノケファルスはそれをさえぎり、

「余の名は、テオポンポスだ。汝らに余の名を呼ぶことを許す」

「ありがとうございます。では、テオポンポス殿に尋ねたいのですが、ここは何という村でしょうか？」

「村ではない。人間の国である」

「失礼しました。この国の名はなんというのでしょう」

「人間の国である。それ以外に呼びようがない」

埒が明かない。エドガーはわたしを見て困惑の表情を浮かべた。

わたしは質問を変えてみた。

「そばに川が流れていますが、あの川の名はなんですか？」

「川だ。この世に川はひとつしかない。川以外に名前が必要であろうか」

「失礼ですが、テオポンポス殿はこの村、いや、国から出たことは？」

「毎日出ておる。汝らを見つけたのも国の外を散歩していたときであった」

「もっと遠くへは？」

「人間の国は怪物どもの国に囲まれており、それ以上遠くへ出かけるのは危険なのだ。余ら人間は怪物たちと出会わぬよう慎重に暮らしておる」

わたしは河馬のような頭がふたつついた背中にギザギザのある怪物を思い出した。

「わたしもここに来る前に怪物を見ました」

「知っておる。余は汝らが走ってくるのを見た。おおかた怪物から逃げてきたのだろうと思っていた」

「あんな怪物がそこらじゅうにいるのでしょうか」

「そうだ。この国は奴らに囲まれておる。唯一安全に出かけられるのは川だけだ」

「ならば舟で出かけてみたことは？」

「ふむ。余もそうしたいと思っておる」

「舟はあるんですか？」

「あるにはあるが、いろいろと難しい」

何が難しいのかテオポンポスは多くを語らなかった。近くに滝や激しい瀬でもあるのだろうか。

そこへさっきの子どもが鶏を連れてきたので、テオポンポスはそれを絞め、さらに料理にとりかかった。さきほど子どもを追い出したのは、鶏を持ってくるよう命じていたらしい。

「お子さんですか」

「そうだ」

子どもはテオポンポスそっくりだったが、正直に言えば、わたしにはキュノケファルスたちはみな同じ顔に見え、誰も彼もそっくりなのだった。

「奥さんはいないのですか？」

「奥さんとは何か?」

「この子の母親ですよ。女性と暮らしたりはしないのですか?」

「母親ならば、島におる」

わたしはペトルスとエドガーの顔を見た。彼らも一瞬で警戒の色を浮かべたのがわかった。

「それはアマゾニアのことですか?」

わたしはためらいながらも尋ねた。

「アマゾニア、汝らがそう呼ぶのは知っておる。が、余らはただ島と呼んでおる」

予想しなかったわけではないが、ここはあの女軍団どもが通ってくる対岸の村だったのだ。ということは女軍団が交歓する男というのはこのキュノケファルスたちなのだ。わたしはやはり川下へ逃れるべきだったと後悔した。あの怪物にさえ出会わなければそうしていたのに。

ペトルスが神妙な顔でテオポンポスの料理する鶏を見ている。

「その肉は……旨いですかな?」

「もちろんだ。汝らのために一番いい鶏を持ってこさせた。余は気前がいいのだ」

ペトルスが言わんとしていることはわかる。ひょっとしてこの鶏肉はあの肉ではないかと疑っているのだ。

「テオポンポス殿、そなたはとても気前がいいが、われわれだけでそんなよい食事をいただくのは申し訳ない。できればともにいただこうではないか」

ペトルスがかまをかけた。

「滅相もない。汝らへの馳走を余が食べるなど、人間の名折れである」

テオポンポスは鶏の皮を剥ぎ内臓を取り出したあとに香草などを詰めて焼きはじめた。手馴れたもので、いい匂いが漂ってくる。その匂いはあの肉の匂いと似ているようでもあり、まったく違うようでもあった。

匂いに誘われ、ますます強まる食欲とともに、われわれの猜疑心も膨らんでいった。これはあの肉なのかどうなのか。

そしてついに我慢ができなくなり、エドガーが直接問いただした。

「その鶏肉を食べると魚になりますか？」

単刀直入であった。わたしは緊張し、ペトルスも何かあったら即座に立ち上がれる態勢に座りなおしたのがわかった。

「魚になる？　ああ、あれは女たちが特別な呪文をねりこんだ肉だ。あれを食べたものは男であろうと人間であろうと獣であろうとみな魚になる。余がそんなものを汝らに供することはない。そもそもあれの作り方を知っているのは女たちだけだ。あの肉のことを知っておるということは、汝らは島の女たちに捕まったのかね」

「はい」

エドガーが正直に答えた。

「あの女たちは男を大変嫌っておる。男が島に近づけば必ず拉致して肉を食わせ魚に変えてしまうのだ。彼女らの過去に何があったか知らぬが、かつてはあんなに凶暴ではなかったと聞く。しかし今ではああして島に閉じこもり男を避けて暮らすようになり、余ら人間とだけ交流しておる」

「われわれも人間だ」

ペトルスが反論した。

「それにテオポンポス殿、おぬしも男ではないのか」

「男は人間ではない。女たちはそう言っておる。それに余らは確かに雄だが、男ではない。われわれ雄は、もともとは人間とは別の存在だったそうだ。やがて男を嫌った女たちが余らと契るようになり、今では成した子が女であれば島で、雄であればここで暮らすようになった。乾季になると女たちはやってきて、余らと交わるのだ」

「男だって人間だ。男と女が人間なのだ」とペトルス。

「女たちはそうは思っていない。この世の男は人間ではなく、余らこそが人間だと」

わけのわからない話であった。

つまりこの土地の人間には女のほかに犬の顔をした雄があり、男は人間とは見なされないということなのか。

「魚になった男たちはどうなるんです？」

エドガーが尋ねると、

「一部は女たちの馬となり、他は自由にそのへんを泳いでおる。女たちも男の命まで奪うことはないのだ。聞けば、魚になるのも悪くないらしい。何より川伝いにどこへでもいける」

そんなことより今わたしが気がかりなのは別のことだった。

「それで今夜も女たちは来るのですか？」

「来る」

テオポンポスははっきりと答えた。


その夜、われわれはテオポンポスが所有する村はずれの鶏小屋で息を潜めつつ、夜明けまでの時間を過ごした。そこにはキュノケファルスたちが開墾した農園があり、鶏小屋、牛小屋のほか、畑や果樹園などが広がっていた。

集落では夜通しキュノケファルスと女たちがそれぞれの伴侶と睦みあっているのだろう、時おりこの鶏小屋にまで嬌声が漏れ聞こえてきた。われわれは恐怖と羨望が入り混じったような何とも形容しがたい気持ちで夜明けを待った。

それにしてもテオポンポスがわれわれを女軍団に引き渡さなかったのは本当にありがたかった。それどころか身を潜める場所として鶏小屋を提供すると申し出てくれたのである。彼にもアマゾニアの女軍団のなかに伴侶がいることを考えると、どこまで信用していいか半信半疑ではあったが、テオポンポスの気前のよさへの独特な執着が、客人を裏切ることをよしとしなかったのだろうと、われわれは都合よく解釈することにした。あるいは女軍団は男を遠ざけられさえすればいいのであって、こうして接触を避ければ彼女らも気にしないのではないかとも考えたが、それは間違いだった。

彼女らは男を見つけたら決して逃さない、とテオポンポスは断言した。彼女らは女だけの島の存在を世に知られたくない。もし知られれば男がたくさんやってくると彼女らは考えており、男の抹殺、否、抹消（魚化）は、女たちにとって最優先事項になっているとのことだった。「もし発見されれば、汝らは必ず捕らえられ、魚になる肉を食べさせられるだろう」テオポンポスは言った。「だがそれは温情なのだ。殺そうと思えば殺せる男を、魚にするとはいえ生きながらえさせてやるのだから」

われわれはできるだけ早くこの土地を脱出しなければならないことを悟った。

だが、それにはプレスター・ジョンへの親書と献上品の奪還が必要だ。ペトルスはそう主張した。

そんなものにこだわって身を危険に晒すことはないとわたしは反論したが、ペトルスは聞く耳を持たなかった。

エドガーも、親書や献上品はともかく、出発前に手を尽くして入手した数々の写本をみすみす失いたくないと主張し、形勢は二対一でわたしに不利であった。

ただわたしとしても、怪物がこの集落の周囲を取り囲んでいるとなれば、ひとりでこの地を脱出するのは不安であり、三人で行動したほうが安全だから、それ以上強く反対することは避けることにした。

わたしが思うに、われわれにもし何かあったときには、まずペトルスから犠牲になるのが最善の策である。これは決してわが身かわいさで言うのではない。ペトルスは修道士であり、教皇の命じられた任務のうちに亡くなれば、聖者に列せられるかもしれず、それは彼にとってはこの上ない名誉だからである。なので彼の名誉獲得のため最初の犠牲を彼に譲ることは、わたしもやぶさかではない。

それで仮にペトルスが最初に殉教したとして、次に犠牲になるのはエドガーがいいだろう。エドガーは自ら公言したように、まだ見ぬ未知の世界に憧れており、もっとも未知で不思議に満ちた世界といえば死後の世界より他にないからだ。

このように論理的に考えてみると、わたしひとりで逃げるよりも三人そろって脱出し、何かあればその都度今言ったような順番でひとりずつ犠牲になるのが合理的である。

わたしはふたりが親書や献上品や写本を奪還するまで出立を延ばすことを了承した。

「もちろんお前もいっしょに取り戻しに行くのだ、アーサー」

「ごめんこうむる。わたしには必要のないものばかりだ」

「役目を忘れるな」

「ならば見張りを受け持とう」

「途方もない腰抜けだな、アーサー」

「ふん。テオポンポスにもう一度頼んでみたらどうだ」わたしは言った。

実はペトルスとエドガーは、親書や献上品や写本を女軍団の伴侶に依頼して持ち出してもらうようテオポンポスに頼んで断られていたのである。

それまでは何でも希望を叶えてくれそうな雰囲気だったテオポンポスが、それについてだけは頷かなかった。

「余が彼女に何かを頼むなど考えられない」

テオポンポスは言うのだ。

なぜならそれは気前のよくないことだからだという。人間は伴侶に対して最大限に気前よくあらねばならず、女たちに何かを要求することは気前のよさの対極にある行為であると強調した。

「余ら人間が人間であるためには気前がいいことが一番重要なのだ」

なぜそこまで気前のよさにこだわるのか、そんなわれわれの質問に、彼は、それは女たちが男を嫌う理由がまさに男は気前がよくないからであり、キュノケファルスたちを伴侶にしたのも彼らの先祖が気前がよかったからだと言うのだった。そのため、今やキュノケファルスたちの間では、もっとも気前のいい者が王となる定めとなっているという。

「どれだけおめでたいのだ」

ペトルスは呆れていたが、テオポンポスのその性格が今のわれわれを助けてくれているのも事実である。

ともあれペトルスとエドガーは、どのようにアマゾニア島に渡り親書と献上品と写本を奪還するか作戦を立てなければならなくなった。そのためにはそれらの保管場所を正確に把握しておかなければならず、作戦の立案は難航した。最終的に、テオポンポスに保管場所だけでも聞いてもらえるよう再度頼んでみるしかないと、われわれは結論づけた。


翌朝、女軍団たちが島へ帰ったのを見計らい、われわれは鶏小屋を出てテオポンポスに会いに行った。

テオポンポスは朝食を作って待ってくれていた。

「テオポンポス殿、昨日すでにお話しした通り、われわれは祭司ヨーハンネスの王国を見つけ出して、ローマ教皇の親書を手渡さなければならないのです。なので早々にここを経ち、東へ向かいたい。だが親書は島の女たちに奪われたままであり、このままではわれわれは使命を果たすことができません。なんとか力添えをいただけないでしょうか」

ペトルスは腰を低くして懇願した。

「この地を去るのは汝らの自由だ。いつ出立しようと構わない。余は気前のいい人間だから、汝らの力になりたいと思う」

「ならば親書の保管場所だけでも教えてもらえないでしょうか」

テオポンポスは額に手をあて考え込んだ。

「それは必ず持参しなければならないものなのか」

「そうです」

「その前にそのプ、レ、ス、タ、ジ、オ、ン、の国へはどうやってたどりつくのか」

「わかりません。わかりませんが、まずインドへ行き、カタイを抜け、その先に向かいたいと思っています」

これはエドガーが答えた。

「インドとはどこにあるのか。カタイとは何か？」

「インドはここからしばらく東に行ったところにある広大な国です。プレスター・ジョンが支配していると言われていますが、よくわからないのです。カタイはさらにその先にある国です」

「汝らはここからどうやってそこへ行くつもりか」

「わかりません。昨日舟があるとおっしゃっていましたね。その舟を一艘(そう)われわれに譲っていただくことはできますでしょうか」

「舟に乗って川を下ればインドにたどり着くと？」

「わかりませんが、われわれには馬もありませんし、他に先へ進む方法が浮かびません」

「舟はある」

テオポンポスは頷いた。

「だが、余ら人間の国には舟は一艘しかない。それは王の舟だ」

「王の舟？」

「さよう。その舟を使いたいのであれば、王の許可をもらわねばならぬ」

わたしはエドガーやペトルスと顔を見合わせた。一艘しかない大事な舟を王から手に入れるのは不可能に思えた。昨日テオポンポスが難しいと言ったのはこのことだったのだ。

「他に舟はありませんか」

「ない。その舟は太古の昔からこの国に伝わっておるもので、誰も舟の作り方を知らぬ。それだけではない。その舟にはアレクサンドロスの呪いがかかっていると言われておる」

「アレクサンドロスの呪い！」

思わずエドガーが声をあげると、テオポンポスが驚いて、

「もしかしてアレクサンドロスを知っておるのか。それは何か、余は何も知らぬ」

「アレクサンドロスはマケドニアの王です。はるかな昔この地を訪れ、インドの王を破って世界の半分を手に入れたと言われています」エドガーは答えた。

「ほう。王の名であったか。その呪いを解くにはどうすればよい？」

「わかりません」

そう答えるしかなかった。果たしてどんな呪いなのかも見当がつかないのだ。

「呪いが何であれ、王の舟でしかも一艘しかないとなると手に入れるのは難しいな」

ペトルスが呟いた。するとテオポンポスが意外なことを言った。

「汝らはそれを手に入れ、旅立つがよい」

「だが、王の許しを得るのは無理ではありませんか？」

「なぜだ？　王の許しほどたやすいものはない。忘れたか。余ら人間の国ではもっとも気前のいい者が王になるのだ。それが貴重な舟であればこそ、王は汝らに何の見返りも望まず、たやすくそれを与えるであろう」

予想外の話だった。

ならば舟を手に入れるのは簡単ではないか。

「しかしテオポンポス殿は昨日、いろいろ難しいと……」

「余にとっては難しい」

「どういうことです？」

テオポンポスは答えるのを少しためらっていたが、やがて言った。

「恥ずかしながら、余は王になることを望んでいるのだ。そのためにはこの国で一番気前よくあらねばならぬ。しかし現王であるヒッポニコスが汝らに貴重な舟を与えたならば、ヒッポニコスの気前のよさはますます国中に知れわたり、その地位は磐石なものとなるであろう。そうなれば、もはや余に太刀打ちする術はない」

その込み入った返事に、われわれは何と言っていいかわからなかった。

この村、否、この国の価値観には混乱させられるばかりだ。わたしはうなだれるテオポンポスの肩に黙って手を置いた。

「だが、余は汝らに気前のいいところを見せねばならぬ」

搾り出すようにしてテオポンポスは言った。

「だから構わぬ。王のところへ舟を譲り受けにゆくがよい。そうすれば余は王ヒッポニコスに気前のいいところを民に知らしめ、その地位を磐石にしてやるほど気前のいい人間ということになる。民には伝わらずとも、汝らが証人である。余こそは王ヒッポニコスよりも気前がいい真の王たる人間であると汝らによって証明されるのだ」

テオポンポスの複雑な苦悩はわれわれの理解を超えていたが、その落胆ぶりは見た目にも哀れなほどだった。われわれの目には、王になる望みをあきらめ悲嘆にくれるひとりの人間が映っていた。

「テオポンポス殿、われわれはあなたこそがこの国でもっとも気前のいい人間だと知っています」

わたしは慰めた。

「ありがとう。さあ、行くがよい。現王ヒッポニコスの家は四軒隣だ」

だがわれわれはすぐに王のもとを訪ねるわけにはいかなかった。まだ大きな問題が残っている。親書や献上品が女軍団に奪われたままなのである。あれを取り返さないことには川を下ることはできない。

われわれはその日は王の家を訪ねることはせず、夜になるとふたたび鶏小屋に息を潜めて計画を練った。

一晩かけて立てた作戦は以下のようなものだ。

・まず明日、全員で川べりを探索し、アマゾネス島の位置を確認する。
・明後日に王のもとへいき、舟を譲り受けすぐに出航する。
・村から見えなくなったところで舟を岸に寄せ、夜を待つ。
・日が暮れたところでアマゾネス島へ渡り、親書を探す。
・もし島が上流にあり舟を漕いで川を遡ることが難しければ、いったん対岸へ渡り、舟を引いて上流へ向かいそこから島を目指す。
・島で親書と献上品と写本を見つけたら舟に乗せられるだけ乗せて川を下る。

大雑把ではあるが、これ以上詳細を詰めるには情報が足りなすぎた。懸念すべきことはいくらでもあった。島に見張りの女戦士がいたらどうするのか、島へ近づいた際に魚たちに見つかることはないか、舟で待機しているときに怪物が襲ってきたらどうするかなど、考えればきりがない。だが、やるしかない、とペトルスは決意を語った。

「神がきっとわれわれを守ってくださる」

二日後われわれはテオポンポスに厚く礼を言って家を辞し、四軒隣の王ヒッポニコスの家を訪ねた。舟を譲り受けるためだ。

その家はテオポンポスのものと変わらぬほど簡素で、果たしてこれが本当に王の家なのだろうかとわれわれは訝った。おそらく気前がよすぎて何もかも誰かに譲ってしまうのだろう。

ヒッポニコスはわれわれの姿を見るなり、大仰に両手を広げ、歓迎の意を示すと家の中に迎え入れた。彼とはすでに集落の中で何度か会っていたようだが、そのへんのキュノケファルスと見分けがついていなかった。

「あなたがこの国の王でしたか」

「よく来てくれた、余は汝らを歓迎する」

「王よ、このたびはお願いがあって参りました」

われわれは王の前にひざまずいた。

「客人よ、それは身に余る光栄。余にできることであれば、何なりと叶えよう」

「王がお持ちの舟をお譲りいただきたい」

「ほっほっほ、それはそれは大それた望みであるな。よろしい。舟を汝らに譲ろう。この国にたった一艘しかない王の舟を」

ヒッポニコスはなんのためらいもなく即答し、その顔には満面の笑みが浮かんでいた。

テオポンポスの言う通りだった。驚くほどの気前のよさと言っていい。

「こうまで気前がいいと、かえって気が引けるな」

後にペトルスがそうふり返ったぐらいである。

「ただ、汝らにひとつだけ注意しておくことがある」

ヒッポニコスは言った。

「この舟にはアレクサンドロスの呪いがかけられておる」

「呪いのことはテオポンポスに聞きました。それはいったいどのような呪いなのでしょうか」

わたしは尋ねた。

「帰巣本能があるのだ」

「帰巣本能？」

「さよう。どこへ行こうとも最終的にはここに戻ろうとする。用事が済んだら、寝ていても勝手に家に戻れるようにつくられておるのだ」

「なるほど」

「便利だと思うであろう」

「たしかに帰ってくるのが楽ですね」

「だが、これがなかなかひとすじ縄ではいかぬことが使ってみてわかった」

「どういうことです？」

「気を抜くとすぐ家に戻ろうとするのだ」

われわれは互いに顔を見合わせた。そんな舟など聞いたことがない。

「だから、これに乗っている間は常に起きて監視していけなければならない。途中でうっかり居眠りなどしようものなら起きたときにはここに戻っておる。おかげで余ら人間はこれで一日以上の距離を遠出できたためしがないのだ」

ペトルスが呆れたというように首をふった。

そういうカラクリがあったとは。つまり王の舟は誰かに譲ってもその誰かが舟を乗り捨てたり、あるいは居眠りしたりしたら、王の元に戻るのである。王が気前がいいのも当然であった。

「三人で交替で起きていればいいわけですね」

「余らもそのように考えて複数で出かけた。しかし、夜更けから朝まで起きておるのは至難の業だ。余ら人間は誰ひとり朝まで起きていることができなかった」

「わかりました。心して乗ります」

呪いとはそんなことだったらしい。三人いれば解決できそうである。しかしなぜアレクサンドロスの呪いなのか。それについてはテオポンポス同様、ヒッポニコスも由来は知らないようであった。

こうしてわれわれは貴重な王の舟を難なく譲り受けることができたのだが、ただその後、王の蔵から舟を引き出し、みなで川へ運ぶ間じゅう、ヒッポニコスが大声で周囲の注目を引こうとするのにはやや閉口した。ヒッポニコスは、自分が一艘しかない貴重な舟を客人に与えるほど気前がいいことを、他のキュノケファルスたちに大げさな身振りと口ぶりで喧伝し続けた。われわれは、テオポンポスがそれをどこかで聞いていることを思い、彼が気の毒になった。

やがて多くの群衆を従えながら、舟は川に到着した。

王の舟は、大きな丸木の刳り舟だった。おそらく七~八人は乗れるだろう。

進水すると、王は家来にたくさんの食料を持ってこさせ舟に積み込んだ。われわれが頼んだわけではなく、王が勝手に運ばせたのだ。気前がいいからであった。運ばれた食料を見る限り数日は食いはぐれることがなさそうで非常に助かる。これほど親切なキュノケファルスたちが、あの非情な女たちの伴侶であるのが信じられなかった。

わたしは取り囲む群衆のなかにテオポンポスの姿を探したが見当たらなかった。現王の気前のいいところを見るのは耐えられなかったのであろう。

われわれは王に感謝を述べるとともに、心の中でテオポンポスにも感謝した。彼の気前のよさがなければ、王の気前のよさが引き出されることもなかったのである。今、舟のまわりで王の気前のよさを称える群集たちの誰も、王の比類なき気前のよさを発揮させたのがテオポンポスの無私の気前のよさであったことを知らない。それはわれわれの心の中だけの秘密であった。

われわれは川へと漕ぎ出した舟の上でふりかえって王を称えながら、その実、心の中ではテオポンポスをこそ称えたのであった。


われわれは現王ヒッポニコスとキュノケファルスたちに見送られながら川を下り、やがて彼らの姿が遠く見えなくなると、舟を川岸に寄せた。少し下ったところに姿を隠すのにちょうどいい葦の入江があることを、テオポンポスに教わっていたのだ。

「この入江で夕暮れを待つ。それまで三人のうち誰かひとりは必ず舟の上に残っておらねばならん。アレクサンドロスの呪いによって舟が戻ってしまうからな」

ペトルスが言い、われわれはとりあえず三人とも岸に引き上げた丸木舟に乗ったまま、くつろぐように船べりにもたれた。

アマゾネス島がここより少し上流にあることはすでに昨日の探索で把握している。日が沈む頃に対岸に渡り、舟を引いて川を遡るのがわれわれの計画だった。

「あのキュノケファルスたちは、何世代もの間あそこで暮らしてきたのだろうか」

彼らが川の名さえわからないほどに世間を知らないことが、わたしには気の毒に思えた。

「アレクサンドロスの呪いはそれでしょうね」

エドガーが言った。

「どういう意味だ、エドガー?」

「アレクサンドロス大王が、キュノケファルスたちをあそこに閉じ込めたんですよ。決して外の世界に出てこられないように」

「閉じ込めただと?」

「アレクサンドロスは、ゴグとマゴクの人食いたちも北方の高山に閉じ込めています。人々に恐ろしい災禍を為す存在だったからでしょう。同じようにキュノケファルスも人間でもなく犬でもない汚らわしい存在としてアレクサンドロスによって忌避され、ここに閉じ込められたのだと思います。この王の舟は国の外へ出る唯一の手段でありながら、夜通し起きていることのできない彼らにとっては、決して彼らを外へ連れ出してくれることのない見せかけの道具なのです。彼らの不満をガス抜きするためのペテンです」

「呪いとはそういうことか」

「あくまでぼくの推測ですが。彼らは今ではアレクサンドロスが人名であることすら忘れていました。それでもこの舟が呪いであることに気づいた昔の誰かが、その恨みを忘れまいとアレクサンドロスの名を冠したのではないでしょうか」

「王の舟は彼らにとって無用の長物だったわけか」

わたしは気前のよかったテオポンポスのどこか悲しげな顔を思い出し、彼のために祈った。彼はインドのことも知らなかった。彼らは今後も死ぬまであの村の中で暮らしていくのだ。

そのときである。

「伏せろ！」

ペトルスが小声で叫び、舟底に腹ばいになった。わたしも理由がわからないまま身をこごめたが、時すでに遅かった。

川の中ほどからわれわれのほうをじっと伺っている女戦士の姿が見えたのである。とんだ大失態であった。入江は葦で隠されていたから油断していた。

女戦士はたったひとり魚に跨り、弓と矢を手にゆっくりとこちらに向かってきた。

「どうする？」

「敵はひとりだ。仲間を呼ばれる前に倒すしかない」

ペトルスは戦う気でいるようだが、われわれには武器もなかった。たとえ三人がかりでも、相手がその気になれば瞬く間にわれら全員を弓矢で射殺できるだろう。

気がつくとエドガーが舟を飛び出し、女戦士の前に身を投げ出していた。エドガーは声を限りに訴えた。

「われわれはすぐに舟で立ち去ります。あなたがたに危害を加えないし、あなたがたのことを誰にも話さない。だからどうか見逃してください」

「エドガー！　無駄だ。やつらには言葉が通じない」

「他にどんな方法がありますか！」

「そうだ、穏便に話そう」わたしも舟を降り、降伏の意思を態度で示すため両手を高く掲げた。

「それしかない」

「あまり近寄るな。かえって警戒される」

ペトルスは言いながら同じように両手を上げ、あきらめて舟を降りてきた。

その途端、舟がひとりでにゆっくりと動きはじめた。勝手に川を遡ろうとしている。

「いかん、舟が！」

叫んでわたしは舟の中に飛び込んだ。全員が降りてはいけないのだ。忘れていた。舟の動きはそれで止まった。

女戦士はまだ矢をつがえてなかったが、われわれはみな両手を高く掲げたまま、穏やかな口調でそれぞれに話しかけた。決して彼女たちを恨んでいないこと、すみやかにここを立ち去るつもりであること、彼女らの存在を決して口外しないことなどだ。通じていないにしても、それ以外にできることはなかった。

とそのとき、女戦士の視線がちらりとわれわれの背後に動いたのをわたしは見逃さなかった。

後ろにも敵？　挟み撃ちか！

血の気が引いた。やられた。すでに囲い込まれていたとはまったく迂闊（うかつ）であった。

そうしてふり返ったわたしの前に、ひとりのキュノケファルスが立っていた。

「テオポンポス！」

テオポンポスは、犬の口でにっかりと笑った。

「余が教えた通りの入江にいたな」

「どういうことだ、テオポンポス殿」

ペトルスが厳しい表情でにらみつけた。

「ことによっては、われわれも黙っておりませんぞ」

まさかテオポンポスに限ってわれわれを裏切るとは考えられなかったが、明らかに彼と女戦士は通じているようすであった。

「余は気前がいいと言ったであろう」

テオポンポスが女戦士に向かって手招きすると、女戦士は魚の馬を操って岸へとあがってきた。女はひとりだったが、背後には魚が数匹ぞろぞろとついてきた。そしてその背中にはいくつか見覚えのある鞍袋が積まれていたのである。

「おお、これはわれらの！」

「彼女は余の伴侶でキナネだ。彼女が汝らの大切な品々を持ち出して来てくれたのだ」

「われわれを捕らえに来たのではないのですか？」

わたしは尋ねた。

「とんでもない。キナネは余の考えに同意してくれた」

「考え？　あなたは、伴侶には何も頼めないと、たしか言っておられたはずだが」

「さよう。余は常に誰よりも気前よくあらねばならない。己の要求で誰かを煩わせることをよしとしない」

「ではどうして？」

「余はキナネに何も頼んでおらぬ。汝らが王の舟で旅立つことを話したら、キナネのほうから汝らの品々を返そうと提案してくれたのだ」

われわれは女戦士を見た。女はまだ警戒の色を浮かべてはいたが、われわれに害意を持っていないのが見てとれた。女戦士はみな強面で男勝りという印象があったが、こうして間近に見ると、誰かと戦うことなど想像できない人なつこそうな丸顔の女性だった。

「なぜ彼女がそんなことを」

「余のためにしたことなのだ。恥ずかしながら、余は汝らに頭を下げねばならぬ。これらの品々は汝らを満足させるであろうか。もしそうであるなら、これらを余の気前のよさの表れと考えてもらいたい。そして汝らにそれを超えぬ程度の気前のよさを所望したいのだ」

テオポンポスにしては珍しい物言いに面食らったが、われわれとしてはむしろそれを叶えてやりたい気持ちだった。

「われわれにできることであれば……」

「つまり余もその舟に乗せてもらえぬだろうかということなのだが……」

テオポンポスの顔は恥辱で真っ赤になっていた。誰かの温情にすがることをよしとしないテオポンポスらしい。

「そんなことならお安い御用です、テオポンポス殿。舟は十分に広い。あなたを王の舟に招待しよう」

ペトルスがそう即答すると、テオポンポスはうれしそうに笑って、彼の手をとり何度も握り締めた。そうして女戦士に何か話しかけると、女戦士もにっこりと微笑み、甲高い口調で何か言い返した。

「キナネは、余がいつの日か王の舟に乗るのを夢見ていることを知っておった。そのために余が王になりたがっていることも。だから汝らが王の舟で旅立つことを知ったとき、舟に乗る最後のチャンスかもしれぬから、汝らにともに乗せてもらえるよう頼むといいと言ってくれたのだ。

だが余は誰よりも気前よくあらねばならぬ。汝らに己の願いを一方的に伝えることなど到底受け入れられぬ。それを知っていたキナネは、汝らが一番喜ぶことをして汝らの気前のよさを上回ればいいと、そうすれば余の気前のよさが損なわれることはないと言って、汝らの品々を返すことを提案してくれたのだ」

「キナネ殿」

ペトルスが感極まった表情で女戦士のほうを見やり、

「われらがどれだけ気前がいいとしても、テオポンポス殿とキナネ殿の気前のよさに到底及ばぬ。このたびのこと心より感謝申し上げる」

テオポンポスが通訳すると、女戦士はにこやかに頷き、ひとつだけ約束してほしいと言った。それは、決してアマゾネス島の存在を口外しないことだった。

「約束しよう」

われわれは頷いた。

「男は約束を守る生き物だ」

そうしてペトルスは、安堵と喜びで顔いっぱいの笑みを浮かべながら、

「さあ、テオポンポス殿。いっしょに王の舟で行こう」

とあらためてテオポンポスの手を握り、上下に激しく揺さぶったのであった。

第5章

マンドラゴラを採る方法

テオポンポスとわれわれ三人を乗せた丸木舟は、悠々と川を下りはじめた。

「キナネ殿は連れて行かなくていいのですか？」

わたしはテオポンポスに尋ねた。

彼女はわれわれの荷物を返したあと、ふたたび魚に跨って島へ戻っていったのである。女戦士とともに旅をするのはぞっとしないが、テオポンポスにしてみれば彼女といっしょに行きたいのではないだろうか。

「外の世界には男がいるから、行きたくないそうだ」

テオポンポスは答えた。

「子どもは置いてきて大丈夫なのですか？」

とエドガーも尋ねる。

そうだ、テオポンポスには鶏小屋の番をしている子どもがいたはずだ。父親がいなくなっては困るのではないか。

「余がいなくなれば、あの子は他の誰かのところへいく。余ら人間は国民全員が子どもの面倒を見るのだ」

「あんたの子ではないのかね」

ペトルスの問いに、

「誰が誰の子ということはない。全員が子どもの父親だ。子どもたちは七歳まで島で母親たちに育てられ、七歳になった時点で余らのもとへやってくる。母親にはわかっているのかもしれぬが、余らには誰が誰の子かなどわからないし、わかる必要もない」

「子どもたちは誰が自分の親か知らないのか」

「余ら全員が父親である」

「われわれが言うのは、その、血の繋がった父親という意味なんだが」

「ほぼ知らないであろう。そのうち顔が誰かに似てくれば、それが父親ではないかと思うこともあるだろうが」

わたしはテオポンポスの家にいた子どもの顔を思い浮かべたが、それは栗毛に覆われた一般的な犬の顔であり、すべてのキュノケファルスとそっくりだった。

「それを知ってどうするのかね」

テオポンポスはふしぎそうな口ぶりである。

「もしその子どもに責任を持つのがひとりの父親だけであれば、父親が死んだときに子どもは路頭に迷うことになる。その子はひとりでどうやって生きるのかね。父親全員で子ども全員を育てるほうが公平で合理的ではないかね」

変わった家族のかたちである。誰も合理性を考えて家族を選ぶわけではないと思うが、それがキュノケファルスと女軍団たちの暮らし方なのだろう。彼らには彼らの考え方がある。わたしはそう思うことにした。

川の流れは深く緩やかで、舟を漕ぎやすかった。

ただときおり瀬が現れるので、そんなときは岩に当たらぬよう、また波にひっくり返らぬよう慎重に漕ぐ必要がある。

ここで活躍したのが意外にもエドガーだった。どこで覚えたのか、厳しい流れを縫うように巧みな櫂（かい）さばきで舟を操ってみせたのだ。最後尾に座って右に左に見事に舵をきり、ペトルスとわたしを感心させた。

わたしはペトルスらの計画に追従して正解だったと考えた。

ひとり徒歩で先に逃げていたらどうなっていたことか。舟がなければ遅かれ早かれ怪物と鉢合わせていただろうし、仮に舟を入手できたとしても途中で転覆していたにちがいない。今となってはイングランドへどう戻ればいいのかもさっぱりわからないが、ひとまずこのままみんなと海に出るのが得策であろう。

テオポンポスは上機嫌であった。常にあたりをきょろきょろと見回し、何かを見つけてはひとりで興奮している。積年の夢であった王の舟に乗れたのだから無理もない。

大きな岩があるといっては目を見張り、樹のうえに猿がいるのを見つけてはわれわれに知らせようと指差すのだった。われわれにとっては猿など珍しくもなかったのだが。

さらに遠くに河馬の群れを見かけたときは、ワウウウウ、と本物の犬のように唸っていた。

「汝らはオケアノスを知っておるか？」

突然テオポンポスが訊いてきた。

「海のことですね。もちろん知ってます」

エドガーが穏やかな瀞場で漕ぐ手を休めながら答えた。

「川を下っていけばいつの日かオケアノスにたどり着けると聞いたが、真であろうか」

「もちろん必ずたどり着きます。川は海という母のもとに帰る子どものようなものです」

「余は何よりもオケアノスが見てみたい」

「たぶんぼくの読みでは、この川は南に下っているので、そのうちインド海に出るのではないかと思います」

「インドのオケアノス……オケアノスはいくつもあるのか」

地理をまるで知らないテオポンポスはごく当たり前のことにも大げさに感心した。彼に海を見せるのは、ちょっとした好奇心をくすぐられるイベントであった。

自分がはじめて海を見たときのことを思い出す。

それはあのろくでなしの父ジョン・マンデヴィルに連れられて、はるばるコーンウォールだかどこだかの海岸へ出かけていったときのことであった。そのときはまだ母も生きていた。なぜ家族でそんな遠くの海へ行ったのか、今となっては理由も思い出せないが、父ジョンがやたらと海を見ろと言っては、わたし以上にはしゃいでいたのを覚えている。幼いわたしが波打ち際にいる蟹が気になって、水平線にまったく興味を示さなかったため、父は背後から何度もわたしの顔を両手ではさんで上を向けさせた。わたしは、そんな父にいらだった。

父はわたしに世界の大きさを見せてびっくりさせたかったのだろう。その気持ちは今ならわからなくもない。残念ながら当時のわたしにとって大きなお世話以外の何ものでもなかったが。今わたしがテオポンポスに対して抱いているのもそのときの父と同じ気持ちにちがいない。テオポンポスがはじめて海を見る瞬間の驚きはどんなだろうか。

そんな思いに浸っているうちに、わたしはふとあのイカモノが書いた本『東方旅行記』にはいったい何が書いてあるのかという興味が不覚にも湧いてきて、舟の中に山積みになっているヤギ皮紙の書物の束から、それを抜き出してきとうにめくってみた。初めて見る父の書である。あの男がよくこれだけの分厚い書物をものしたものだとそこだけは感心する。でたらめに選んだページには次のようにあった。

《ところでプレスター・ジョンの国土は東西の広袤(こうぼう)大きく、四ヵ月の旅程を要し、南北の広袤ははかり知れない。以上の記述はみんな信じてよい。なぜなら、わたしは実際にこの目でそれを見たし、いまわたしが話した以上のものをたくさん見たからである》

わたしは書物を閉じた。

あの嘘つきめ。読むんじゃなかった。

「そういえば、テオポンポス殿」

ペトルスがふと思いついたように尋ねた。

「魚に乗って川を下ってみようとは思わなかったのですか？　キナネ殿のように」

テオポンポスは肩をすくめるような仕草を見せて、

「魚を自由に操れるのは女たちだけだ。もし魚の自由を手に入れたければ余自らが魚になるほかない」

「キナネ殿に習えばいいではないですか」

「魚は余ら人間の雄に乗られるのを嫌がる。彼女らがそのように命令すれば別だが」

「なぜです？　人間は重いから？　女だって重いでしょう」

「彼女らを乗せている魚どもはみなもともと男だった。男は余らを嫌っておるのでな」

なんとなく察しがついた。嫉妬だ。

「魚になれば自由にどこにでも行ける。にもかかわらず、女のもとにすすんでとどまり馬になる者がいる。彼女らが乗りこなしているのはそういう男の魚だ。奴らはたとえ重くても女なら喜んで乗せるが、余らのことは拒否するのだ」

ペトルスとわたしは顔を見合わせ、ひとしきり笑った。

舟は何日もかけて川を下っていった。

恐れていた滝はなく、出発した当初は岩の間を流れ下る厳しい瀬にもたまに遭遇したが、今ではすっかり見なくなって、穏やかな川下りが続いていた。

「いったいここはどこなんだろう」

エドガーはときおり地図を引っ張り出しては、さまざまな憶測をめぐらしていた。あるときは、まだカルデアから遠くないと言ってみたり、またあるときはもう西インドに入っているとか、ときにはもしかしたらテベク〔チベット〕あたりに向かっているのかもしれないと言ったりした。つまりはさっぱりわからないということであり、もちろんペトルスやわたしに正解がわかるはずもなかった。

川幅はだんだんと広くなり、周囲の景色も、植物がでたらめに重なり合ったような当初の緑濃い森にくらべると、木々がまばらになって、ところどころの川中に広い砂洲のようなものも現れはじめた。

われわれは日没前には舟を岸に引き上げ、交替でひとりずつ舟の中に居残って夜通し誰かが起きているようにし、残り二人とテオポンポスは岸辺で火を焚き、火のまわりで横になる日々をくりかえした。舟を降りて眠るのは、そのほうが体を伸ばせて熟睡できるからだ。

毎晩蒸すうえに気温が高く寝苦しかったが、陸にはどんな危険な怪物が棲息しているかもわからないので火は必ず焚くようにした。

そして二週間あまりたった頃、その日も同じように焚火のそばで眠りについたわたしだったが、朝起きてみると何かがおかしいことに気がついた。

「大変だ、舟がないぞ！」

昨夜たしかに岸にあげたはずの丸木舟が消えていた。

消えていたのは丸木舟だけではなかった。ペトルスの姿も見当たらない。

「ペトルスが消えた！」

エドガーとテオポンポスを叩き起こすと、彼らも何が起こったか瞬時に理解した。

「アレクサンドロスの呪いだ」

テオポンポスがつぶやいた。

夜遅くまで起きていることのできないテオポンポスを除き、毎晩睡眠をとるときは、わたしとエドガーとペトルスの三人が交替で舟の番をしたが、昨夜は前半をわたしが、後半をペトルスが舟に乗って見張る役目になっていて、わたしは深夜に舟の横で寝ているペトルスを起こし、彼が舟に乗るのを確認して焚火のそばに移動したのだった。

そうして朝起きたら舟とペトルスが消えていたのである。つまりそれは、ペトルスが舟に乗ったまま眠ってしまったことを意味していた。

「あの大ボケ野郎め」

たしかに、みな疲れていた。夜の番をした人間は翌日昼間に舟のなかで眠るのだが、四人が乗った舟には横になるスペースがないので座ったまま眠るしかなく、それだと十分に疲れがとれないのがわれわれの悩みになっていた。そのため途中感じのいい岸辺を見つけたときには、移動せずに一日休み、体力を取り戻そうとしたこともあったのである。

だが、それだけでは不十分だったらしい。ついに恐れていたことが起こってしまった。

「テオポンポス、舟は今どのへんだろうか？」

（この頃にはテオポンポスともかなり打ち解けて、ほとんど対等な立場で話す仲になっていた）

「ペトルスがいつ目を覚ますかによる。すぐに目を覚ましておればまだ遠くまでは行っていないかも知れぬし、ぐっすりと眠っておれば、余の国まで戻ってしまうかも知れぬ」

「王の舟が戻るときはどのぐらいの速さで戻るのか。われわれはもう二週間は川を下ってきたが、ひと眠りしただけで最初まで戻るとしたら、ずいぶん速いではないか」

「実は余もよく知らぬのだ。なにせ王の舟に乗るのは初めてだからな」

われわれはこの状況にどう対処するか考えたが、ペトルスが戻るのを待つ以外に思いつかなかった。しかしいったいどのぐらい待てばいいのか見当もつかない。

「ペトルスめ、情けないやつだ」

舟から降ろしておいた食料は一日分だけで、もしそれ以上時間がかかるなら水と食料をどこかで調達しなければならない。

だが、舟に乗ってから今の今まで村や町のようなものは一度も見かけたことがなく、われわれはこの川沿いには人が住んでいないのかもしれないと思いはじめていたところだった。今も周囲に見えるのは、両岸にそびえる禿げた小高い丘と、下流側に広がるまばらに樹の生えた平原だけで、町や村は見当たらない。となると水も食料も自力で調達しなければならないが、狩りや釣りをしようにも道具がなかった。

「何か食べられるものを探してくる」

わたしが立ち上がると、

「余も行こう。知らぬ土地を歩いてみたい」

とテオポンポスもついてきた。われわれはエドガーを見張りに残し、二人で岸辺の丘を登りはじめた。

丘を登りきると、その向こうにはさらに山が続いていた。岩だらけの山肌はどこまでも乾燥しており、ろくに樹も生えていない。

下流方向を見渡すと、かろうじて山と平野部が接するところに細い流れの痕跡があるのが見えた。その筋に沿って低い木が生えている。雨が降ればそこが川になるのだろう。

その先は広大な平原で、多少草も生えてはいるが、ほとんど砂漠に近い。いくら目をこらしても人の住んでいる気配はなかった。

「実のなる木でもあればと思ったんだが」

わたしは落胆した。テオポンポスはといえば、はるか遠くを見晴るかし、感慨深げに目を細めている。

「どこにも森が見あたらぬ。余はこんなに広い眺めは初めて見た」

木陰もないので強い日差しで肌が焼けた。舟にいるときのように水をかぶることもできない。われわれは低木があって少しは涼しげに見える干上がった川のほうへ下りていった。

テオポンポスが先に立ち、川まで駆けおりていく。初めて村の外を歩き回れて浮かれているようだ。

干上がった川が岩山を避けるように曲がっているところで、テオポンポスが急にしゃがみこむのが見えた。何かを見つけたらしい。

追いつくと、両手で素早く掻くようにして地面を掘っていた。その仕草はまさに犬のようだった。

「どうしたテオポンポス！」

「よきものを見つけた！」

「食いものか」

「薬だ」

追いついて、彼が掘っている地面を見た瞬間、わたしは思わずテオポンポスを背後から抱き寄せるようにして、その場から引き離した。

「やめるんだ！」

テオポンポスが掘っていた穴の縁には、オオバコのようなロゼット状の葉の中心に小さな紫の花をもつ植物が生えていた。わたしはそれが恐ろしい植物であることを知っていた。

「マンドラゴラだ！」

マンドラゴラとは、その根を粉末にし煎じて飲むことで鎮痛効果や催眠効果、さらには消炎効果や幻覚性の麻薬的効果などさまざまな薬効が期待できる植物である。ペルシャに多く自生すると言われているが、ギリシャでもたまに見つかることがある。

恐ろしいのはこれを採取しようとすると、地面から引き抜く際に鋭い叫び声をあげることで、その叫び声を聞いた者は気が狂って死んでしまうと言われている。そのため、採取するときは紐を結わえてこれを犬に結びつけ、その犬の手前に肉を置いて、犬が肉へ食いつこうとする力で引き抜くようにするのが通例だ。犬は死んでしまうが、マンドラゴラを手に入れるには他に方法がないのである。

「テオポンポス、死にたいのか。今はマンドラゴラなど役に立たん。食料を探すんだ」

「汝らはこれをマンドラゴラと呼ぶか。余らはモリオンと呼んでいる。使いようで薬にもなるし毒にもなるうえ、傷や火傷にすりこめばたちどころに治る。余らの国でもなかなか見られぬ。貴重ゆえぜひ持ち帰りたい」

「それはわたしもわかっている。だが、マンドラゴラは採ろうとすれば叫び声をあげるのだ。そしてその……」

わたしが言いかけるのを制して、テオポンポスは、

「知っておる。モリオンの叫び声を聞いた者はみな死んでしまう。だが心配は無用だ。余ら人

間はこの採り方をよく知っておる。多くの犠牲を払って学んだのだ。決して叫ばせたりはせぬ」

そう自信ありげに答えた。

しばらく説得したが、テオポンポスはあくまでマンドラゴラを採取すると譲らない。だが叫び声をあげさせずにマンドラゴラを引き抜くことなどできるはずがないのだ。説得しても無駄なら、自分だけでも叫び声が聞こえない遠くへ逃げなければならなかった。

わたしは走った。百ヤード以上は走り続けただろう。ふり返ると、テオポンポスはまだ地面にしゃがみこんでいる。

まさか死んでいるのではあるまいな。

見捨てておきながら心配になったが、目を凝らすと動いているのが確認できたので、まだ死んではいないらしい。

マンドラゴラの叫び声がどこまで届くのかわからないが、犬に紐を結わえて引き抜かせるのであれば、採取者はそんなに遠くまで離れずに見張るのだろう。わたしは十分に離れた位置で立ち止まり、テオポンポスの遠い背中を見守った。

彼が不憫だった。

オケアノスが見たいと言っていたのに、こんなところで死んでしまうなんて。

「もう行こう、テオポンポス!」

大声で呼んでみたが、聞こえているのかいないのか応答はない。

それからどのぐらいの時が過ぎただろうか、相当な時間が経った頃、テオポンポスはついに死ななかった。それどころか立ち上がってこちらに向かって歩いてくるではないか。

ついにあきらめてくれたか。

安堵したわたしは彼に向かって近づいていった。

そばまで来てみると、テオポンポスは手に黄土色の人形のようなものを持っていた。生まれたての人の子ほどの大きさがあり、一瞬動いたように見えたぐらいだ。マンドラゴラであった。

わたしは驚いて、

「マンドラゴラは叫ばなかったのか」

「叫んでいたら余は生きておらぬ。言ったであろう。余はモリオンの採取のしかたを心得ておると」

「どうやったんだ」

「簡単だ。モリオンは地中に長い根を張っておる。無理に引き抜こうとするとそれがちぎれて、断末魔の叫び声をあげるのだ。ならば根を残さないように丁寧に掘り起こせばよい」

よく見ると人間と同じ形をしたマンドラゴラの手足の先から長い根が伸びており、テオポンポスはそれをマンドラゴラの胴体に巻きつけていた。

「根の先までしっかり掘り出さねばならぬ。ちぎらぬように丁寧にな。掘り出したら、根は思ったよりも長いから、こうして体に巻きつけておくとよい」

わたしはホッとして、

「今回は無事でよかったが、あまり心配させないでくれ、テオポンポス」

「なに、時間があればもっと採ってこようぞ。まだいくつか植わっておった。あれだけの量が一ヶ所で見つかることはなかなかない」

「必要ない」わたしは言った。

「今はそれより腹を満たすものがほしいのだ」

とそのときである。テオポンポスがハッと顔をあげ、山のほうをふり返った。見れば、いったいどこから現れたのか、長刀で武装した数人の男が近づいてくる。平原には何もないが、山には多くの岩峰がそびえ、身を隠す場所はいくらでもある。男たちは山のどこかに潜んでいたのだろう。マンドラゴラに気をとられて、近くにやってくるまで気づかなかった。

正確には五人。みなわからない言葉を話していた。言葉はわからなくても、われわれを快く思っていないことはその表情からわかる。瞬く間にわれわれを取り囲み、長刀で威嚇しながら手荒い動作でマンドラゴラを取り上げると、わたしだけを後ろ手に縛りあげた。

テオポンポスが抗議の声をあげると、男たちからは、おおお、と驚きの声とともに野卑な笑いが巻き起こった。おおかた犬がしゃべったとでも言っているのだろう。男たちはさらにテオ

ポンポスに話しかけた。テオポンポスには彼らの言葉がわかったようで、彼が通訳するところによると、

「あのモリオンの群落は自分たちが見つけたものだと、この者たちは言っておる。余が勝手に掘り起こしたと」

「自生していたのだから、誰のものでもないはずだ」

「もし汝の命を惜しむならば、さらにモリオンを採ってこいと余に命じておる」

わたしの命を惜しむならばだって？

つまりわたしは人質ということか。

「ふざけやがって」

思わず声が出た。

するとリーダー格とおぼしい男がわたしに向かって、

「ギリシャ語か。ギリシャ人には見えないが。得体の知れない二人組だな」

「そっちこそどこの誰か知らんが、マンドラゴラが欲しければ自分で引っこ抜け」

わたしは言った。

「われわれはシュメールから来た旅の者だ。あのヤブルーはわれわれが見つけた。横取りは許さん。だがお前が欲しいなら、お前に引っこ抜かせてやってもいいぞ」

男はそう言って笑った。

なんという腹立たしい物言いであろうか。こういう暴力が横行しているから、わたしは辺鄙な土地を旅したくないのだ。

「心配は要らぬ」

テオポンポスが勇気づけるようにわたしの二の腕を握った。

「余は汝のためにモリオンを採ってくることができる」

わたしには男らが約束を守るとは思えなかった。しかし刀を持った男五人が相手では、こちらに勝ち目はない。では相手がたったひとりだったら勝ち目があるかというと、それもないだろう。わたしは暴力を憎み、平和を愛する男だからだ。

男たちはわたしを山のほうへ引っ立てながら、テオポンポスには長刀を突き出して、マンドラゴラを採りにいくよう命じた。

テオポンポスが黙ってマンドラゴラの群落のほうへ歩き去ると、男たちはわたしを大きな岩棚の陰に連れて行った。

そこはうまい具合に山肌に洞穴のような窪みがあって強い日差しが避けられるようになっていた。中にはもうひとりの仲間の男と荷物を背負った驢馬(ろば)が数頭休んでおり、彼らがここで野宿していることが見てとれた。彼らが先に群落を見つけたというのはどうやら本当なのだろう。旅の途中で貴重なマンドラゴラを発見し、どうやって採取するか思案していたところに、偶然われわれが現れたのだ。テオポンポスの登場は彼らにとって渡りに舟だったわけである。

シュメールの男たちは時おり岩棚の陰から出て、遠くで作業するテオポンポスを見張った。わたしはテオポンポスがうっかりマンドラゴラを引きちぎってしまわないことを祈った。

やがて夕方になり、テオポンポスが手にマンドラゴラをふたつ抱えて戻ってきた。男たちは満足げにそれを受け取ると、テオポンポスと言葉を交わした。

夜に掘るのは危険だとテオポンポスは伝えたらしい。男たちは了承し、続きは明日ということになった。全部掘り出させて持ち帰るつもりのようだ。

「余は少々疲れた。掘るのには神経を使うからな」

テオポンポスはそう言ってわたしの隣に腰を降ろした。

火が焚かれ、男たちは食事を作ってわれわれにも分け与えた。マンドラゴラさえ渡せば、危害を加えるつもりはないらしい。

その後男たちはテオポンポスとわたしを背中合わせに縛り、さらに縄の先を重い荷物に結びつけると、しばらく笑いながら酒を飲んでいたが、やがて夜も更けてくると全員が火のまわりに横になった。

「テオポンポス、あとマンドラゴラはいくつぐらいあった？」

「二十株ぐらいだ」

わたしはエドガーのことを思い出して気が重くなった。男たちはすべて採り終えるまでわれわれを解放しないだろう。

エドガーは夜になってもわれわれのことを心配しているにちがいない。だが、ペトルスがいつ戻るかわからない以上、川から離れることもできない。このままわれわれが捕われ続けていたら、エドガーはわれわれのことを死んだと思うかもしれない。そもそも彼の元には食料が一日分しかないのだった。

「アーサー」

不意に、背中合わせのテオポンポスが小声でわたしを呼んだ。

「余は夜に弱い。汝は余のことをつねってくれまいか。余が眠ってしまわぬように」

「夜は眠ればいい。明日のことは明日考えよう」

「そうはいかぬ。いずれわかる。余を眠らせないでくれ」

テオポンポスが何を考えてそう言うのかわからないまま、わたしは縛られた後ろ手で、彼の腕をつねった。

テオポンポスは痛みで眠気をふり払いながら、何かを待っていた。

しばらくして、テオポンポスをつねるのも面倒になってきた頃、わたしは異様な気配を感じ、岩壁のほうに目をやった。

その瞬間、思わずぞっとして声をあげそうになった。

そこには焚き火の炎に照らされて、三つの黒い人の影が揺らめいていたのである。

男たちはみな横になっている。それなのに影だけが立ち上がっているのは不気味としか言いようがない。そう思った瞬間、わたしは影の正体に気がついた。

それはマンドラゴラの影であった。

テオポンポスによって掘り出された三株のマンドラゴラが、焚き火のそばで立ちあがっているのだ。

炎の揺らめきのせいだろうか、大人ほどの大きさに増幅された影は、まるで震えながら巨大化していく怪人のように見えた。

立ち上がったマンドラゴラたちは、長い根を引きずりながら男らのもとを離れ、夜の闇へと立ち去ろうとしている。背中越しにテオポンポスがごくりと唾を飲み込んだのがわかった。

マンドラゴラが逃げようとしている。

異変を感じとったのか、男がひとり身を起こしたのと、マンドラゴラの姿が闇に消えたのがほぼ同時だった。男はマンドラゴラがないことに気づくと、ぶつぶつ言いながら立ち上がって探しはじめた。われわれが隠していると確信して周囲を探るも、何も見つけることができなかったので、男は舌打ちしながらわたしの腹を蹴り上げた。不意に蹴られて、わたしは一瞬息ができなかった。それでも苦痛にうめきながら、

「マンドラゴラなら出て行った」

と教えてやった。通じたかわからないが、男は闇のほうを一瞥し、地面に何かを引きずったような痕を見つけたらしい。他の男たちをたたき起こしはじめて、場は騒然となったのである。

男たちはリーダー格の一人を残し、消えたマンドラゴラを追って闇の中へ出て行った。マンドラゴラはまだそう遠くへは逃げていないはずだったが、星明かりではよく見えないのか、すぐに彼らは戻ってきて焚火から明かりになりそうな木片をとりあげると、ふたたびマンドラゴラを追っていった。

とそのときである。突然テオポンポスが吼えた。

「ウオオオオオオーン」

それはまさしく犬の遠吠えであった。

リーダー格の男がテオポンポスを怒鳴りつけたが、テオポンポスはさらに大きな声で吼えた。

「ウオオオオオオーン」

男はテオポンポスに近寄り、彼を足蹴にした。それでもテオポンポスは吼え続けた。

わたしは混乱した。いったいなぜテオポンポスは吼えているのか。

「ウオオオオオオーン」

しつこいほどにテオポンポスは吼え続ける。

「黙れ、犬！」

しまいに男は、テオポンポスの顔を殴って黙らせようとしたが、それでもやめないのだった。

わたしはテオポンポスが何を考えているのかわからず、ただ男に対して、殴るな！　と叫ぶことしかできなかった。

どのぐらい吼え続けていただろうか、ようやくテオポンポスが吼えるのをやめ、力尽きたように荒い息をつくようになると、リーダー格の男が長刀を突きつけて言った。

「犬め、ヤブルーをどこに隠した」

「余が隠したのではない。逃げたのだ」

「ヤブルーが自ら逃げただと、馬鹿げた言い訳だ。人を侮ると怪我をすることになるぞ。どんな術を使ったか言うのだ」

「モリオンは夜になると動き出す」

「ヤブルーはどこだ」

「汝はそれより仲間の心配をしたほうがよい」

「なんだと！」

男は仲間の姿を探して闇の彼方に目を凝らしたが、闇は深くすべてを覆い隠していた。

「どういうことだ？」

そう言うと、男はわたしとテオポンポスを縛り付けていた縄を切り、長刀で威嚇しながらわたしの手を自由にして、立ち上がるように顎で命じた。

「お前がヤブルーを探してこい。見つけられなければこの犬の命はないと思え」

「余は犬ではない。人間だ」

そう言ったテオポンポスを、男はもう一度蹴り飛ばした。

わたしは火のついた木片を手にとり、言われる通りに闇の中へ歩きだした。

蹴られた腹がまだ痛んだが、テオポンポスのためにマンドラゴラを見つけなければならない。とはいえどこへ逃げたかまるで見当もつかなかった。マンドラゴラがひとりでに歩くものだったとは、自分の目ではっきりと見ていながら、いまだに信じられなかった。

わたしは以前、ある医師にマンドラゴラを見せてもらったことがある。さらに愛読している植物図譜にも載っていたから、その姿かたちはよく知っていた。医師が見せてくれたマンドラゴラは、動物のように動くことはなかったし、植物図譜にもそのような解説はなかった。なので彼らが歩くことすら知らず、歩いてどこへ向かったのかその習性もまったくわからなかった。私にできることといえば、男たちが持っている火の光を頼りに探すこと以外になかった。

少し離れた場所に光が見えていたので、そっちへ向けて歩いていった。するとすぐに奇妙なことに気がついた。光が動いていないのである。男はあそこで何をしているのだろう。

近づいていって男の姿を見つけたとき、わたしは思わず小さな声で叫んでいた。火のついた木片は地面に放り出されており、男はその場に倒れたまま動いていなかったのだ。

直感で死んでいるとわかった。

思わず踵を返して岩棚へ走り帰り、

「仲間が死んでいるぞ」

とリーダー格の男に伝えると、男は険しい顔でわたしを睨みつけ、テオポンポスを立たせて、

「そこへ連れて行け」

とわたしに命じた。

三人で倒れている男のもとへ着くと、リーダー格の男はその体に触れて息がないのを確認した。

「貴様、何を企んだ！」

男はテオポンポスを怒鳴りつけた。

「余が企んだのではない。汝らがヤブルーと呼ぶあのモリオンを追うときは気をつけなければならぬ。あれは生きておったのだ」

「植物が歩いて逃げるはずがない」

「汝は死んだモリオンしか知らぬのであろう。あれは引き抜かれたときに断末魔の叫び声をあげて、引き抜いたものを道連れにして死ぬのだ。だから余は生きたまま掘り出した。生きたモリオンは夜になると人のように歩きだして、元の場所へ戻ろうとする。それがあれの習性なのだ」

「他のみなはどうした」

男は周囲の闇に向かい、大きな声で仲間の名を呼んだ。しかし返事は聞こえてこなかった。

「汝の仲間はおそらくみな死んだ」

テオポンポスは男に告げた。

「生きたモリオンには、長い根がある。長い根がついていないのは、無理やりに引きちぎられて死んだモリオンだ。生きたモリオンは根を引きずって歩く。そのため誰かが闇の中で追い詰め捕まえようとするときに、うっかりその根を踏んでしまう。よくあることだ。そうなれば根がちぎれてしまう」

「それがどうした」

「どうしたとな。根がちぎれればモリオンは死ぬ。断末魔の叫びとともにな」

男の表情が変わるのがわかった。

「余がなぜ吼え続けていたかわからぬか」テオポンポスは続けた。

「余はモリオンの叫び声が聞こえぬよう、その叫び声に負けぬように吼え続けていたのだ。汝らが今生きておるのも、余のそばにいて余が吼えるのを聞いていたからだ」

わたしは恐怖で体が震えるのを感じた。あのテオポンポスの遠吠えを聞いていたとき、どこかでマンドラゴラも叫んでいたのだ。もしそれが聞こえていたら……。

「汝の仲間が三株のモリオンのうちのどれかを見つけるのにさほど時間はかからなかったであろう。このあたりはあまり身を隠す場所がないし、モリオンは長い根を引きずるのでそんなに早く歩けない。おそらく最初に見つけた誰かが、モリオンを捕らえようと近づき長い根を踏んでしまった。踏まれればちぎれる。ちぎれればモリオンは死ぬ。そのときの断末魔の叫びは、おそらく仲間全員に聞こえたであろう。歩いている夜のモリオンを採取するときには、根を踏まぬよう気をつけるのが鉄則である。そういう不幸な事故がよく起こるのでな」

「仲間にもお前の吼える声が聞こえたはずだ！」

「たとえ余の声が聞こえていても、モリオンの叫びを聞いてしまえばそれまで。余のそばにおらぬ限り、あの叫びがかき消されることはなかったであろう」

男は蒼白になり、

「まだ生きている仲間がいるかもしれん。いっしょに探すのだ！」

と震え声で命じたが、テオポンポスはかぶりをふった。

「そう遠くない場所で他の仲間の遺体も見つかろう。余はもうこれ以上起きていることはできぬ。夜が苦手なのだ」

そういうと、テオポンポスは焚火のそばに横たわり、瞬く間に寝息をたてはじめた。

男はしばらくその姿を黙って見下ろしていたが、心はここにない様子で、何かブツブツ言っていたかと思うと、火のついた薪のひとつを手に足早に夜の闇へと出ていった。

わたしは焚火が途切れないように男たちが集めて焚火の傍らに置いていた薪をくべ、息を吹きかけた。できればこの隙にエドガーの待つ川まで逃げ帰りたかったが、テオポンポスを置いていくことはできない。かといって足元の見えない闇のなかを担いで逃げる気力も残っていなかった。一日縛られていて体の節々が痛くなっていたし、今の騒ぎですっかり疲れてもいたのである。

そうして火を絶やすまいと息を吹きかけているうちに、猛烈な睡魔に襲われ、そのままテオポンポスと並んでまどろみのなかに落ちていった。


「こんなところで何をしておる」

誰かの声がした。一瞬、マンドラゴラが戻ってきて口をきいたのかと思った。あるいはシュメールの男が帰ってきたのか。

「おい、アーサー、どうしてここにおる」

答えようとするが、言葉が出ない。

力任せに声を搾り出そうとして、ハッと起き上がると、ペトルスがわたしを覗き込んでいた。

「何があったんだ、アーサー」

「ペトルス……」

わたしは呆然とあたりを見回した。

そこにはいまだかすかにくすぶる焚火と土色の岩壁、そして隣に眠るテオポンポスの姿があった。すでに洞穴内には朝の陽が差し込んでいる。

「うなされていたようだな」

シュメールの男だけでなく、数頭の驢馬も消えていた。男が驢馬を連れて旅立ったのか。それともすべては夢だったのだろうか。

「ああ。それよりペトルス、あんた、戻ったのか」

「すまなかった。ついうたた寝してしまったのだ。あの舟の呪いは洒落にならん。目覚めたときは慌てたわ。だがそんなに遠くまでは戻っていなかったから、朝を待って漕ぎ下ってきたのだ」

「エドガーは？」

「今は舟の番をしておる。わしはお前たちを探しにきたのだ。なぜ舟に戻らずこんな場所で寝ておる」

「いろいろあったのだ」

テオポンポスを起こし、立ち上がって外に出ると、遠くでオオカミのような獣が群がって何かの肉を食べているのが見えた。わたしは昨日のことが夢でなかったことを悟った。

「ペトルス、驢馬を連れた男を見なかったか？」

「いや、見ていない。誰かいたのか？」

「シュメールから来たという男たちがいた。ひどい目に遭った」

わたしは獣が群がっているほうを顎で示し、

「たぶん、あれがそうだ」

と言った。ただしリーダー格の男は、われわれが眠っている間に驢馬とともに逃げたと思われる。寝る前に薪をくべておいてよかった。焚火が消えていたら、あの獣たちにわれわれも襲われていたかもしれない。

テオポンポスを起こし、三人で川への道を引き返しながら、昨日の出来事をかいつまんで説明した。ひと通り聞いたペトルスは、

「マンドラゴラを死なずに採取できるなら採取してきてもよかったな。あれは毒にも薬にもなる」

「いや、もうこりごりだ。いくらテオポンポスが採り方に精通しているとはいっても、何度も掘っていればうっかり根をちぎってしまうこともあるだろう。余計な欲を出さないことだ」

わたしが言うと、テオポンポスが懐に手を入れ、なかから根菜のようなものを取り出した。

思わず、あっ、と声を出してわたしが後ずさると、テオポンポスは微笑んだ。

「安心せよ。これはもう死んでおる。死んでいた男のそばに落ちていたマンドラゴラの下半身だ」

「もう叫ぶことはないのか」

「もちろんだ。おそらくこれの断末魔の叫びであの男は死んだにちがいない」

ペトルスが覗き込んで、

「ほう、これが」

と言ったが、さらに採りに戻ろうとは言わなかった。

「叫び声を聞くことなく掘り出せるとはたいした技だな、テオポンポス」

「余らの先祖はそのために長年苦汁をなめさせられてきた」

テオポンポスは淡々と答えた。

「先祖は首に紐をくくりつけられ、その先をモリオンに結ばれて、肉を餌に呼び寄せられたのだ。そうしてモリオンを引き抜き、叫び声を聞いて死んでいった。先祖に紐をくくりつけた者どもが、モリオンを手にしたかったがために犠牲にされたのだ。

本当はどのようにすれば命を落とさずにモリオンを手に入れることができるか先祖らは直感でわかっていた。だが伝える術がなかった。まだ余のように言葉を話すことはできなかったし、根をちぎらずに掘り出す細やかな作業に向いた手も持たなかった。やがて余らの先祖は人間になり、言葉を話したり手を使ったりすることが可能になったので、その術を後世に伝え、今ではモリオンを叫ばせることなく採取できるようになったのだ」

わたしは彼らキュノケフェルスに申し訳ないような気持ちだった。われわれはマンドラゴラを手にするために、彼らの先祖を犠牲にしてきた。おそらく今でもギリシャやその他の地方では同じように犬の命が無駄に奪われているだろう。

「生きてマンドラゴラを採取しても」

ペトルスがふしぎそうに言った。

「薬として使うときは殺さねばなるまい。そのときはどうやるのだ」

テオポンポスはにべもなく答えた。

「簡単なことだ。水につけて絞めればよい。そうすれば叫び声を聞かずにすむ」

第6章

海を漂う少女

川は、いつしか広大な流れとなっていた。流れは緩やかで、両岸には低い土地がどこまでも続いている。左手には、はるか彼方に、山頂に雪を抱くゆるやかな褐色の山脈が見えていた。

「祭司ヨーハンネスの国はあの向こうだろうか」

ペトルスが山脈を見晴るかしながら呟いた。

流れは南へ向かっていて、山脈は東にあったから、ペトルスの推測はあながち的外れでもないのかもしれない。もちろんそんな王国が本当にあるとすればの話だが。

さらに十日ほども進むと、しまいには両岸とも見えなくなって、はるか遠くに望めた山脈もいつしか姿を消していた。

泥で濁っていた水も今は青々とした透明感をたたえている。

エドガーが水に指を浸してなめた。

「海水だ。インド海に出たんだ」

わたしもペトルスも水の味を確認した。たしかにしょっぱい。

「本当にインド海なのか」

「わかりませんが、バクー海とは海の色が違いますし、塩の味もだいぶ濃い。マウレの海ならさすがにもっと船が往来しているはずですが、船影はまったく見えません。どっちにしてもこの暑さはもっと南の海だと考えられます」

たしかに気温はアマゾニアを出てから上がりっぱなしで、今ではジリジリと肌を焼くほどの

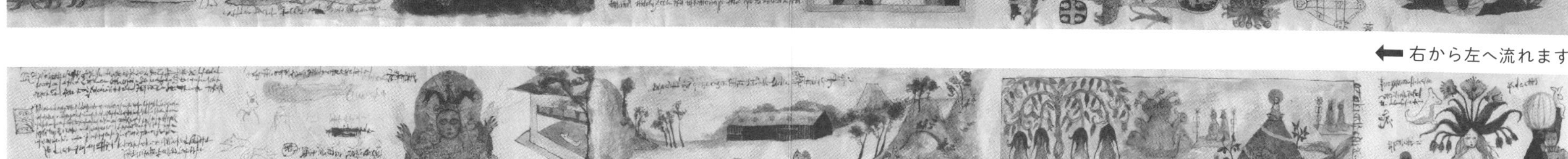

←右から左へ流れます

I マンドンゴラを獲ろうと企てる男たち。犬っこに掘らせようとするが、犬っこはまったく興味なし。近くにはマンドンゴラ採取に失敗した男の骸が転がっていた。梅干しの種みたいにカチカチ。

J 赤鱏の上に乗って進む舟。早くてとても快適。少女の横顔をチラ見するペトルス。

K 島々が描かれた風景画。右は巨大蟻と金の山。一攫千金を狙う男たち。左はワークワークの港。枝には若い女のような果実がぶらさがってる。その下で女にプロポーズする男がいる。たぶんうまくいかない気がする。

L 檻車を引く変な動物。鼻先に一本の角が生えている。思いのほかスピードが出てびっくり！ それから「トンスラ」と呼ばれるイカす髪型の町人たち。

M シアカと呼ばれる邪神の像。怪しげなお焚き上げをする浄安大僧正とマンデヴィルたち。

N マンドンゴラの採取方法と効能について追記。（美しいものには毒がある）

記』
デヴィル（東洋文庫）
デヴィルの不合理な冒険』の原典で
記。内容がぶっ飛んでいて面白い。と
のアジアに入ってからが最高。ほとん
などからの剽窃だが、奇抜な話ばかり
あって楽しい。ずっと愛読していた。

ブスをペテンにかけた男
ョン・マンデヴィルの謎』
ズ・ミルトン（中央公論新社）
ンデヴィルとは誰だったのかを調査したノ
ン。情報が少なすぎて結局不確かなことし
い印象は残るが、それでもセント・オールバ
のジョン・マンデヴィルなる人物がエルサレ
では実際に旅行した可能性を示唆している。

丘親王航海記』澁澤龍彦（文春文庫）
彦の傑作。日本から天竺を目指して旅立った
がさまざまに不思議な体験をしながら西へ向
アーサー・マンデヴィルの不合理な冒険』を書
機のひとつは、これに触発されたこともある。も
文学性は桁が違うけれども。

（原書房）
17世紀にイエズス会士が中国人に向けて書いた世界の地誌。中南米のわりとまっとうな新情報が載っている一方で、小人国とか長人国とか、百回顔を洗うと老いた顔が若返る泉の話などデタラメも依然掲載されている。

『あたまの漂流』中野美代子（岩波書店）
中野美代子先生の本はどれも面白いが、これは探検や旅にまつわるエッセイ集。ヤーコポ・ダンコーナなるジョン・マンデヴィル以上に怪しい人物の話が出てくる。マルコ・ポーロと同時期に中国を訪ね『光の都市』なる本を出版したという。誰か翻訳してくれないものだろうか。

『中央アジア・蒙古旅行記』
カルピニ／ルブルク（講談社学術文庫）
ヨーロッパからスキタイを経由してモンゴリアへ向かった修道士の見聞録2題を収録。犬頭人が体を厚い氷で覆って武装し、タルタル人の矢をはねかえすことが書かれている。

『黄金伝説4』
ヤコブス・デ・ウォラギネ（平凡社ライブラリー）
キリスト教の聖人伝説をまとめた「黄金伝説」。そのなかに登場する聖ヨサパトの物語は、釈迦の伝説とそっくりであり、たびたび囁かれる釈迦＝イエス同一人物説の根拠のひとつになっている。

『キリン伝来考』
ベルトルト・ラウファー（ハヤカワ文庫）
キリンと、中国で聖なる獣とされる麒麟。名前は同じでもその姿はまったく似ても似つかない。なぜそんな勘違いが起こったのか。キリンがどのように世界に伝わっていったかを解明する。

『スキタイの子羊』
ベルトルト・ラウファー（博品社）
ラウファーという人は、西洋がいかに外部世界を誤解し、でたらめな情報を信じたかについて多くの本を残している。なかでもスキタイの子羊について、羊のなる木という得体のしれない植物の存在が信じられるようになった経緯を分析したのは、おそらくこの本が最初だろう。

『綺想迷画大全』中野美代子（飛鳥新社）
美女のなる樹を描いたタイの仏教彩色画本の「美女果」なる挿絵を紹介している。女体のような果実がなる樹は、タイにある地獄をコンクリートの塑像で表現した寺によく登場する。

『幻獣辞典』
ホルヘ・ルイス・ボルヘス（河出文庫）
マンドレイク（マンドラゴラ）やセイレーン、一角獣などさまざまな不思議な生き物が網羅されていて楽しい一冊。幻想の生き物の入門編に最適。

た一大奇書。男が勝手に捏造した台湾と日本が詳述され、言語まで創造しているから手がこんでいる。日本国皇帝の名はメリアンダノー。台湾人の変な挿絵までついていて笑えます。

『山海経』（平凡社ライブラリー）
中国の古典的地誌。国内外に棲む民族や怪物が延々と列挙され、挿絵も多いが、ほとんどが実在しない。昔の人の想像力は相当なものだったことがわかる。

『世界をまどわせた地図
伝説と誤解が生んだ冒険の物語』
エドワード・ブルック＝ヒッチング
（ナショナル・ジオグラフィック社）
ムー大陸や海に沈んだ都、巨人の住む国、オーストラリアの内陸海、北極にある磁石の島などなど、空想やデマや誤解によって描かれた間違った地図を網羅したファンタジー好き垂涎の一冊。ページをめくるたび、見知らぬ世界のありえない地図が登場し、ワクワクさせられる。

『植物園の世紀
イギリス帝国の植物政策』
川島昭夫（共和国）
イギリス帝国の植物園に、他のヨーロッパ諸国と違いエキゾチックな色が濃いのは、それが植民地政策と強く結びついていたからかもしれない。

ネタバレあり！
本を読んだあとでご覧ください。

サー・マンデヴィルの理な冒険』のひとこと解説（網代幸介）

宮田さんの本を最初に知ったのは『おかしなジパング図版帖 ―モンタヌスが描いた驚異の王国―』でした。モンタヌスは行ったことのないジパングを、それは面白く奇妙に描いてました。同じく、妄想旅をする僕にとって、この本はバイブル的存在です。

そして、この度、幸運なことに宮田さんの小説！の装画を担当する機会を頂き、大変驚きました。それはそれは面白くて、これは写本を残さねばというテンションになり（編集の瀧さん、デザインの大島さんには、いろいろとわがままをいってしまいました…）絵巻物を描いた次第です。『アーサー・マンデヴィルの不合理な冒険』の旅をさらに楽しむきっかけになってくだされば幸いです。

← 右から左へ流れます

A アーサー・マンデヴィルの不合理な冒険扉絵

B マンデヴィルの行路地図。世にも奇妙な幻獣、神、それから子供の落書き。

C ローマ教皇が思い浮かべる、プレスター・ジョンの王国。蜜と乳の温泉もあるらしい……？

D おそらくプレスター・ジョンの肖像。となりは姪っ子。王国でのさまざまな奇跡、ありとあらゆる不可思議な動物が書かれてある。

E バロメッツの刈りとりでみな大忙しのご様子。（となり町はすでにモコモコにのまれてしまったらしい。やばい！）

F 獣と戦うマケドニアの戦士たち。（こんなのと毎日遭遇する。正直しんどいです）

G 魚になった男の背に乗る、勇敢なアマゾニアの女像。

…中に囚われたサラセン人たち。…日に魚になっていくようすを観…プレスター・ジョンへ献上するは…った財宝（キリストのストッキン…コン、短剣など）。それと犬頭人。

下段右端へ↘

ネタバレあり！
本を読んだあとでご覧ください。

『アーサー・マンデヴィルの不合理な冒険』をめぐる選書リスト（宮田珠己）

不思議な世界の冒険譚が昔から好きでした。子どもの頃『ドリトル先生航海記』シリーズや、『ガリバー旅行記』、『船乗りクプクプの冒険』などを夢中で読み、大人になってからは『高丘親王航海記』に感動し、いつか自分もそんなちょっとユーモラスな雰囲気のある冒険物語を書いてみたいと思っていました。今回ようやくそれを形にすることができ、宿題をやっとひとつ終えた気分です。そのうえ、憧れていた網代幸介さんに素晴らしい絵を描いていただき、作者としてこれ以上の喜びはありません。みなさんにもぜひこの奇妙で不思議な世界で心

『東方見聞録（上・下）』
マルコ・ポーロ（平凡社ライブラリー）
言わずと知れた古典的旅行記。チパングに関する表記は人肉を食べるなど実際の日本とは結構異なっていて、日本のことではなかったのではないかという説もある（的場節子『ジパングと日本』）。

『西洋中世奇譚集成 皇帝の閑暇』
ティルベリのゲルウァシウス（講談社学術文庫）
13世紀に書かれた西洋の驚異譚集。蝿がよってこない教会、蝿を駆逐する彫り物など、聖なるものは蝿を遠ざけることが書かれていて、蝿へのこだわりが可笑しい。よほど鬱陶しかったのだろうか。

『西洋中世奇譚集成 東方の驚異』
逸名作家（講談社学術文庫）
プレスター・ジョンから中世ヨーロッパに届いた書簡と、アレクサンドロス大王の東征記の抜粋が収録されている。ともに驚異に満ちた話が満載で、東方世界がすごいことになっている。

『動物奇譚集1・2』
アイリアノス（京都大学学術出版会）
古代ローマ時代の動物に関する伝説や風説を膨大な数列挙していて楽しい。不思議な話がたくさん載っている。赤鱝が歌に弱いこともこの本で知った。

『アレクサンドロスの征服と神話』
森谷公俊（講談社学術文庫）
荒唐無稽な冒険譚で知られるアレクサンドロス大王の東征について詳しく載っている。実際には相当困難な旅路であっただろうことがわかる。

『西太平洋の遠洋航海者』
B・マリノフスキ（講談社学術文庫）
財産を貯め込むのではなく、気前よく人に分け与える不思議な文化とその知恵について語られた文化人類学の古典的名著。

『幻想の東洋　オリエンタリズムの系譜』
彌永信美（青土社）
ヨーロッパの人々が、釈迦をキリストの別なる姿と勘違いしていった様子が詳述されている。またプレスター・ジョンの書簡がヨーロッパに与えた衝撃など、『アーサー・マンデヴィルの不合理な冒険』執筆中はこの本に多くの示唆を受けました。

『中世幻想世界への招待』池上俊一（河出文庫）
中世の幻想がどのような背景で生み出され流布されていったか、わかりやすく解説されている。池上俊一先生の本は非常に読みやすく、示唆に富むのでおすすめ。

『プリニウスと怪物たち』澁澤龍彦（河出文庫）

『原典 中世ヨーロ
高田英樹編訳（名古屋
中世ヨーロッパに伝わっ
厚な一冊。マルコ・ポーロの
の書簡なども紹介され、いか
がよくわかる。『アーサー・マ
険』ではかなり参考にさせても

『イブン・バットゥー
14世紀のイスラームの
家島彦一（平凡社新書）
14世紀アジアからヨーロッパ
られていた世界のほぼすべてを旅
ラームの大旅行家イブン・バット
の概要を知るのに最適な一冊。

『平行植物』レオ・レオー
平行植物とは、レオ・レオーニが
物群。この本を初めて見たとき、架
ルがあることを知って、うれしくなっ

『鼻行類』
ハラルト・シュテュンプケ（平凡
鼻を使って歩く哺乳類、鼻行類も架空
行植物』以上に図鑑らしく書かれた人を

日差しが照りつけていた。

「とすればわれわれの知る限りではインド海しかありません。そうでなければわれわれの知らない海でしょう」

エドガーはそう言ったが、仮にインド海で合っていたとしても何がはっきりするわけでもなかった。われわれはサラセン人の国々より遠い土地はおおむねインドと呼んでおり、つまりよく知らない土地はすべてインドなのだった。

「これがオケアノスか」

テオポンポスがうれしそうに呟いた。その後は恍惚とした表情で、黙って水平線を凝視している。彼にとっては初めて見る海だ。そうしてしばらく眺めたあと言った。

「水以外何もないのだな」

ペトルスが噴き出した。

「それが海だ」

「大地が水の上に浮かんでいるということがよくわかった。先祖から伝わっていた通りだ」

「浮かんでいる?」

「そうであろう。どう見ても大地よりオケアノスのほうが広い。大地がオケアノスに浮かんでいるようにしか見えぬ」

「まさか、浮かんでいたなら陸にいるわれわれは毎日船酔いするはずだ」

テオポンポスはそんなペトルスの半畳には答えず、

「あの突き当たりはどうなっておるのだ、あの線の向こうは。滝になっておるのではあるまいな」

「滝にはなっていないと思います。海をどこまでもいくと、最後は同じ場所に戻ってくると言われています」エドガーが答えた。

「意味がわからぬ」

「大地は球体だというのが天文学者たちの言い分です」

「何をバカなことを。球に水が溜まるわけがない」

「でもそう言われています。なぜでしょうね。ぼくにもよくわかりません」

「で、汝らはこれからどうするのだ」

「東へ向かって漕ぐしかない。祭司ヨーハンネスの国はそう遠くないはずだ」

ペトルスは海に出たことで気持ちに張りが出たようだった。

「この大海原を帆もなしに櫂で漕ぐのか……」

わたしは嘆息した。

「到底無理だ。嵐がきたらひとたまりもない」

するとテオポンポスが、

「この舟は転覆せぬ。そのようにできておる」

と確信に満ちた口ぶりで請け負った。ペトルスは、

「嵐でもなんでもとにかく進むしかない。せっかくインドの近くまで来たのだ。また元に戻される前に、早くどこかに上陸して歩いたほうがいい」

「食料も減ってきましたし、上陸したいのはやまやまですが、その陸がどこにも見えないようではどうにもなりません」

「陸は東にきっとある。とにかく漕ぐのだ」

その後、何日海の上を漕いだかわからない。夜に上陸して休憩することもできず、さらには毎日の強い日差しを避ける術もなく、われわれはみなひどく消耗してきた。漕いでも漕いでも陸地は見えず、果たして思う方向に進んでいるのか、あるいはただ流されているのか、そんなこともわからなくなっていた。

「オケアノスはこんなにも広いのだな。余らの国がいかに小さいかよくわかった」

「そうだ、テオポンポス。世界は広いのだ。海に出るなら舟に帆を備えておくべきだったな」

わたしはため息が出そうだった。

「この舟には舵もありません。アレクサンドロスはこの舟が海に出ることを想定していなかったんでしょう」

ペトルスとエドガーが櫂で水をかく。果たして前に進んでいるのかどうか、基準になる陸地が見えないので、われわれはさっぱり確信がなかった。

「もう水も食料もほとんど残っていない。あと一日か二日といったところだろう。もしこのまま陸地が見つからなかったら……」

　わたしの悲観的な発言をペトルスが一蹴した。

「神がわれらを救い給う」

「ふん、信じられるものか。蝿の指輪でなんとかならないのか、ペトルス」

「茶化すなアーサー。そのように教皇を侮辱することは破門に値する」

　なにが教皇か。プレスター・ジョンの王国を探せなどと無理難題を押し付けられた挙句、こんな場所で死ぬのかもしれないと思うと、腹が立って仕方がなかった。人の人生をなんとも思っていない教皇にも、そしてデタラメな本を書いた自分の父親にも。

　屋敷の庭が恋しい。あの日教皇に呼び出されなければ、今頃はあの愛らしい庭でひんやりとした空気に包まれながら、のどかに過ごしていたはずなのだ。

　暑さで頭が朦朧（もうろう）としてきた。屋敷の庭の羊歯と教皇がごちゃ混ぜになってグリーンマンのような姿でわたしの頭の中を歩きまわっている。

　われわれは、蓄積した疲労と渇きと熱波によって徐々におかしくなりはじめていた。風が吹いたところでちっとも涼しくない。

　そんなときだった。

「歌が聴こえる」とエドガーが呟いた。

とうとう幻聴が聴こえるようになったか。遭難した船乗りには海の死神の歌が聴こえてくるという。

「美しい歌声だ」

エドガーはおかしくなってしまった。

「わたしの兄弟は歌が聴こえるらしいぞ、ペトルス」

「わしにも聴こえる」

ペトルスもおかしくなっていた。

一方、わたしには変なものが見えていた。なにげなくふり返ると、五十ヤードほど先の海の表面に少女が横座りしていたのだ。

「美しい少女だ」

わたしは言った。遭難した船乗りには海の死神の姿が見えるという。エドガーを笑えない。

われわれはそれぞれに頭をふったり叩いたりし、落ち着いてから全員でふり返って、海の上に横座りしながら歌っている少女を確認した。

「エドガー、おれはもうだめかもしれん。ありえないものが見える」

「兄さん、ぼくもです。ぼくたちはもう死んだということでしょうか」

「お前たちにも見えるのか」

「ペトルス、あんたもか」

「余にも見える」

テオポンポスも賛同した。

「そうか、われわれはみなもう死んだか」

「でももしかして、あれが本物だったら？」

「みんなしっかりしろ、わしらは死んでもおらんし、あれは本物でもない。死にそうなほど腹が減ってるのがまだ死んでいない証拠だ」

ペトルスが言った。

「こんな海のまっただなかに人間などいるものか。もしあれが本物の人間だとしたら、どういう理由で沈まないでいられるのだ。海面に座ることができる人間など見たことがない。すべては悪魔の仕業。惑わされるな、正気を保て。神に祈るのだ」

不意にわたしは閃き、その閃きに自分で戦慄した。

「ひょっとしてセイレーンではないのか」

セイレーンは可憐な少女の姿と美しい歌声で船乗りを惑わし、惹きこまれた人間を食い殺すといわれる海の悪魔である。

「少女の下に板のようなものが見えます。板に座っているんです」

エドガーがどうでもいいことを言う。板に座っていようがいまいが、セイレーンはセイレーンだ。

「近づいてみよう」

とペトルス。

こらこら、セイレーンに近づいてどうする、と警告しようとしたそのとき、少女はこちらに気づいて一瞬歌うのをやめ、怪訝な表情でわれわれを見つめた。わたしははっとして、ますますセイレーンであるとの確信を強め、思わず逃げたくなったが、ペトルスはどんどん舟を漕ぎ寄せていく。

ペトルスはその姿を間近で見つめ、セイレーンかどうか見極めようとしているらしい。あるいはセイレーンだと気づいていないのか。

まさかこんな海のど真ん中に座っているのが本物の少女だと信じているのだとしたら、おめでたいことこのうえない。そのまま食われてしまえと腹立たしく思った。そしてできればセイレーンには彼ひとりで満腹してほしい。

少女のほうはすぐに関心を失ったようでふたたび歌いだした。

だがそれも、いかにも人をたぶらかしに現れた悪魔特有の冷ややかな身ぶりに見える。その気のないふりをして、獲物がさらに近づくのを待っているのだ。

ただ悔しいことに、そうとわかっていながらわたし自身も、久しぶりに見る自分たち以外の人間の姿、しかも美しい少女となって現れた姿に惹きこまれ、その場を立ち去ることがだんだん惜しく感じられはじめていた。セイレーンの思う壺であった。

年の頃は十五ぐらいであろうか。少女は白い麻布を肩から体に巻きつけ腰のところで縛っている以外何も身に着けていなかった。長い金髪に幼さの残る整った顔立ち、赤く日に焼けてはいるものの当初は白かったと思われる肌には、わが故郷イングランドやスコットランド、もしくはノルマン人の面影が重なって見えた。

少女の歌声は、海上のぼうぼうという風音に妨げられることもなく、直接頭の中に入り込んでくるようだった。沈鬱な調べであったが、その底に秘めた優しさが感じられ、わたしは聴くほどに涙があふれそうになって、こんな歌を歌う者が悪魔であるはずがないという思いが、次第に胸にわきあがってきた。

もちろんまだ警戒心は残っていたものの、少女が板に座っているというエドガーが指摘した点も悪魔にしてはまぬけな感じがした。海を棲家とする悪魔であれば、そのようなものに座る必要はないのではないか。そんなこともあって、わたしはだんだん彼女はセイレーンではないのでは？　という思いを持ちはじめていた。

近づくにつれ少女の下の広い板のようなものがはっきり見えてきた。エドガーがよく見ようとして海面に顔を近づけた瞬間、何かがピシャリと海面を打ち、水しぶきがエドガーを激しく濡らした。

その様子に少女がふたたびわれわれのほうを見て歌を止め、なにかぼそりと呟いた。

ペトルスが驚いた様子で少女に向かい、わからない言葉で話しかけた。

「ゲール語だ」

エドガーにも少女の言葉がわかったようだった。

「こんな場所でゲール語だと？　インド海だぞ」

ペトルスは少女と何やら話し込んでいる。

「ペトルスはいったい悪魔と何の契約を交わしているんだ？」

わたしは皮肉った。

「少女の身の上話を聞いているみたいです」

「身の上話だって？　セイレーンに身の上もなにもあるか。自分の身の上を心配したほうがいい」

「少女はセイレーンではないようです」

ならば本物の人間なのか。

「どうやってこんなところまで」

「わかりませんが、少女は絶望しています」

「だろうな。わたしもすっかり絶望しているよ。こんな海の真っ只中で陸地を見失えば誰だって絶望する」

「少女の絶望はわれわれとは違います」

「同じことだよ。どうせ死ぬのだ、この状況でほかにどんな絶望がある」

「失恋です」

失恋？

今ここで悩むことか！　と毒づきそうになるのをぐっとこらえた。

誰にでも好きな絶望を絶望する権利があるとはいえ、この海のまんなかで漂流している状況において、失恋などどうでもいいのではないか。そもそもこんな可憐な少女がなぜ海の上で失恋しているのか理解できない。

「ならば男はどうした？」

「今、自分が座っているのが恋人だと少女は言ってます」

ますます混乱した。恋人の上に座っている？

あらためて少女が座る海中の板を見ると、どうやらそれは板ではなくて大きな魚であるらしかった。エドガーに水しぶきを浴びせたのは、海面を叩いた魚の鰭だった。

「こいつは……」

「赤鱏(あかえい)じゃないでしょうか」

エドガーがすぐさま同定した。言われてみればそれはたしかに鱏だった。少女は広さにして百平方フィートはあろうかという巨大な鱏の背中に乗っていたのだ。

「この鱏が恋人だと？」

たしかに赤鱏が海深く潜ろうとしないのは、少女が溺れないよう守っているのかもしれない。

いつしか少女は涙を流していた。ペトルスはこれまで見たこともないような穏やかな表情になり、少女を励ましているようだ。まるで懺悔室で告解を受ける司祭にでもなったつもりだろうか。落ち着きがあり、いかにも迷える衆生の頼りになりそうだった。つい忘れそうになるが、彼は修道士なのであった。

「つまり少女は今乗っている赤鱏に失恋し絶望しているというのだな」

自分でエドガーに問いかけながら何を言ってるのかよくわからなかった。

「だが、それなら赤鱏はなぜ少女をずっと背中に乗せて守っているのか。赤鱏も少女を愛しく思っているのではないか。その前にそもそも人と魚類が恋に落ちるだろうか」

わたしが頭を抱えていると、エドガーが、

「少女はこんな醜い姿になってしまって悲しいと嘆いています」

「赤鱏はもともと人間だったというのか」

「そうではありません。醜いのは自分のほうだそうで、よりにもよってこんな姿になってしまうとはと彼女は言っています」

「ますますわからない。彼女はもともと赤鱏だったとでもいうのか。それにどこが醜いのか。どこから見ても見目麗しいではないか」

正直に言うが、少女の可憐さは、これまでに会ったことのあるどんな美しい女性にも勝るほどだった。大きな瞳は悲しげだが、それでも陰気な印象はまったくなく、少し垂れた目尻が愛らしい。

しかしそんなことは今問題ではない。この極限的な状況下で、失恋の相談などしている場合か。われわれのすべきことはもっとほかにあるのではないか。

それでもペトルスは相変わらず熱心に少女の話に耳を傾けており、少女のほうも徐々に彼を信頼しつつあるようで、話は熱を帯び長く続いた。

最終的にペトルスとエドガーが聞きとった話をまとめると、こういうことであった。

少女と赤鱏は本来今のような姿ではなく、北海の底に住む同じ水族の恋人同士であった。その水族においてはもともと雌雄の区別ははっきりせず、成熟した個体同士が気に入ると、互いに睦みあうなかで雄と雌の役割がその都度決まり交配をおこなうのが通例だったという。それは彼らの昔からのしきたりであり、それで何不自由なく海の底の暮らしを謳歌してきたのだそうだ。

ところがあるとき、海中をつかさどる教会から海の大主教と呼ばれる水族がやってきて、雌雄が容易に逆転する彼らの暮らしを見咎めると、神を冒涜する非道な行為だとして、ちょうど運悪くそのとき睦みあっていた彼らふたりを無理やり引き離し、怪しげな秘術を用いて、他の同族への見せしめに別々の生き物に変えてしまったのだという。

しかもひとりは陸の、もうひとりは海の生き物として、交配するどころか睦みあうことさえ困難な状況にして立ち去った。

郵便はがき

切手を
お貼り
ください

178-0063

東京都練馬区東大泉
7-15-30-112

大福書林 行

本書をご愛読くださりありがとうございます。
裏面にてご感想やご意見をお寄せくださると幸いです。
おそれいりますが、以下にお答えください。

フリガナ
お名前

ご住所 〒

E-mail

ご職業	ご購入店名

弊社からの新刊案内を希望されますか？ はい・いいえ

ご感想を匿名にてホームページや広告などで紹介してもよいですか？ はい・いいえ

ご記入いただいた個人情報は、アフターサービス・マーケティング・今後の企画の参考以外には使用いたしません。

それぞれ人間の少女と赤鱏として生きることを余儀なくされたふたりは、自分たちの不運を嘆き悲しんだ。

そうしてそれ以降、少しでもふたり触れ合って生きられるよう、住み慣れた海の底を離れ、海面に浮かび出て、傷心の日々を重ねているというのだった。

人間と赤鱏とでは言葉を交わすこともできず、今では恋人が何を考えているのかもわからないときが多いと少女は言う。唯一心が通いあうのは歌を歌っているときだけで、歌の間だけは赤鱏はおとなしく、彼女の思うがままに優雅に泳ぐのだという。逆に長く歌わないでいると赤鱏は勝手にふるまうようになり、少女を忘れて海中深く潜ろうとしたり、猛毒の針で彼女を刺しそうになることもあるらしかった。

「もはや海の底を離れて幾日たったかもわからなくなり、ふたり行くあてもなく海流に流されるまま過ごしています」

エドガーがわたしのために少女の言葉を訳し終えたときには、ペトルスはうなだれて眉間に手を添え、思案に暮れていた。

「ペトルス、修道士なら彼らの呪いを解いてやることはできないのか」

わたしは言った。

「そのような力はわしにはない」

「すべては神の思し召しというわけか」

「わかったふうな口を聞くな。少なくとも言えるのは、彼らの仲を引き裂いた海の大主教とやらは、異端どころか邪教徒の可能性すらあるということだ」

「異端も正統もあるか。教皇だの主教だのがしゃしゃり出て、他人のことに口を挟むこと自体どうかしているのだ」

「彼女によれば、その海の大主教とやらは同じキリスト教徒でもハイドロ派を標榜していたというが、ハイドロ派など聞いたことがない。きっと悪魔の化身にちがいない」

「さっきまでその少女のことを悪魔だと言っていたではないか」

「うるさい。今なんとするか考えておるのだ。黙っておれ」

「少しちがう話をしてよいかな」

突然今まで黙っていたテオポンポスが割って入った。

「彼女がその平たい魚を歌で思うままに泳がすことができると言っておるのであれば、彼女がどこかの陸へ向かうようこの魚を誘導してもらい、われわれはそれについていけば陸にたどりつけるのではあるまいか」

なるほど。

思わず前のめりになったわたしに対して、ペトルスはほとんど耳に入っていないかのような険しい表情で、なにかの考えにとらわれているようだ。

「頼んでみようではないか」

というわたしの問いかけにも応じず、目を閉じてしまった。

「じゃあ、ぼくが」

エドガーが少女に話をもちかけると、少女はこともなげにうんうんと頷き、すぐに小さく息を吸うと、ふたたび優しくも悲しげな調子で歌いはじめた。

赤鱏はあきらかな反応を示した。

丸木舟のまわりを探るように一周したあと、下に潜り込んでわれわれごと持ち上げると、ゆったりと羽ばたくように泳ぎだしたのである。

舟ごと背負われたわれわれは、そのために少女とさらに近くなり、とりわけペトルスは手が触れるほどそばに寄ることになって、彼を動揺させた。その様子から、わたしはペトルスが少女の虜になりつつあることを悟った。様子がおかしいのはどうやらそのへんが理由のようだ。

目当てがあるのか、赤鱏は逡巡することなく大海原をまっすぐに泳いでいく。太陽の方角からして東へ向かっているようだ。おかげでわれわれは一切漕ぐ必要もなく、まるで帆を張った船のごとく海面を走るように進んでいった。

夜になると歌い疲れた少女は赤鱏の背中で眠った。そのときは赤鱏もいっしょに眠っているようだった。

海上で一夜を過ごすと、翌朝われわれはさらに東へ進んだ。

と、昼前になって、水平線の彼方に大きな島影が見えてきた。

「見えたぞ、陸地だ！」

もはや水も食べるものも尽きていたわれわれは、あああ、と丸木舟の中で声にならない声をあげた。

助かった。何日ぶりの陸地だろうか。

島はみるみる水平線いっぱいに広がり、その後もしばらくたどりつかなかったから、かなり大きい島であることがわかった。遠くに巨大な山塊がそびえたっているのが見える。この島なら間違いなく水があるだろう。

「喉が渇いて死にそうだ」

「草でもいいから食いたい」

ペトルスもこのときばかりは大喜びで、感謝の気持ちも加わって少女への思いをますます募らせたようだ。何度も何度も彼女に礼を言っている。

そうしてわれわれは白砂の長い浜の手前で赤鱏の背から降り、あと少しだけ漕げば待ちに待った大地に上陸できることになった。

とそのときペトルスが待ったをかけた。

「焦るな、ここで全員が降りてしまうと舟が失われる。ここはわしが舟に残るので、みなで水と食べ物を調達してきてくれないだろうか」

自分が少女とふたりきりになりたいだけではないか、そもそもペトルスに舟を任せてまた舟ごと消えてしまったらどうするのか。わたしは反論しようかと思ったが、エドガーが一刻も早く何か食べたいとさっさと舟を降りて浜へと走っていったので、わたしも降りて後を追った。足裏の砂がものすごく熱い。

エドガーとともに落ちていた椰子の実を鉈で割って中身を飲み干すと、さらに拾って舟に残るペトルスとテオポンポスのもとへ運んだ。

ペトルスはまず少女にそれを差し出していた。

われわれはさらに森を探検し、いくつかの食べられそうな実を見つけては舟に積み込んだ。

「見たところこの島はかなり大きいようですね」

エドガーは満足げだ。

「あるいは大陸の一部かもしれない。この先は歩いてもいいのではないでしょうか。ぼくはもう舟を漕ぎたくない」

だがペトルスは違う考えのようだった。

「もう漕ぎたくない気持ちはわしも同じだ。だがこの島がどんな島かもわからないのに、舟を捨てるのは早計だろう」

「この舟で海は渡れません。思い知ったばかりではないですか」

「そのときはまた彼女に頼んで鱏の背に乗せてもらえばいい」

「彼女たちにそこまで迷惑をかけるわけにはいかないでしょう。それに早く上陸して歩こうと言っていたのはあなたですよ、ペトルス」

「彼女に行くあてはないのだ。ずっとわれわれとともに来ればいいではないか」

「ペトルス、そんなことを彼女が望んでいると？　あなたは彼女たちにかけられた呪いを解いてあげられないのですか」

「それを言うな。そのことについてずっと考えていたのだ。だが残念ながら、そんな力はわしにはない。わしはただの修道士に過ぎないのだ。こんなに自分をふがいなく思ったことはない」

わたしには正直なところ、このときばかりはペトルスの意見のほうが理にかなっているように感じられた。この先にプレスター・ジョンの王国があるとは信じていないが、どこへ行くにしても赤鱏の背に乗って移動するのが楽なのではないか。

と、そのとき、脳裏にあることが閃いた。

「そういえば、少女は北海で暮らしていたと言っていなかったか。それに彼女はゲール語を話す。ということは、この海はイングランドに繋がっているのではないか」

「たしかに。そうかもしれませんね」

「ならば、赤鱏にイングランドまで運んでもらうことができるのではないか」

われながら素晴らしい思いつきであった。しかしそれにはペトルスが烈火のごとく怒って反論した。

「おのれの本分を忘れたか、アーサー。それに北海とこの海が繋がっていたとしても、どれだけ離れていると思っておる。それほどの距離を彼女らに運んでもらおうとは図々しいにもほどがあるぞ！」

「あんただって、彼女らをもっと利用しようと今言ったばかりではないか」

「利用しようなどと言ってはおらん！　わしは力になりたいと言っているのだ」

ペトルスの剣幕に気圧されたわけではないが、それについて私はそれ以上何も言わなかった。たしかにここから北海まで運んでもらうのは虫がよすぎる話に思えた。

彼女たちとはこのへんで別れたほうがいいだろう。これ以上負担をかけるのはやはり申し訳ない。

そのとき、テオポンポスがおずおずと口を開いた。

「エドガー殿、余に提案があるのだが」

「なんでしょう」

「彼女に通訳をお願いできないだろうか」

「いいですよ」

そう言うとふたりは少女と何やら話しはじめた。

会話の内容は聞きとれなかったが、少女の顔にみるみる明るい笑みが浮かんできたところを見ると、喜んでいるのは明らかだった。途中で、ペトルスが何か訴えるように大声で割り込んだが、少女の喜びようを見ると何も言えなくなった様子で、テオポンポスの提案を受け入れたようだった。

「兄さん、聞いてください。この舟を彼女たちに進呈してはどうかとテオポンポスから提案がありました」

「進呈してどうする」

「思い出してください。この舟は漕ぎ手に先へ進む意志がなければ、あのアマゾニアに自動的に戻ってしまうのです」

「もちろん、覚えているとも。アレクサンドロスの呪いだろう。だとすれば行きたい場所もない彼女はあそこへ連れて行かれるぞ」

「そうです。この赤鱏と彼女でアマゾニアへ行ってもらうのです」

何のことかわからない。

テオポンポスが会話を引き継いで説明した。

「余は彼女に尋ねた。もしふたりが同じ水族になれるなら、元とは違う姿でも構わないかと。すると彼女は言った。もしまたふたり同じ種族になって生きていけるなら、元と違う姿どころかたとえ水族でなくたって構わないと。そこで余は提案したのだ。アマゾニアという国へ行けば、そこには食べたものはみな魚になってしまう肉がある。その肉を赤鱏とともに食べれば、ふたりとも同じ魚になれると」

わたしは一瞬開いた口が塞がらなかった。何を好んでわざわざあの足の生えた魚になる必要がある。それではまるで恩を仇で返すことになるまいか。

ペトルスもそれを聞いて嘆き、

「だめだ。彼女があのくそいまいましい姿になるのは耐えられん」

とその魚の姿がいかにおぞましいか彼女に語って聞かせたらしいが、彼女の答えは「今の醜い姿より百倍はマシ」ということだったようだ。しかもふたたびふたりで愛を交わせるのだから、反対する理由はなにもないと。両方とも雄になろうが雌になろうが構わないと。

「どうかしている。そんなに今の姿が嫌だとは」

ペトルスは頭を抱え、そして肩を落とした。

「われわれから見てよいと思うことが、相手にとっては苦痛であることがあるのです。そしてその逆も」

エドガーが言った。

テオポンポスはさらに続けて、

「実は余も、少女とこの巨大な平たい魚とともに国へ帰ろうと思う。汝らのおかげで十分にオケアノスを見ることができた。とても感謝しているが、正直に言うとそろそろオケアノスに飽きていたところなのだ」

たしかに、誰もが海には飽き飽きしていた。

テオポンポスがそう言うのであれば、ペトルスも反対することはできなかった。もともと舟は彼らキュノケファルスのものなのだから。

「このまま旅を続けたい気持ちもなくはないが、この先どこかで余は汝らと別れることになろう。そのときひとりで戻るのは寂しい。彼女の言葉はわからないものの、それでも同行者がいるのは慰めになる」

こうしてテオポンポスの提案は受け入れられたのであった。

われわれは丸木舟を波打ち際まで引き寄せると、荷物を下ろし、そこに森で見つけた食料と湧き水を載せられるだけ載せ、空いている場所に少女を乗せた。そのうえで赤鱓を丸木舟に蓋のように被せると、テオポンポスと少女に別れを告げた。

「テオポンポス、あんたといっしょに旅ができて楽しかったよ」

わたしは言った。テオポンポスが懐からマンドラゴラを取り出し、わたしの手にそれを握らせた。

「いいのか、テオポンポス。あなたが掘り出したものだろう?」

「モリオンは役に立つ。きっといつか汝を助けることがあろう」

「ありがとう、テオポンポス」

「忘れたか。余は誰よりも気前がいいのだ」

そう言ってニタリと笑った。

エドガーとわたしが丸木舟を波打ち際から押しやると、それはまるで意志を持つかのようにおのずから沖に向かい、やがて今来た海の彼方へ舳先を転じたかと思うと、そのまま波を割ってゆっくりと進みはじめた。

赤鱏が何を感じているかはわからなかったが、少女はこぼれるような満面の笑みでわれわれに手をふると、赤鱏の背を優しくなでながら聴きなれた歌を口ずさみはじめた。

半泣き顔のペトルスはいつまでも名残りを惜しむように手をふっていたが、手をふり返すのはテオポンポスだけで、少女がふりかえることは二度となかった。

第7章

巨大蟻と金の山

暑い。

とてつもなく暑い。気温だけでなく足の裏も熱い。

テオポンポスと少女と赤鱏を見送った浜は、あまりの大地の熱さに足を海に浸していなければひとときも立っていることはできず、われわれは疲れているのに、木陰まで鞍袋を運ぶため走って往復しなければならなかった。

一年を通して夏が続く灼熱の国については、これまでに何度か本で読んだり人の噂で聞いたりして知らなかったわけではないが、それが本当に実在し、そこに今自分がこうして立っているかと思うと、ふしぎな気持ちであった。

「ここはケルメスという島ではないでしょうか」

エドガーが言った。

「なぜわかる」

「父の書に出てくるのです。インドの大海原にケルメスという島があり、そこは猛烈に暑いために人体が溶解して、人間の尻が脛(すね)までさがってしまうのだと」

「あんなものを読むんじゃない。お前の頭が溶解するぞ」

後に、われわれの上陸した大きな陸地はケルメスではもちろんなく、タプロバネと呼ばれる島だということが判明した。

なぜわかったかというと、めいめいが鞍袋を担いで森に分け入ると、先に見つけた湧き水の奥に人が通う道が見つかり、それをたどっていくと大きな村に出たからである。

そこでは大勢の村人たちがバナナを栽培したり豚を飼ったりしていて、椰子の葉で葺いたかわいい家がたくさん建ち並んでいた。

われわれが村人に声をかけると、最初は言葉が通じなかったが、ペトルスがいろいろと試した結果サラセン人の言葉が通じ、島の名がタプロバネであることを聞き出したのである。島にはサラセン人の船がよくやってくるとのことだった。

われわれはそれを聞いて喜び、さらに水と何か食べるものを恵んでもらえるよう慇懃に頼んだ。

村人は漂着民には慣れているのか、快く応じてくれ、ココナツと獣の肉を蒸した料理をご馳走してくれた。そうして何日ぶりかの十分な食事で腹をいっぱいに満たしたところで、漂流者が流れ着いたときは村長のところへ報告することになっていると教えられ、われわれは村長の家に連れて行かれたのだった。

村長は目のギョロギョロしたでっぷりと太った男で、体のあちこちに瘡蓋(かさぶた)のついた腫れ物ができていた。

われわれが交易者でありカタイへ向かう途中船が難破してここに流れ着いたこと、これからさらに東へ向かいたいことなど適当に話をつくって伝えると、村長は瘡蓋のまわりを掻き毟(むし)りながら、三人を値踏みするようにじろじろと眺め回したあと、当然の権利であるというようにわれわれの荷物を開封し、なかから金とエメラルドの象嵌のある短剣を見つけて取り上げ、そのまま没収しようとした。

「われわれのものに手を触れるな」

ペトルスが睨みつけると、村長は、

「難破したのに、これだけの荷を持っているだと。嘘をつくならもっとうまくつくものだ。お前たちがどこから来てどこへ行くのか知らんが、この村に滞在する以上はわしがお前たちを世話することになる。便宜をはかってもらいたいなら、それなりの代償を払え」

と平然と言ってのけた。

「食事もただで提供するというわけにはいかない」

「いいだろう。それが正当な金額ならば支払おう」

村長はわれわれの鞍袋を粘りつくような目でじっと見ていたが、やがて小さく頷くと、

「寝床と食事で一日ひとり十パナムだ」

と言い置いて、部屋を出ていった。

われわれは年老いた女奴隷に村はずれの廃屋に案内され、簡素な木のベッドをあてがわれた。この女奴隷はサラセン人の言葉だけでなく、さまざまな言葉を話すことができるようだった。そのなかには片言のイタリア語も含まれていた。

パナムの価値を尋ねると百パナムが金貨六枚だというので、ペトルスがしばらく頭の中で計

算し、とてもここには記すことのできない修道士らしからぬ言葉で悪態をついた。

「こんなあばら屋に一日で金貨二枚だと。守銭奴め。足元見ていやがる」

「早々に東へ行く船を探しましょう」

エドガーもこのあばら屋が気に入らないようだった。わたしは東へ進むのは気が進まなかったが、もはやイングランドに戻ることはあきらめかけてもいた。

女奴隷によれば、北へ歩いてすぐの隣町に大きな港があるというので、われわれは二、三日体を休めたら出発しようと話し合った。ところが女奴隷は、東へいく船は今の時期はまだ出航しない、いい風が吹くタイミングまで待たなくてはいけないという。

「それはいつだ？」

「祭りの頃から風が変わります」

「祭りはいつだ？」

「十日後です」

「どんなお祭りなんです？」

「蟻祭りといって、この地方では一年で一番盛りあがるお祭りです」

「蟻祭りとはふしぎな名前ですね」

エドガーが首をかしげた。

「蟻から金を奪う競技のために、島内各地から男たちがやってくるのです」

「蟻から金を奪う？」

われわれはますます混乱した。

「そうです。ここから少し山のほうへ歩くと《恐怖の谷》と呼ばれる谷があり、そこに地中から金を掘り出す蟻がいるのです。金は巣穴のまわりに捨てられ山のように積もっているのですが、人間がそれを採りにいこうとすると、蟻たちが怒って人間を襲い、巣穴に引きずり込んで幼虫の餌にしてしまうのです」

「蟻ごとき何を恐れることがある」

そう言うペトルスを女奴隷は手で制し、

「あなたがたがどこから来られたか知りませんが、この地方の蟻はあなたがたの知る蟻とはちがいます。猫ほどの大きさがあるのです。そして馬よりも速く走り、その鋼鉄のように硬い殻はどんな剣も通さないのです」

「そんな蟻からどうやって金を奪うのだ」

「それが問題なのです。今まで多くの挑戦者がいろんな方法で挑みましたが、いまだ成功した者はおりません。今も《恐怖の谷》を見下ろす丘に立つと、谷底にいくつもの巣穴と金の欠片が積もった山を見ることができます」

「それはたしかに手に入れたくなるな」

わたしは金の山が並ぶ光景を想像し、島中から男たちが集まってくるのがわかる気がした。

「金を採りにいこうとして蟻の餌食になる者があまりに多いので、今から十数年ほど前にこの国の太守は《恐怖の谷》に入ることを禁止しました。かわりに年にたった一日だけ祭りの日を定めて、希望者が自分の編み出した方法で金の採取に挑むのを許したのです」

「死ぬとわかっているのに希望者などいるのか」

「必ずしも死ぬと決まったわけではありません。谷に下りることなく金を採取しようとする者もいますから。しかしそれでうまくいったためしはなく、やはり金を手にするには谷へ踏み込まないと難しいことは誰もがわかっています。なので谷への侵入を試みる者が毎年出ますが、ほとんどは主人に命じられて挑ませられる奴隷です。主人は奴隷に採った金を山分けすることを約束して、用済みの奴隷に出場を強いるのです。なかには主人の虐待に耐えかね将来を絶望した奴隷が自ら志願することもあります。成功すればその金で自由を買えますし、たとえ失敗してもその主人のもとで仕えるぐらいなら命を捨てるほうがましだと考えるのでしょう。奴隷を失いたくない主人は当然怒りますが、本人が希望すれば主人といえども挑戦を阻止することはできない規則になっているので、奴隷にとっては自らの手で自由を勝ちとれる最後にして唯一の手段になっています。といっても、ほぼ自ら命を絶つ自由なわけですが。そうして毎年七〜八人が挑み、みなことごとく失敗し、何人かが蟻の餌食になるのです」

わたしはげんなりして、

「あまり愉快な祭りではないな。蟻など軍隊を使って殲滅(せんめつ)してしまえばいい」

「いいえ、それは無理です。蟻は一匹倒してもあとからあとから出てきます。とてもすべてを駆逐することなどできません」

「ならば巣穴を埋めてしまうことだ」

「その巣穴に近づけないのです。しかも巣穴はひとつやふたつではありません」

「何かうまい方法があればとっくに誰かがやっているさ」

ペトルスがなげやりに言った。


それから村を出る日まで、女奴隷のチリ（それが彼女の名前らしい）はわれわれの面倒をよくみてくれた。食事は毎回違う料理を運んできてくれ、汚れた部屋も毎朝掃除してくれた。彼女がわれわれの部屋に長くいると、よく村長の呼びつける不機嫌な怒鳴り声が聞こえてきて、彼女は急いで出て行くのだったが、しばらくすると戻ってきてまた掃除を続けた。時には殴られたのか赤く腫れあがった顔で戻ってくることもあった。

ときどき若い男の奴隷が付き添ってきて、チリを手伝った。彼女によると実の息子だとのことだった。

息子はアンジロといい、年のほど十五、六ぐらいであろうか、親子というより祖母と孫のように見えたのだが、それと知ってからよくよく観察すると、女は過酷な労働のせいで痩せこけ、肌も荒れているために老けて見えるのだということがわかってきた。実際には四十にも満たない年齢らしい。そしてアンジロのことを深く愛し、大切に思っていることも伝わってきた。父親についてはどこにいるのか、その姿は一度も見ない。

アンジロはよく働いた。自分の仕事だけでなく、チリが何か重たいものを運ぶときにはすぐに駆けつけてかわりに運ぼうとし、村長の命令で遣いや菜園の仕事に出ていないときは、できるだけチリのそばに寄り添い、彼女を休ませようとしていることがわかった。

ただ、毎日明け方にだけは彼はどこかに姿を消し、朝食の時間まで戻ってこなかった。

「アンジロは毎朝何か別の仕事をしているのですか」

何の気なしにチリに尋ねると、

「朝は裏山のソガモニの墓にお参りに行っております」

「ソガモニ？」

「はい。聖者ソガモニ・ボルカンはこの国では厚く信仰されています。息子はその墓へ毎朝通って、わたしの健康を祈ってくれているのです」

裏山とは村のどこからでも見える高い岩峰で、その山頂に聖者の墓があるというのだが、見るからに急峻であり、どうやってあれを登るのかとわれわれは驚嘆の面持ちで見上げた。チリの話では、参拝する者のために頂上からは鉄鎖が垂れ下がっていて、それを伝って登るとのことだった。それにしたって危険であることに変わりはない。実際一度や二度なら登る者はいるものの、毎朝通っているのは息子だけだとチリは言った。

はじめは村長もさすがに危険だから毎朝はやめるように注意したそうだが、この国ではソガモニ・ボルカンは最高の聖者であり、その信仰を妨げることは悪行とされていたため、本人が命じられた仕事をきちんとこなしたうえで行っているのであれば、強く反対することはできなかったという。

「なぜ、そんな危険な場所に墓をつくったかねえ」

「ソガモニは生前いつもそこで修行しており、最期もそこで身罷ったからです」

「聖者ソガモニ・ボルカンのことは、大ぶろしきのマルコの書にも記載があります」

エドガーが鞍袋の中から一冊の大きな書物を取り出し、ページをめくって当該の箇所を読んでみせた。

長い記述で、読み終えるまでにずいぶん時間がかかったが、チリの話と合わせて要約すると、それはだいたい次のような話だった。

ソガモニ・ボルカンは富と権力を兼ね備えたある大王の息子だったが、生まれつき謙虚な性格で、どんな財宝にも心惹かれず、また王位の継承も望まなかった。大王はなんとか息子に王位を継がせようと、彼のために豪奢な宮殿を建て、よりすぐりの美女を集めてはべらせたが、王子はまったく心動かされることがなかった。

ソガモニ王子はあるとき宮殿の外に出て街を見て歩き、人々が非常に苦しい暮らしを強いられていることを知り、これを嘆かわしく思った。そしてある日のこと、強い決意とともに宮殿を捨てると、岩山の洞窟にひきこもってしまったのだった。ソガモニはそこで禁欲的な生活を送った。その後も大王は数々の美女を彼のもとへつかわし、宮殿に戻って王位を継ぐよう説得させたが、ソガモニは決して受け入れず、それどころかこれ以上誰も近寄れないようにさらに高く急峻な岩山の頂に登り、そこで修行を続けてそのまま亡くなった。

大王は大変嘆き悲しみ、それ以降は生前のソガモニの教えに従い、富を国じゅうの人々に分配して、岩山の頂にソガモニを祀る寺院を建てたという。

「それがあの岩山というわけですか」

「そうです。ソガモニはあの頂上で亡くなったのです」

とチリは言った。

ペトルスがチリには通じないラテン語で、

「どこかで聞いた話だと思ったら。それは聖ヨサパトのことだ。この国にはキリストの教えが間違って伝わっておるようだな」

と言って笑った。

「聖ヨサパト?」

そんな聖人がいただろうか。わたしは自分の記憶を探ってみたが思い出せなかった。

「知らんのか。聖ヨサパトは、インドの王の息子で、あらゆる悪魔の誘惑を退けて正しい教えを守り、最後は父親である王さえも改心させキリストの教えに導いたのだ。ヨサパトは荒野の洞窟で亡くなったとされているが、ここではその伝説が岩山で亡くなったことにされたのだろう。

いずれにしても唯一なる神の威光がこのような地の果ての民にも及んでいることの証だ。この女の息子は一見間違った信仰にとりつかれているようだが、それは未開の地であるがために正しい教えが伝わっていないせいであって、仕方のないことだ。その心は尊い。キリストの真実を知れば、よき信者となるであろう。村長も聖ヨサパトの教えを学び、己の欲深さを改心すべきであるな」

「できれば息子にはあのような危険な場所に行ってほしくはないのです。それなのに息子は頑として聞き入れてくれません」

チリは不安げに訴えた。

「素晴らしい心がけの息子ではありませんか。彼の思いはきっと神に届いておることでしょう」

ペトルスは修道士の顔になって慰めた。

祭りの日がやってきた。

付近の村々から多くの村人たちが《恐怖の谷》につめかけるとともに、賑わいに乗じ行商が店を広げたり、大道芸も行われたりして、さながらひとつの町が谷の縁に湧いて出たかのようだった。

　この地方を統治する太守も親族を連れてやってきて、臨時の貴賓席に陣取った。貴賓席への日差しを遮るために置かれた大きな傘の周囲には、長い剣をぶらさげた警護の者が配置され、ものものしい様相を呈している。

　もちろんわれわれが世話になっている村長も家族や奴隷を引き連れて見物に出かけ、われわれには村長の客人として谷の全貌がよく見える場所が与えられた。

　谷底に熱帯の日差しを受けて、いくつもの金の山が黄金色に輝いているのが見える。それこそ手の届きそうなぐらい近くに見えるのだが、チリの話によれば、いまだ誰ひとりそれを採取して戻ったものはいないということである。

　蟻の姿は一匹も見えない。なんでも蟻は暑さが苦手で、日中は巣穴のなかに潜んでいて、日が翳（かげ）りはじめると出てくるらしい。なので祭りは日の高いうちに行われる。

　とはいえ巣穴の入口付近には軍隊蟻が待機していて、もし誰かが金の山に近づこうものならすぐに群れをなして這い出してきて、鋭い顎で襲いかかるのだという。その襲撃は非常に狡猾で、蟻たちはまず侵入者の足の腱を狙って喰らいつき、それを噛み切ってしまう。そうして倒れて歩けなくなったところを数匹で寄ってたかって生きたまま巣穴の中へ運び込むのだ。

「なんと残虐な」

　われわれが顔をしかめていると、村長が冷酷な笑みを浮かべながら、明らかにわれわれを見下して話しかけてきた。

「勇敢な男でなければ、蟻に挑むことはできない。お前たちの国には勇者はいるかね？」

「わざわざ死に急ぐ勇者はいない」

「弱者は常にそうやって言い訳をする。よく見ておくことだ。死を恐れぬ者たちの勇姿を」

そう言って二の腕にある腫れ物をぼりぼりと掻いた。

谷の縁に演台が設けられ、男がひとり上がるのが見えた。祭りが始まったようだ。

それは見るからに筋肉質の大男であった。余裕綽々といった態度で大きな弓を頭上にかざし、何やら前口上のようなものをわめいている。何をするのかと見ていると、男は先に三角形の皮袋のようなものを装着した長い矢をとりだし、弓につがえてみせた。

どうやら谷に一歩も踏み込むことなく、その弓矢を使って金を採ろうとしているらしい。

男が気合いとともに谷の上空に向けて矢を放つと、矢は大きな放物線を描いて飛んだ。矢には紐が結わえ付けてあり、紐をたぐって回収できる仕掛けになっていることが見てとれた。

「これまでにもあのように皮袋のついた矢で挑む者は何人もいた」

村長は矢の行方を見ようともしない。

「鏃（やじり）に結わえられた皮袋は紐を引くと傘のように開く仕掛けになっており、うまく矢を金の山に命中させることができれば、袋のなかに金の欠片を取り込むことができる。自分の身を危険に晒すことなく金を採取できるアイデアだが、これまで金の山に到達するほど矢を飛ばすことができた者はひとりもいない。王の側近で弓自慢の近衛兵が挑戦したこともあったが、せいぜい金の山までの半分の距離しか届かなかったよ。今では誰も矢が届くとは思っておらん。茶番だ」

そして結果は村長の言う通りになった。大男は三度矢を射た挙句、すごすごと引き下がった。

二番目に出てきたのは犬を連れた女で、犬の背中に小さな橇（そり）のようなものを引かせていた。その橇に仕掛けがあるらしく、犬を金の山まで走らせるとその仕掛けが作動して金を採取し、その後犬を呼び戻すことで入手できると考えたようだ。しかし、犬はおびえて谷を降りようとせず、結局さんざん犬を罵倒しながら女は退場していった。

「これが死を恐れぬ者の勇姿とは、聞いて呆れるな」

「まあ、見ておれ」

三番目に演台に登ったのは大柄な馬に跨った男である。

それまであまり関心がなさそうだった観衆が、一転して大歓声で彼を迎えた。

「あの男は隣村の男だが、ここ半年にわたってずっと金を採ることだけを考えて訓練していた。この日のために探し出したこの世で最速の馬とともにな」

男は死を賭して挑むにしては余裕の身振りで、両手をひろく空に掲げて何か叫んでいた。右手には柄の長い柄杓のようなものを持っている。

「馬で谷を駆け抜けながら柄杓で金の欠片をすくいとるのは、これまでにも何度も試され、もっとも可能性が高い採取法だ。二年前にはほぼ成功寸前までいった者がいたが、あと一歩のところで馬の背に跳び乗ってきた蟻にやられた。蟻が馬の背に跳び乗る姿などわれわれもそのとき初めて見たな」

村長が言い終わる頃には、男はもう馬に跨って谷へ駆け下っていた。群集が歓声をあげて注目するなか、彼は半マイルほども駆け、蟻に妨害されることもなく易々と金の山のひとつに到達すると、柄杓でひとかき金を掻っさらい、すぐに反転して谷を駆け上りはじめた。さすがに訓練を重ねただけあって、どこにも無駄のない動きである。

蟻など出てこないではないか、と思った次の瞬間、周囲の巣穴からたくさんの黒いものが這い出してきて、馬に向かって殺到した。黒いものの大きさは犬ほどもあって、駿馬をはるかにしのぐ速さで谷を駆け上っていく。

「あの黒い獣が蟻だと？　遠くてよく見えんが、別の生き物ではないのか。蟻があんなにでかいはずがない」

ペトルスが唸った。

巨大な蟻は幾匹も次から次に出てきて馬を追った。馬は谷の縁目指して駆け上がったが、縁が近づくにつれ勾配が急になり、途中からほとんど登れなくなった。馬上の男がふり返り、蟻が追い迫ってくるのを見るや、馬を飛び降り、自分の足で駆け上りはじめたが、もはや蟻に追いつかれるのは時間の問題だった。

観衆の歓声は悲鳴に変わった。

男は柄杓も放り出して、四つん這いで先を急いだが、みるみるうちに五、六匹の黒い獣に追いつかれた。それから先はわたしも見ていられず、思わず顔をそむけていた。

村長や村人の多くは一部始終を眺め続けていたが、奴隷たちは誰もがまともに見ていられないようだ。

「残虐だ。こんなものを見にくる連中の気が知れない。あんたたちも家で働いておればいいものを」

わたしは呆れてチリに話しかけたが、彼女は厳しい表情で首を横にふるばかりだった。エドガーが、

「きっと、見せしめのためにあえて奴隷に見せているのでしょう。主人に逆らうと金を採りにいくことになるぞと暗に脅迫しているのです」

と暗い顔で呟いた。

恐る恐る谷に目を向けると、そこには蟻一匹おらず、男の姿もなかった。主を失った馬だけが斜面をゆっくりと登って谷の縁に帰っている。男はすでに蟻によって巣穴に運び込まれたのだろう。男が持ち込んだ柄杓だけが斜面に転がっていた。

「馬は襲われなかったのか」

「蟻は金を奪おうとしたり自分に危害を加えたりするもの以外は襲わない」

村長が言った。

「昔は人間を襲うこともなかったらしいが、人間が金を狙うようになってからは敵とみなしはじめたようだ。今じゃ金を狙おうが狙うまいが谷に入る人間はみな襲われるようになってしまった」

わたしはそれを聞いて心配になった。

「われわれはここにいて平気なのだろうか」

「やつらが谷の縁を越えてくることは滅多にない。谷の外では自分たちのほうが劣勢であることがわかっているからだ。たまに迷い出てくる蟻がいるが、われわれは犬に襲わせる。やつらもそれがわかっている」

「ならば犬を連れて金を採りにいってはどうだ？」

ペトルスが割って入った。

「蟻一匹に犬が十頭いれば勝てる。だとすると巣穴からぞろぞろ出てくる蟻に対応するのは何頭の犬が必要と思うね？」

村長は小さく頭をふった。

「さしもの太守とて百万もの犬を飼うわけにはいくまいよ」

しばらくするとまた人々がざわつきはじめ、あらたな挑戦者が登場したようだった。

挑戦者は老いて痩せさらばえた男で、おそらくは誰かに仕えていた奴隷であろう、これまでの挑戦者たちと違って自信なさげで相当におびえており、遠目にも体が震えているのがわかる。

「欲にかられて自ら挑む輩はまだしも、奴隷にやらせるなど残酷すぎる。見ていられない」

これでは処刑と変わらない。

「ペトルス、この野蛮な祭りをやめさせることはできないだろうか」

「聖ヨサパトに祈ろう。かつてこの地の神の姿を借りて彼らに富に執着することの愚かさを示して見せたヨサパトに」

ペトルスは胸の前で十字を切り、何かブツブツ言った。わたしもペトルスにならい、十字を切って主に祈った。

老人はおぼつかない足どりで谷への道を踏み出した。

何の作戦があるようでもなく、片手に小さな椀を持っている。見物する観衆たちは、これまでのように歓声や冷やかしの声をあげるでもなく、固唾を呑んで彼の行方を見守った。どう見ても、老人に金を採ってくる気持ちがあるようには見えず、死への道を、残りの時間を惜しみながらゆっくりと歩んでいるのがわかった。

「誰かやめさせろ」

思わずわたしは叫んだ。とても見ていられない。

そのときであった。

群衆のなかから若い男が飛び出したかと思うと演台に駆けあがり、老人に向かって叫んだ。

老人が立ちどまり、おどおどしながらふり返った。

若者は老人をその場にとどめたまま、群衆に向き直って何かを大声で訴えはじめた。と、突然チリが血相を変えて立ち上がり、若者に向かって走り出した。

「アンジロ！」

若者はアンジロであった。

村長も怪訝な顔で立ち上がり、そこに自分の奴隷の姿を確認すると慌ててチリの後を追った。

「やつは何を言ってるんだ」

ペトルスに尋ねたが、現地語だからわからないというので、われわれも村長の後を追うことにした。

チリが悲鳴とも叫びともつかない声をあげながら演台に上ろうとして、警護の衛兵に阻まれている。

追いついた村長もアンジロに向かって怒鳴っていた。言葉はまったくわからなかったが、アンジロの反応を見ればわたしにも彼が何をしようとしているのか理解できた。

アンジロは老人にかわって自分が行くと言っているのだ。

母親のチリは必死でそれを止めようとし、警護の衛兵をポカポカ殴りつけている。あの細い体のどこにそんな力があったのか、衛兵も手を焼いて、最後は数人がかりで抑え込んでいた。

村長も若い奴隷を失うのは自分にとって大きな損失だと考えたのだろう。思いとどまるようアンジロを説得している。

しかし本人が志願すれば主人であろうとそれを止めることができないのがこの祭りのルールである。彼らはアンジロに近寄ることを許されず、演台の下から懸命の説得を続けるほかにできることはなかった。

老人の主人とおぼしい裕福そうな男も現れ、アンジロに何かわめいている。おおかた邪魔をするなとでも言っているのだろう。

アンジロは母親にむかって優しい表情で語りかけていたが、それでも演台を降りて戻ることは頑として受け入れず、逆に老人奴隷に戻るよう手招きするのだった。

老人が躊躇していると、アンジロは演台の縁を越え、老人のもとへ駆けつけて椀を奪いとり、そのまま手を引いて戻ってきた。そうして老人を演台のほうへ押しやると、今度は自らが堂々とした足取りで谷を下りはじめたのである。

後を追おうとしたチリが衛兵数人に引き戻され、その手をふりほどこうと狂ったように暴れている。

村長は老人の主人と思われる男とののしりあっていた。その主人は老奴隷を蟻の犠牲にしたい理由があったのだろう。それを邪魔された怒りをアンジロの主人である村長にぶつけているらしい。老奴隷に向かってお前もいっしょに谷へ下りろと指図して衛兵に叱られていた。

衛兵の態度を見る限り、ことは決したようだ。

老奴隷のかわりにアンジロが金を採りに谷を下りていく。

「アンジロは何を考えているんでしょう」

エドガーがアンジロの後姿と叫び続けるチリを交互に見やる。

「やつは聖ヨサパトの教えに殉ずるつもりだ」

ペトルスが言った。

「富に執着する衆生に身をもってその無意味さを伝えようというのだ」

ペトルスはこの国の聖者ソガモニ・ボルカンを聖ヨサパトのことだと確信しているようだ。そしてソガモニに殉じようとするアンジロに共感のまなざしを向けていた。

「何も今さら自分が犠牲にならなくても、金に執着する人間は蟻に食われることぐらいみなもう知っているではないですか」

エドガーが納得できないというふうに言い募る。

「彼の高潔な魂が老人の犠牲を見過ごせなかったのだろう。アンジロの魂が正しく天に召されることを祈ろう」

アンジロは軽快な足どりで谷を下りきると、もっとも手近な金の山に向かって歩いていく。チリはますます大きな声でわめきながら、警備の衛兵をひとり投げ飛ばした。しかし、すぐにまた他の衛兵たちに捕まって抑えつけられていた。

ののしりあっていた村長は今では黙ってまっすぐにアンジロを見つめていた。既に気持ちを切り替え、あわよくば彼が金を持ち帰ってくることがないかと期待さえしているように見えた。

大観衆が見守るなか、アンジロは金の山にたどり着くと、欠片をつまみあげ、お椀のなかに取り込んだ。同時に、周囲の巣穴から無数の蟻が飛び出してくるのが見えた。

次の瞬間には、アンジロの姿が群がる黒い塊に覆い尽くされ、観衆の悲鳴が谷じゅうにこだました。

それを見たチリはぷっつりと糸が切れたようにその場に崩れ落ち、ひきつけを起こしていた。仲間の奴隷女たちがあわてて彼女を支え、介抱している。

村長もさすがに顔をそむけて、同じく正視できなかったわれわれと目が合うと、

「馬鹿なやつだ。これから人一倍働けたのに」

とため息をついた。

「彼はなぜ老人と代わったのです？」

エドガーの問いに、

「あやつは、自分には聖者ソガモニのご加護があるからお椀一杯分の金ならば持ち帰ることができると、夢でそうお告げがあったと言っていた。最初から参加するつもりだったのだ。主人であるわしに黙って出場を申し込んでおった」

「神が彼を手元に置きたがったのだろう」

ペトルスが慰めを言うのと、観衆のどよめきが地を揺るがすのが同時だった。悲鳴なのか歓

声なのかもわからない無数の声で大地が振動していた。

思わず谷底を見やると、そこには、あろうことかアンジロのこちらに向かって歩く姿があった。依然多くの黒い塊が群がっていたが、蟻たちはアンジロに触れることなく、彼のそばに寄っては離れ、寄っては離れして、それを何度か繰り返した後は彼の元を立ち去っていくのだった。

「奇跡だ！」

村長が叫んだ。

すでに群衆は腕をふりあげ叫び声をあげて歓喜に沸いている。なかには地に伏して拝む者や、踊りだす者までいた。

アンジロの周囲からは蟻の数がだんだん減っていき、一頭だけが長くつきまとっていたが、最後はその蟻も巣穴へと戻っていった。

そうしてアンジロは金の欠片でいっぱいの椀を片手に谷から生還したのである。

「アンジロ！　アンジロ！」

大歓声のなか、アンジロは太守のもとへ歩み寄り、その前に跪くと金で満たされた椀を捧げた。

女たちが、気を失って泡を吹いているチリを抱きしめながら、涙を流して呼びかけている。

太守がアンジロに笑顔で何か話しかけ、その手に椀を受け取ると、空に掲げて観衆に向かって大きな声で叫んだ。さらなる大歓声が大地を揺るがせた。

「ソガモニ万歳！　アンジロ万歳！」

誰もがそう叫んでいた。

「聖ヨサパトのご加護だ」

われわれもアンジロとチリのために抱き合って喜んだ。


だが、話はそれで終わらなかった。

祭りの決まりで、アンジロが持ち帰った金の半分は太守に納め、残りをアンジロとアンジロの主人である村長とで折半するはずだった。しかし村長が太守に、アンジロの取り分の八分は自分がもらう権利があると主張したのだ。

さらに老奴隷の主人も、アンジロは老奴隷の代わりに金を採りに下りたのだから老奴隷にも一部を受け取る権利があると言い出し、アンジロと村長、そして老奴隷の主人の三人が激しく言い争った。

アンジロは自分の主人である村長に対し、対等な立場で訴えた。というのも金を採ってきた奴隷はその金で自由を買うことができる決まりだったからだ。持ち帰った金から、太守に納めた半分とさらに主人である村長の取り分を除いても、自由を買うには十分な量だった。もはや主人に対しへつらう必要は彼にはなかったのだ。

三人の言い争いは長く続き、最終的に太守によって老奴隷の主人の言い分は退けられた。が、村長の言い分は、アンジロが毎朝聖者ソガモニの墓に参ることを許したのは自分であり、ソガモニのお告げによって採取できたのだから自分にも権利があるというもので、その主張が認められ、アンジロの取り分は当初の半分となり、村長が残り半分、つまり太守に納めた残りの七割五分を手にすることになった。

「話が違う」

アンジロは怒りをあらわにしたが、太守の裁定に逆らうことはできなかった。半分の半分の半分であっても、自身の自由を買うことはできたが、アンジロは母チリとふたりで自由になるつもりだったのである。ふたり分の自由を買うには金の量は足りなかった。

村長は祭りのルールに従い、アンジロを自由にすることはしぶしぶ了承した。しかしチリを自由にするにはさらに同じだけの金が必要だとしたうえで、アンジロに対し交渉を持ちかけた。

「もし母親を自由にしたいのなら、もう一度誰にも見つからぬように金を採ってこい。今度は大きな桶にいっぱい持ち帰るのだ。そうすればお前もお前の母親も自由だ」

「それはできません。ソガモニは夢の中でお椀に一杯だけ持ち帰ることを許すとわたしに告げました。もう一度谷に下りたら今度こそ蟻に殺されます」

そう反論されると村長はそれ以上アンジロに強要することはできず、自らも自宅の庭に聖者ソガモニを祀る廟を建てて毎朝拝むようになったのだったがそれは後の話である。

一方、チリはとびあがって喜んだ。

一時は大事なひとり息子を失ったと思い、気さえ失った彼女だったが、今やその息子は生きているだけでなく自由の身になったのだ。これ以上の喜びがあるだろうか。自分が自由になり損ねたことなどまったく気にならない様子であった。

気落ちするアンジロに彼女は、

「お前が生きていれば、母さんはそれでいいんだよ。わたしのことで胸を痛めないでおくれ。それより残ったお金で何か仕事をはじめなさい。これからは自分のために働くんだよ」

「ぼくは母さんを母さんの故郷に帰してあげたいんだ」

「ありがとう、アンジロ。でも故郷に帰っても誰もわたしのことなんて覚えていないよ。もうこっちにきて十五年になるからね」

一連の経緯をふたりから聞いたペトルスは、村長の横暴にいきりたった。聖者ソガモニの正体が聖ヨサパトと信じる彼は、ソガモニはアンジロの信心に応えたのであり、すべてはアンジロが手に入れるべきもので、太守にすら納める必要はなく、今回の措置は神の意志に反するものだと断じたのである。

とはいえ、たまたま流れ着いただけの漂流者の諫言(かんげん)になど、村長が耳を貸すはずもなかった。

それから数日の後、エドガーが港へ行って東へ向かうカタイの船に便乗する交渉をまとめてきたその日に、ペトルスは全員を連れて村長のもとへ出向き、チリの身柄を買い受けたいと申し出た。

「チリは優秀な奴隷だ。手放すことはできない」

「これと引き換えでどうだ」

そういうと、ペトルスは初めて会った際に村長が横取りしようとした金とエメラルドの象嵌のある短剣を差し出した。

「いいのか、ペトルス。プレスター・ジョンへの贈り物だぞ」

わたしは彼の本意を確認した。

「祭司ヨーハンネスが真のキリスト教徒ならば、理解してくれるはずだ」

「これでは到底足りない。この石はエメラルドだな。こんなものはこの国では珍しくもない」

村長は拒絶したが、表情を見る限り多少は心動かされたようだった。そこでペトルスは銀と象牙と本黒檀でできた十字架もつけようとしたが、それには村長はまったく関心を示さなかった。

「ペトルス、この国に十字架の価値を知る者はおるまい」とわたしは言った。

「ならば、これをやろう」

ペトルスは常時身に着けていたあの蝿の指輪を引き抜いた。

「そんなもの彼が欲しがるものか」

自分にとって価値のあるものなら相手も喜ぶと思ったら大間違いである。ペトルスは憤慨するあまり落ち着きをなくしているように見えた。

「それは何だ。何の石だ？」

村長は値踏みするように蝿の形をした石を見つめた。

「アルルのバルジョル村の教会の壁石だと言ってもわかるまいな」

「ちっとも光っておらんではないか」

「光るだけが石の価値と思うな。この石は聖別されておる。この石を持つ者のまわりには決して蝿が近寄らないのだ」

村長の目が一瞬、輝いたように見えた。

「ほう、試してみせよ」

「試さずともすでにその奇跡は生じておる。今、お前のまわりに蝿が一匹でも飛んでいるか」

村長はふしぎな顔をしてまわりを見回し、自らの体をまさぐるようにした。村長の体の腫れ物にはよく蝿がたかっていたが、このときは一匹もいなかった。

「疑うなら肉でも何でも持って来るがいい」

村長はチリに豚の肉を持って来いと命じた。持ち込まれた肉には蝿が数匹群がり飛んでいたが、指輪のそばに近づけると蝿はたちまち遠くへ飛び去った。

「肉を向こうへ」

村長がふたたび命じ、肉が部屋の隅に運ばれると蝿が元通りにたかった。

「もう一度こちらへ」

肉は部屋の中を何度も往復し、そのたびに蝿が集まったり、飛び去ったりした。

「これはいったいどういうわけだ」

「この指輪は神に祝福されているのだ」

「もしわたしがこれを身につければ、決して蝿は寄ってこないのか」

「もちろんだ」

村長はにこりとも笑わなかったが、蝿の指輪と交換で、チリの身柄を引き渡すことを承知した。

ペトルスの出まかせの提案だったとはいえ、体の腫れ物に蝿が寄ってくることを常々不快に感じていた村長にとっては、まさに喉から手が出るほど欲しい指輪だったようだ。あるいはペトルスはそれをわかって言い出したのだろうか。

あばら屋に戻り、チリとアンジロにそのことを伝えると、ふたりはおおいに喜んだ。アンジロはわれわれ三人に順に抱きつき、何度も感謝の言葉を繰り返した。

ペトルスは礼には及ばないと言ってそれを突っぱね、

「チリの故郷はどこなんだね？」

と尋ねた。

「カタイのはるか先、世界の果てにある国です」

「それは祭司ヨーハンネスの王国の近くかね？」

「祭司ヨーハンネスの王国というのは聞いたことがありません」

「そうか」

ペトルスは残念がったが、それでもふたりがよければ東へ向かう船でいっしょに行かないかと誘い、ふたりは喜んで受け入れたのである。

第8章

ワークワークの美人果

タプロバネからカタイへ向かう船は、アラビア方面に向かうサラセン人の船とは構造が違っていた。

まず帆の形からして違う。サラセン人のダウ船は三角帆だが、カタイの帆は四角く、さらに船体に鉄釘がふんだんに使われていた。ダウ船は縫合材を使っていて鉄釘は使わない。サラセン人の間で、鉄釘を使うと磁石を含んだ岩礁に引き寄せられて座礁もしくは沈没すると信じられていたからである。

カタイの船はそんなことは気にしていない。洒落た雰囲気を持つダウ船に比べ、無骨で頑丈そうに見え、ジャンクもしくはカカムと呼ばれていた。ジャンクは竹で編んだ大きな帆をいくつも張った何百人と乗れる巨大船で、カカムはほぼジャンクと構造は同じ小型の船である。小型といっても商人ら乗客を乗せる複数の船室がある。

われわれはカカムの船長と交渉し洗面のついた部屋を借り切ることができた。

「インドにもこんな立派な船があるとはな」

ペトルスが唸った。

「おれはまた丸木舟ばかりだと思っていたよ」

そうして東に向かうのにいい風が吹く時期になり、われわれはカタイへ向けて出航した。

もちろん村長が見送りになど来るはずもなかったが、多くの村人がアンジロの出立を惜しんで集まってきた。アンジロは蟻祭りでの活躍以来、時の人となっていた。なかには港からわれわれのカカムに向かって両手を合わせて祈る人まで現れる始末だ。

あの日を境に《恐怖の谷》周辺の村では聖者ソガモニを祀る廟がおびただしい数作られ、敬虔な信者の数が急増した。誰もが直々にソガモニのお告げを得ようと廟を立派に飾り立てた。中にはソガモニと並んでアンジロの姿を模した像を祀っているところもある。

「すっかり有名になったな」

ペトルスがアンジロの肩に手を回し、顔を覗き込んで冷やかした。

「聖ヨサパト、いや、聖者のソガモニに感謝するんだぞ」

「はい。今回のことでソガモニを信じるようになりました」

「信じていたからこそ蟻から守ってくれたのだ」

アンジロは少し困った顔して、

「ペトルスさん、実はそうではありません。わたしは今の今までソガモニを信じていませんでした」

とふしぎなことを言うので、ペトルスは眉をひそめた。

「何を言っているのだ。毎日墓に参っていたではないか」

「あれは芝居です」

「芝居?」チリを含む全員が同時にアンジロを見た。

「そうです。こうして自由を得るための」

一瞬、その場の誰もが当惑し、互いに顔を見合わせた。

「では、あの夢の話は嘘だったのですか、アンジロ」

チリが問い詰めると、アンジロは頷いた。

「ソガモニの夢は見ていません」

「まあ。なら、どうして蟻はお前を襲わなかったの？　あれはソガモニのご加護があったからでしょう」

「いいえ、そうではありません。あれには秘密があります。わたしは蟻と仲良くなったのです」

「蟻と仲良くなっただって？」

わたしは思わず声をあげた。

「そうです。あれは一年前の祭りが終わってしばらくたった頃のことでした。わたしは谷の外に迷い出てきた一匹の蟻を見つけたんです」

アンジロはその顛末を話しはじめた。

「蟻は数頭の犬に襲われていました。わたしは誰かが蟻を見つけて犬をけしかけたのだと思いましたが、どうやら犬たちが自ら襲ったようでした。蟻はだいぶ弱っていて脚も噛み切られてちぎれていました。大勢でよってたかって一匹を襲っているのを見ているうちに、わたしはなんだかかわいそうになって犬たちに攻撃をやめるよう命じました。犬の扱いは慣れていたのです。

犬たちが立ち去ると、わたしは蟻をよく観察しました。脚が二本も途中からもぎとられてそばに落ちていました。蟻は残る四本の脚で逃げようとしましたが、うまく歩けずその場をぐるぐる回るばかりでした。わたしは落ちていた脚を拾い、くっつけてやろうとしました。くっつきそうに思えたのです。でも一度ちぎれた脚がくっつくことはありませんでした」

「蟻はあなたを噛まなかったの？」

「ええ、母さん。蟻はわたしが味方で自分を心配しているのだとわかったようでした。蟻にも気持ちは伝わるのです。だからわたしは蟻に話しかけながら、蟻を抱き上げ谷へ運ぶことにしたのです」

「まあ」

チリは目を見開き、呆れたという顔をした。

「谷に下りるのは不安でしたが、少なくともこれ以上犬に襲われない場所へ運んでやろうと思ったのです。巣穴に近づくことは怖くてできませんでしたが、谷の中腹まで運びました。すると他の蟻たちが巣穴から出てきたのです。わたしは恐怖で震え、脚がすくみました。蟻たちはわたしに襲いかかろうとしました。

ところがわたしが傷ついた蟻を抱えていることに気づいたのでしょうか、直前で攻撃的な態度がぴたりと止まり、わたしが彼らの前に傷ついた蟻を下ろすと、その蟻をかばうように集まってきました。彼らもわたしを敵ではないと認めてくれたようでした。

するとそのとき、抱いていた蟻がすり寄ってきて口から何かの液体を出してわたしの体に塗りはじめたのです。その液体はかすかに蜜のような甘い香りがしましたが、正直に言うとベトベトして気持ちが悪かった。でもわたしはそれを蟻と仲間になった印だと思い、擦り落としたりはしませんでした。そうして傷ついた蟻は、仲間たちに運ばれ巣穴に戻っていきました。それからわたしは蟻たちに別れを告げて谷を上り、家路についたのです」

チリは険しい顔で聞いていたが、

「そんなことがあったなんて聞いてなかったわ。どうかもうそんな危ないことはしないで頂戴」

「ごめんなさい、母さん。でも、わたしはそのとき閃いたんです。この液体を身につけている間蟻がわたしを襲わないのなら、わたしは金を持ち帰ることができるのではないかと。

それはまるで悪魔のささやきのようでした。でも、自分のしたことを正当化するわけではありませんが、きっと誰もが同じ状況になればわたしと同じように考えると思います。そして気づいたときには、わたしは谷の底へ引き返していました。蟻たちの後を追い、巣穴まで行ったのです。

蟻たちはまったく攻撃してきませんでした。わたしは金の欠片を少し持ってみました。それでも蟻たちは反応しません。なのでわたしは持てるだけの金を持って帰りました。といっても袋もなかったので、手に持てるだけです。谷を上る途中で大半を落としてしまいましたが、それでもわたしはいくらかの金を家に持ち帰りました。その間、誰にも見られませんでした。

わたしは金を袋に詰めて床に埋めることにし、それから木のへらで体についた蜜のような液体を集めて貝殻に移して、それも一緒の袋に入れました。そして翌朝裏山のソガモニの墓にお参りしたのです」

「なぜ、ソガモニの墓に行く必要があったのです？」

チリが尋ねると、アンジロは、

「わたしはそれまでソガモニのことを何とも思っていませんでした。でも考えたのです。これからは毎朝ソガモニの墓に詣でようと。それはこういう理由からです。

あの蜜があれば金が手に入る。そして金があれば母さんと自分の自由が買える。でももしわたしが金を手に入れる方法を知っていることがばれると、きっと村長は自分のためにわたしに金を採りに行かせるでしょう。そうなると、採った金はすべて村長に差し出すことになります。だからこのことは絶対に秘密にしようと思いました。蜜はせいぜい一、二回分の量しかありませんでしたから、大事に使わないといけませんし、もし採りに行くところを誰かに見つかったら、見咎められて問い詰められるに決まっています。ならば蜜を有効に使えるのは祭りのときしかありません。そこまではすぐに思いつきました。

ただ、問題は祭りのあとでなぜお前は蟻に食われないのかと訊かれたときです。正直に話せば、黙っていたことを咎められ、後でどんな仕打ちを受けるかわかりません。たとえ母さんと自分を買いとり自由になれたとしても、あの村長は信用できない。その蜜はわたしが村長の奴隷であったときに得たものだから、金も自分のものだと言うに決まっています。

かといって秘密にしていたら、わたしには特別な力があると思われます。そんな人間を太守が放っておくわけはありません。金の採集はこの国の悲願なのですから。わたしは奴隷ではなくなったとしても、太守に脅されるか、もしくは無理やり職を与えられて、もっと金を採って来るよう命じられるでしょう。でも蜜はもう残っていないので、わたしは蟻に食べられてしまいます。

どうすれば一度だけ、祭りの日だけ金を採りに行くことができるか、わたしは考えました。そうしてソガモニのお告げがあったことにしようと思いつきました。ソガモニが一度だけ金を採りにいくことをわたしに許したとみなに信じさせようと考えたのです」

「そのために敬虔な信者を装うことにしたというわけだ」

「そうです。それもなるべく目立つ必要がありました。誰もがわたしの信仰心に驚くぐらいにです。そこで祭りの日が来るまで毎朝裏山に登ろうと決めました。あの険しい山に毎朝登る人間がいたら、きっと村中の噂になるに決まっていますから。わたしはソガモニを利用したのです」

われわれは驚きでしばらくは何も言うことができなかった。やがてペトルスが、

「聖ヨサパトへの裏切りだ」

とラテン語でいまいましげに呟いた。

「神よ、あわれなアンジロを許したまえ」

わたしは可笑しくなった。

「ペトルス、ヨサパトではない。ソガモニだ」

「そうか」ペトルスはしばらく考え込んで、

「ソガモニであったな。異端の神だ。そうであった」

「うまくいったな、アンジロ」

わたしは言った。

「はい。すべてうまくいきました。最後に村長が金の取り分を主張したときは腹が立ちましたが、みなさんのおかげで自分も母も自由を得ることができました。これはみなさんへのお礼です」

アンジロは小さな皮袋を差し出した、中には金の欠片が入っていた。

「最初に持ち帰った金です。みなさんが村長に差し出した財宝に値するだけあればいいのですが」

ペトルスは首をふった。

「気にすることはない。ソガモニは金銀財宝など欲しがらなかった。われわれも同じだ。この金はこれからのためにとっておくがいい」

タプロバネを出た船は順調に東へと航海を続けた。

船長の話では、カタイまでの日数は途中《凪の海》を抜けるのにどのぐらい時間がかかるかによって左右されるが、早ければ三ヶ月ほどで着けるだろうとのことだった。

プレスター・ジョンの王国について尋ねてみると、そんな王の名は聞いたことがないし、そんな国があるのは知らないと答えた。

ちなみに船長はサラセン人の言葉を片言しか話せず、われわれ三人も船長の言葉を理解できなかったのだが、チリは彼と同じ言葉を流暢に話すことができて、間をとりもってくれたのである。

チリをタプロバネの村長に売ったのはカタイの奴隷商人で、そのカタイの奴隷商人は、彼女の故郷の島を襲撃した際にまだ二十歳前だった彼女をさらい、しばらく奴隷としてそばに置いていたらしい。そのときにカタイの言葉を覚えたのだとチリは言った。

「母さんを故郷の島に帰してあげたいんだ」

アンジロは希望を語るのだったが、チリは自分の故郷の島がこの広い海のどこにあるのかわかっていなかった。

「チリは祭司ヨーハンネスについて何か噂を耳にしたことはないかね？」

ペトルスはインドの国のひとつであるタプロバネにまでたどり着いたにもかかわらず、祭司ヨーハンネスの名がまったく聞こえてこないことに焦りを覚えていた。というのも、エドガーによるとプレスター・ジョンの王国からタプロバネまでは船で七日の行程だと、父ジョン・マンデヴィルの書に書いてあるらしいのである。それほどまで近いのに、祭司ヨーハンネスすなわちプレスター・ジョンの名を誰も知らないのはふしぎでならないと彼は言った。

「あんなイカサマ師の書いた本を信じるからだ」

わたしは笑った。

「あれには嘘しか書いていないのだから。そもそもプレスター・ジョンの王国が存在しないことはとっくの昔に結論が出ている。いまだにそんなものを探している愚か者は全ヨーロッパを探してもわれわれぐらいのものだろう」

しかしそんなわたしにエドガーが反論した。

「父さんの本がまったくでたらめだという兄さんの意見には賛成できません。タプロバネのこともちゃんと書いてあるんですよ。そこには金山があって巨大な蟻がいることも。その蟻の襲撃を恐れて誰も金山に近づけないと正確に書かれています」

ペトルスはわたしの冷笑をまったく無視して、

「お父上は、祭司ヨーハンネスの国に足を踏み入れたのであろう。それはどこにあると書いてあるのか」

「それがよくわからないのです。カタイよりもさらに遠いと書いてあるかと思えば、王国から東へ七日でタプロバネに着くとあったり、もしそれが正しいとしたら、われわれはもうプレスター・ジョンの王国を通り過ぎていることになります」

「それ見ろ、あのイカサマ師は人に聞いた噂話や自分の思いつきをてきとうに書きならべているだけだ」

　ペトルスはまたも無視して、

「たしかにタプロバネまで東へ七日というのは何かの間違いだろう。祭司ヨーハンネスの王国は絶対的東方になければならないからな。カタイより遠いというのが正しいはずだ。だがわれわれが王国の近くまで来ていることはまちがいない。アンジロは聖者の名をソガモニと呼んでいるが、あれは聖ヨサパトのことだ。ひょっとすると東方においては、キリストの教義が偶像を祀る偽りの祭司や教団によって歪めて解釈され、福音の教えが正しく伝わっていないのかもしれん」

「プレスター・ジョンはネストリウス派だといいますからね」

「ネストリウス派もキリスト教会の一派であることに変わりはない。そうではなく偶像崇拝教徒の土地では、もっともっと大きな齟齬（そご）が生じている可能性がある」

「キリストの教えが伝わっているにもかかわらず、まちがった神を信仰していると」

「そうだ。われらの救い主にして聖なる主イエスの教えが、別の邪神の教えとして伝わっているのだ」

「プレスター・ジョンはそれを許しているのでしょうか」

「彼は広大な国土を有している。すべてに正しい教えをゆきわたらせるには時間がかかるのだろうよ」

「ふん。それで王国はどこにあると言いたいんだ、ペトルス」

「言ったろう、どこかはわからないが、われわれはもう王国のそばまで来ている」

こんな茶番にはつきあっていられない。このままいつまでも王国が見つからない場合、ペトルスはいったいどうするつもりであろうか。わたしはすがるような思いでチリに話しかけた。

「チリ、知っているなら教えてくれ。カタイからさらに東へ行くと何がある。世界の果てがどうなっているか聞いたことはないか?」

「世界の果ての国についてはカタイ人から聞いたことがあります。太陽が昇る国の話でした。そこでは太陽が昇るときに雷よりもはるかに大きな音をたてるので、妊婦や子どもがショックで死なないよう、城門に人を集めて、日が昇るのに合わせ銅鑼(どら)や太鼓を叩いたり角笛を吹き鳴らしたりして音を弱めているそうです」

「ぶはは。所詮は蛮族の考えること。荒唐無稽にもほどがあるな」

ペトルスは笑うが、そのくせ稀代のイカモノ、ジョン・マンデヴィルの話は真に受けているのだから、どっちもどっちであろう。

一月ほどして船はジャヴァと呼ばれる島の港に入った。

そこでは安息香や丁子(ちょうじ)のほか、カークラやカマーラといった質のいい沈香、竜脳などが豊富に取引され、港は芳しい香りに包まれていた。タプロバネの港でも感じたことだが、街には大聖堂こそないものの、多くの建物が建ち並び、インドの国々の繁栄ぶりはわれわれが想像していた姿をはるかに凌いでいた。

ジャヴァを出たカカムは次いで《凪の海》へ向かった。

《凪の海》は《魔の海》とも呼ばれ、その海域に入り込んだ船は、まったく風の恩恵を受けることができなくなる。船乗りとしてはできれば避けて通りたい海ではあるものの、そこを通らずしてカタイに行くことはできない。

《凪の海》に入れば、帆の利用はあきらめて二艘の小舟を下ろし、船乗りたちがその小舟を漕いでカカムを曳航することになる。それが三十日近くも続くとあって、船のなかは戦いの前の異様な緊張に包まれていた。

もちろん船乗りたちは誰もが《凪の海》のことを知っており、そこで小舟を漕ぎ続けることも織り込み済みで雇われていたのだが、ここにきて、船を下りたいという者が現れはじめた。三十日も四六時中舟を漕ぐなんてまっぴらごめんだというのだ。

ひとりがそう言い出すと、何人かの船乗りがそれに同調し、船長はそういう契約だったはずだと怒り出して、船内は大混乱に陥った。一部の船乗りはカタイから往復の契約で雇った者ではなく、途中のタプロバネやジャヴァ島で雇われた新参者だったのである。怒った船長は、船を下りたいと申し出た船乗りを罰として無人島へ下ろすと言い出したのだったが、さすがに古参の船乗りたちに説得されて、ムル・ジャーワ島の先にあるワークワークの港で下ろすことに同意し、かわりの船乗りをそこで補充することが決まった。

「まったくこんなひ弱な船乗りどもは初めてだ。《凪の海》を漕いでこそ本物の船乗りだろうが」

ムル・ジャーワ島で下ろさなかったのは、船長が不誠実な船乗りたちをより辺境の地で下ろすことにこだわったからだ。

そんなわけで船はカタイへの最短航路を外れ、ムル・ジャーワ島のさらに先まで寄り道することになった。

「どうでもいいが、早くカタイに向かってほしいものだ」

不満げなペトルスに対し、エドガーはむしろ今回のことは歓迎している様子である。

「ぼくは少しでも新しい世界を見たい。ムル・ジャーワの向こうにどんな世界があるのか。ワークワークの名前はサラセン人の間ではたまに聞かれるようですが、大ぶろしきのマルコもオドリコ修道士も父マンデヴィルも記していないんです。ぜひ行ってみたい」

「エドガー、お前は、結局プレスター・ジョンの王国が本当にあると思っているのかい？」

「どうでしょうか。正直ぼくはどっちでもいいんです。世界中を旅して今まで見たことのなかったものを見るのが楽しいんです。きっと父さんの血ですね」

わたしは鼻で笑った。

「あの男は世界中旅なんかしていないよ」

「そうかもしれない。でもしたかったと思います」

「ではあの本がイカサマだって認めるんだな」

「たしかに自分の話じゃなかったのかもしれません。父さんの本にはオドリコやマルコの話とよく似た話がたくさん載っています。だから真実だとも言えるし、丸写しだった可能性もある。ただ、もしかしたらあの本は予行演習だったのかもしれないとも思うんです」

「予行演習？」

「そう、いつか自分が旅をするときのための」

そんなことは考えたこともなかった。つまり旅行案内を書いたというわけか。父はいつか本当に旅立とうと考えていたと？

それがいつしか耄碌(もうろく)して自分でも本当に起こったことだと信じ込むようになったのだろうか。

「それと、あんまり記憶が定かじゃないんですが、父さんはあの本を誰かのために書いたって言ってた気がします」

「誰かって、ローマ教皇のことか」

「わかりません。誰であれ人の役に立てたかったんじゃないでしょうか」

「残念ながら、あんなでたらめな本は誰の役にも立たないし、献上されたローマ教皇はいい迷惑だったろう」

「でもね、兄さん。父さんがあの本を教皇に献上しなければ、今ぼくはここにいないんです。そもそも父さんがあれを将来誰かが東へ旅するときの案内に役立ててほしいと考えて教皇に献上したのだとしたら、その目的は今まさに達成されているわけです。父さんがぼくをこの地へこの海へ送り出してくれたんですからね」

エドガーは饒舌だった。

「だからぼくは父さんのかわりに、いろんなものを見て帰ろうと思います。父さんがそれを見て体験することを強く願ってできなかったものを」

わたしはそれ以上何も言わなかった。堅白同異もいいところだが、エドガーには彼なりの考えがあり、現状に満足しているのだ。わたしと同じ不満を持つよう強要することはできない。


ワークワークの港に入ると、船長は不満を持つ船乗りたちを全員解雇し、あらたな船乗りを雇うべく町へ出て行った。

ワークワークの港町はタプロバネやジャヴァとはちがって、漁村を大きくした程度の規模しかなく、建物もみすぼらしく、草の葉で編んだような家が多かった。そこらじゅうが濃い緑に覆われ、建物を覆いつくさんばかりだ。その間を人々が踏み固めた道が縦横に通っている。

船長が新しい船乗りを見つけるまでの間、われわれは島を散策した。ワークワークという国は一万以上もの島からなり、ここはそのひとつだが、さらに大きな島もあると村人が教えてくれた。彼らはカタイの言葉が少しはわかるようだ。

町を歩いているうちに寺院を見つけ、間口が開放されていたので、われわれは中に入ってみた。この地の異教徒がどんな神を信仰しているのか、ペトルスが興味深そうにしていたからだ。

建物の中に入ると、正面に神とおぼしいものの坐像が据えられていた。像は石でできており、人間の姿に似せて作られていたので、聖人の像なのかもしれない。

その手前に修行者のような男がひとり正座していた。剃髪しており、全身を大きなオレンジ色の布でくるんでいる。男は神の坐像に向かってずっと何かブツブツ言っていた。

「ここまで来てもまだ偶像崇拝教徒がはびこっているのは嘆かわしいことだ。だがキリストの教えが形を変えて伝わっているのだとしたら、彼らを正しい道へ導く余地はある。少なくともこの神は人間とほぼ同じ姿であるから、神をこのように表現しているのかもしれん」

すると奥から同じかっこうをした別の修行者が現れ、何の用かと問うた。

「あの神は何という神か」

ペトルスは尋ねた。チリが通訳する。

「あれはプサです」

「人間のようだが」

「もともとは人間でしたが、悟りを開いて仏になったのです」

「仏とは何だ？　神ではないのか」

「神さまとは違います」

「聖人のことだな」

「少し違いますが、だいたいそういうことになりますかな」

ペトルスは、その教えについてさらに詳しく尋ねていたが、わたしはその話題に興味がないので、ペトルスと修行者のもとをはなれ、建物の中をぶらぶら歩いて回った。

と、窓の外に異様なものを見た気がして、建物の外に出てみたのである。裏手へ回り込んだ途端、わたしは、あっ、と思わず声をあげた。

エドガーとアンジロもついてきて、あんぐりと口をあけ絶句している。

そこには奇妙な姿をした樹が生えていた。

地面から生えた太い一本の幹がいくつにも枝分かれし、葡萄のように大きな棚を作っているのだが、それらの枝から異様なものがたくさんぶらさがっている。

それは人間、それも若い女の姿をしていた。

そして女（のようなもの）たちはみな全裸で、うっすら緑がかっていた。

これはいったい何だろうか。

女（のようなもの）たちには頭のてっぺん、本来なら髪がある部分にへたがあって、そこから枝につながっているところを見ると果実のようだ。みな目を閉じて穏やかな表情をしていたが、大きさはまちまちで、大人の大きさの女（のようなもの）があるかと思えば、子どもほどの背しかない女（のようなもの）もある。妙な感じがするのは、小さな女（のようなもの）もその姿かたちは大人と同じであることだ。幼女の体型のものはおらず、最初から大人の姿で生まれ育っていくようだった。

「こんな実がなる樹があるとは……」

「まるで本物のようですね」

若いアンジロは頬を赤く染めて、目のやり場に困っている。

村の男が通りがかり、現地の言葉で何か言った。ワクワクと聞こえたが、それがこの樹の名前であろうか。

やがてペトルスとチリも出てきたので、チリに通訳を頼む。

「これはいったい何か？」

すると村人は答えた。

「これはワクワクという樹である。この国の名のもとになったものである」

「この女のようなものたちは植物なのか？」

「木の実である」

「なぜこんなに人間に似ているのか」

「理由は知らないが、昔からずっとこうだった」

「この実は食べられるのか？」

「食べたという話はきかない。中は空洞で、樹からもぎとると七日間は生きているが、やがてしぼんでしまう」

「生きている？　まさか言葉をしゃべるとでもいうのか」

「しゃべりはしないが、こっちの言うことはわかるようだ」

「まさか」

「この島の男たちはいつもこいつに世話になっている」

男の顔に下卑た笑いが浮かんだ。

「七日だけの新妻というわけさ。その寺の僧侶たちもこっそり持ち帰ってるという噂だ」

会話を聞いていたのだろう、寺から修行者がぞろぞろ出てきて、口々に男を厳しくののしった。

「僧侶たちは、そんなことをするわけがないと怒っています」

チリが訳した。

「なぜなら、彼らの宗教には不邪淫という戒律があり、淫らな行為を慎むよう教えられているからだそうです」

それを聞いてペトルスがひとり大きく頷いた。

「どうした、ペトルス」

「《汝、姦淫するなかれ》。モーセの教えだ」

寺の僧侶たちによって男は追い払われ、僧侶たちのなかには樹を切ってしまえなどと息巻いているものもいた。ペトルスは感慨深げに腕を組んでいる。

一方でわたしはまたしても生来の珍奇植物好きが出て、この奇妙な植物に興味津々であった。これをわたしの庭に植えたらどうであろうか。たちまち町の噂になるだろうから、塀を高くして外部から覗かれないようにすべきだが、面白い庭になるのではないか。

「この実をひとつ持って帰ることはできないだろうか」

すると、僧侶たちはニヤニヤとわたしを見つめ、冷やかすような口調で、持っていけ、と促した。

「勘違いするな。わたしはただこの不思議な樹を庭に植えてみたいだけだ」

すると、僧侶は、

「残念だが、この実を植えても樹は生えない。どうすればこの樹が増えるのか、誰もその方法を知らない」

と言うのだった。

「挿し木をすれば……」

とわたしが言いかけると、

「それもだめだ。これまで多くの村人がいろんな方法を試したが、誰も成功していない。この樹は自ら生えたいときにだけ生えてくるのだ」

二日ほどして船長が船乗りの都合がついたから出航すると伝えてきたので、われわれはワークワークを去ることになった。

ペトルスは僧侶たちとすっかり仲良くなり、何かと話しかけては怒ったり笑ったり感心したりして、離れることをずいぶん残念がっていた。

わたしはワクワクの樹のことが気になり、なんとか実を持ち帰りたいと思っていたのだが、実の形が形だけに、こっそり持ち帰るのはためらわれた。

僧侶たちの話を信じるとすれば、これは挿し木をしても実を植えても生えてくることはないそうだから、移植しようにも方法がわからない。まさか樹を根っこごと掘りおこして運ぶわけにもいかないので、しかたなくあきらめたのだったが、出航前に見に行くと枝にぶらさがっていたはずの一番熟した、というのだろうか、大きくて人間そっくりだった実がなくなっていた。

僧侶の誰かが持ち去ったのかもしれない。とはいえそのことに触れるのは憚られたので、とくに何も言わずに彼らに別れを告げ、われわれはふたたびカカムに乗ってカタイに向けて出発した。

出港する前にちょっとした騒ぎがあった。

われわれは船長が新たな船乗りを探している間、港に停泊したカカムの船室に寝泊りしていたのだが、出港前夜に知らない誰かが部屋に侵入するのを見たとアンジロが言い出したのだ。夜のことで姿はよく見えなかったが、たしかに誰かが入ってきたと。

密航者だというので船長は船乗りたちに船じゅうを捜索させたが、船倉を調べても寝台の下や行李のなかを調べても密航者は見つからなかった。結局アンジロが夢でも見ていたのだろうということで予定通り出港が決まって、チリがたいそう恐縮して船長に謝った。

気のいい船長はアンジロを咎めることもなく、朝に出る予定を午後に変更しただけで済んだ。

しばらくしてカカムは《凪の海》に入ったため帆走をあきらめ、手漕ぎでの曳航に切り替えて、屈強な船乗りたちの力で来る日も来る日も漕ぎ進んだ。

抜けるのにふつうは三十日、早くても二十日はかかるといわれる《凪の海》には、島影ひとつなく、水深が浅いのか海の色も黄色がかって、まるで砂漠のうえを進んでいるような錯覚に陥った。それでいて蒸すような暑さだったのでみな辟易するばかりだった。さすが船乗りたちが恐れるだけのことはある。

そんな《凪の海》に入ってしばらくたったある日のこと、突然エドガーが高熱を発した。

きっと長旅の疲れが出たにちがいない。ローマを出てからこれまでいろいろなことがあったし、蒸し暑さも疲れに拍車をかけたはずだ。

船医がエドガーのために薬草を調合してくれたが、それを飲ませても熱はいっこうに引かないどころか、悪い夢でも見ているように常にうなされていた。テオポンポスにもらったマンドラゴラを煎じて飲ませてもみたが、まったく効果は見られなかった。しまいには顔色もどこか緑がかって、だんだん意識も曖昧になり、やがて目を閉じたまま昏睡状態に陥ってしまった。

「エドガー！　どうしたんだ。目を覚ませ」

チリとアンジロがかいがいしく彼の面倒を見てくれたが、わたしはエドガーがこのまま死んでしまうのではないかと気が動転してしまい、どうしていいかわからなかった。

ペトルスは彼のために祈っては、耳元でしきりに励ました。

「エドガー、大丈夫だ。祭司ヨーハンネスの王国は近いぞ」

だがわたしには王国の話がエドガーのなぐさめになるとは思えなかった。

わたしは船長に申し出た。

「どこか大きな街があったら船をつけてもらえないだろうか。施設の整った病院で医者に見せたいんです」

すると、船長はエドガーの様子を見にやってきて、彼の顔をひと目見るなり、潮に焼けて皺だらけの顔をほころばせ、

「《凪の海》を抜けたら、どこかの島に船をつけるとしよう。そこで彼を降ろすから、その島で一晩過ごさせるがいい。そうすればたちどころに治るさ」

と言うのだった。

「まさか置き去りにするつもりじゃないでしょうね」

「とんでもない。深い入り江がある島を探して、そこでわしらも一晩過ごそう。案ずるな。誓って置き去りにはせんよ」

「いったい、それはどういうことです？」

「ひと目見てわかった。彼は美人果にとりつかれたのさ」

「美人果？」

「そうだ。ワークワークには美人果という樹が生えている。まるで女のような実がなる樹だ。彼はそれを見に行かなかったかね？」

「ワクワクだ。まさにその樹を見ました」

「やはりな。その実を見ているとき、美人果のほうもこっちを見とるのさ。そして獲物を見つけると、夜を待ってその獲物のもとまで歩いていき、とりつくってわけだ。ああ、それでわかった。出港前にあの若者が見た侵入者は美人果だったんだな。どうりで見つからんはずだ」

「弟にあの女の実がとりついていると？」

「その通り。島の男たちはあれを持ち帰って妻として用いておるようだが、そんな下卑た男にはあれはとりつかん。あれがとりつくのは、遠くへ自分を運んでくれる若い男だけだ」

わたしは首をかしげた。

「ワクワクはわれわれが船で出航すると知っていたと？」

「いや、植物にそんなことまではわかるまいよ。ただあれは人間の性格を見抜くのさ。まだ見ぬ土地に憧れを抱いているような夢見心地な男をどういうわけかうまく見分けてな、夜中にその男のもとへ忍んでいき、体を開いて男を包み込んでしまう。あれは中が空洞になっておってな。そうして獲物を包んだら、ゆっくりと獲物の体内に染み込んでいくのさ。彼の顔色を見てすぐにわかった。うっすら緑色をしとるだろう。美人果が彼と一体化した証拠さ」

「どうすれば、取り除けるのです？」

　船長はニタリと笑って、

「美人果は、男が遠くへ離れるだけの時間を待って、男を眠らせ夢を見せる。とびきり淫猥な夢をな。そうして男の力を借りて自分の種を放出するのさ。男はすべての種を放出し、文字通り精根尽き果てたところで使命を終える」

「使命を終える？」

「ああ、男は目覚め、男と一体化していた美人果は消えてなくなる」

「弟はちゃんと目覚めるのですか」

「目覚めたらたっぷりうまいものを食べさせてやることだな。なにしろ種をすべて放ち終わるまでは解放されないのだからな」

「地獄だ」

ペトルスがまた天に祈った。

「そのためにも彼を船から降ろさねばならん。美人果もよくしたもので、船の揺れを感じているうちは種を放出せんのだ。揺れが止まり、どこかに上陸したことを感知してから放出する。だから彼はどこかの陸地で、できれば無人島で一夜を明かす必要がある」

船長のアドバイスに従い、われわれは《凪の海》をようやく通り過ぎたところでちょうどいい島を見つけ、島影に投錨してエドガーを上陸させた。運よくそこは無人島で、彼とともにわたしも島で一夜を過ごした。

その夜のことは思い出したくない。

とにかくわたしはエドガーの身体から無事ワクワクの実が消え去ることだけを祈っていた。

朝になって彼は何日かぶりに目を覚まし、それまでうっすら緑がかっていた肌の色もすっかり元に戻っていたので、わたしは神に感謝をささげ、彼を抱きしめた。ただ緑色は消えたかわりに、彼の顔はげっそりとやつれて目の下に真っ黒いくまができていた。

「具合はどうだ、エドガー」

「なんだかとっても疲れているけど、気分はだいぶよくなりました」

ふたたびカタイに向けて進みはじめた船のうえで、船長はそっとわたしに耳打ちした。

「あの島にもこれから美人果の樹が育つだろう。気をつけなければならないのは、一度美人果にとりつかれた男は、ふたたび美人果を見つけると、自ら好んで近寄っていくようになるということだ。そうしてまた美人果の種を運ばされる。もしまた美人果を見つけたら弟を決して近づけないことだ。何度も種を運ばされると、やがて衰弱して命を落とすことになる」

「気をつけよう」

わたしは約束した。

第9章

最果ての国

われわれを乗せたカカムは《凪の海》を抜けたあと、依然どんよりと蒸し暑い空気のなか、帆を出して弱い風をとらえながらのろのろと進んでいく。空は晴れているのか一面雲が出ているのかよくわからない鈍色がかった青色で、それを映す海の色もねっとりと粘りでもするかのように重たかった。

途中タワーリスィーという国の港に寄港して水や食糧などを調達すると、われわれはいよいよカタイの国のザイトン〔泉州〕に向けて出港した。

ザイトンはカタイでも最大の港町であり、その名はわれわれの耳にも入っていた。

「アレクサンドリアを凌ぐほどの港だそうですね。楽しみです」

一時は見るも哀れなほど衰弱していたエドガーだったが、今ではすっかり回復して書物の研究に余念がなく、カタイの国やその先にある世界について想いを募らせていた。

「ザイトンにはフランシスコ会の僧院があると聞いている。そこへ行けば祭司ヨーハンネスの王国について何か聞くことができるだろう」

ペトルスはザイトンでの情報入手に期待しているようだ。

わたしはと言えば、もはやイングランドにとって返すことはあきらめ、むしろ早くザイトンにたどり着いて、ペトルスが真実を思い知ればいいと考えていた。

答えはとっくに出ているのである。これまで出会った者のなかに誰ひとりとして王国の存在を知る者はいなかった。プレスター・ジョンの王国は存在しないのだ。存在しないものを探し続ける旅ほど虚しいものはない。ザイトンにつけばペトルスも思い知るだろう。

ザイトンで情報を得られなかったとき、ペトルスはどうするだろうか。それでもまだ絶対的東方を目指して進もうとするだろうか。

ならばいっそカタイ近辺のどこかに王国が存在して、さっさと親書を渡して帰れたほうがむしろ都合がいいのかもしれない。そうしないとこの旅はいつまでも続くことになる。

「チリとアンジロはカタイに着いたらどうする？」

ペトルスが船べりで親子に問いかけていた。

「母の国はカタイよりさらに東にあると聞きました。ザイトンでそこへいく船が見つけられればと思うのですが」

「何という国かね」

「国……わたしは故郷をフィランドーと呼んでおりました」

チリが答えた。

「それは大きな国だろうか」

「いえ、小さな村でございます」

タワーリスィーを出て二日後、風が吹きはじめた。

最初は追い風で船の速度が速まり、われわれはザイトンへの到着も早まりそうだと喜んだが、船長はうかない顔をしていた。よくない兆候だというのだ。

やがて船長の予感が的中し、風は向きを変えて西から吹くようになって、海には大きなうねりが出はじめた。

船長ははじめ、船を避難させる湾や入り江を探していたが、風が予想していた以上に強いと見るや、むしろ陸から離れることを選択した。空には鉛色の重たい雲がとぐろを巻き、波打つ海面に突風が波紋を描いた。

「こりゃ嵐がくるぞ」

誰かがぼそりと言った。

その言葉通り、徐々に船の縦揺れが激しくなってきたかと思うと強い雨が降り出した。風がみるみる激しさを増し、方向を無闇に変えながら猛烈に吹き付けるようになって、あちこちの扉や何かがガタガタと鳴りだし、やがて船が軋むような嫌な音をたてて、上下に揺れはじめた。

おそるおそる扉の外をうかがうと、一刻前とはまるで様相が変わっていた。

海がときに岩山のようにわれわれの前に立ち上がったかと見るや、船の先端がその麓にぐっと沈み込み、そこから今度は反対に船首をうんと高く持ち上げられるといった具合で、カカムは哀れなほど海に翻弄されていた。ひっくり返らないのがふしぎなぐらいだった。

船が波の谷間に沈むときに甲板に叩きつけられた水の塊が、白い飛沫となって飛んできてわたしの顔に突き刺さる。わたしはすぐに扉を閉めて船室に引きこもった。

海ではこれが恐るるに足らぬ標準的な悪天候に過ぎないのか、それとも死をも覚悟すべき重大事なのか最初はよくわからなかった。海を知らない自分は恐れすぎているだけで、実際は心配ないのかもしれない。だが、船乗りたちの様子を見るに、あまり安心できない事態のような気がしてきた。誰もわれわれにかまう余裕がなく、安心する言葉のひとつもかけてくれなかったのだ。

そしてその不安は的中した。

あるとき、ビンッという弦楽器の弦が切れたような音がしたかと思うと、船首の帆を支えていた帆綱が引きちぎられてしまったのである。船乗りたちの悲鳴が聞こえ、見れば、帆が切り裂かれて狂った悪魔のように空中でバタバタと風に翻弄されていた。

問題は帆だけではなかった。波が船室にもなだれ込んできたのだ。船乗りたちが水を必死で汲み出したが、とても入ってくる水の量に追いつかない。

船はときに天地が逆さになるかと思うぐらい傾き、どこかでバリバリと板が破れるような音が聞こえたと思った瞬間に、船乗りだか乗客だかわからないが、人がひとり海にすべり落ちていくのが見えた。あちこちから悲鳴があがり、もはやわれわれには神に祈ることしか残されていなかった。

それからどのぐらいの時間嵐に翻弄され続けたのかわからない。恐怖に怯え、ついには不運を嘆いたり神への祈りを捧げたりすることにも疲弊して、永遠に続くかと思われる時のなかで絶望に打ちひしがれていると、いよいよ運命はわれわれを天に召すことを決めたらしい、船が今までにないほど大きな音をたてて引き裂かれ、天井が割れて灰色の空だか水だかわからないものが見えたと思った瞬間、われわれはみな海に放り出されていた。

わたしは大きな板に必死でつかまった。わたしの目の前にアンジロがいて、同じ板につかまっている。少し離れたところにチリと船乗りのひとりがおそらく帆柱だろう太い丸太のようなものにしがみついているのが見えた。エドガーとペトルスはどこにいったか見当たらない。チリがアンジロを見つけて、丸太を離れこちらのほうに泳いでこようとしていた。だがその姿は波に飲み込まれて見えなくなり、すぐに浮かんでくるかと思ったところに姿をあらわさなかった。アンジロが絶叫し、次の瞬間、われわれの頭に大きな波が被さってきて、わたしは息ができなくなった。

誰かがわたしの腕をつかんだような気がしたが、意識が遠のき、すぐに何もわからなくなった。

気がつくと、わたしはセント・オールバンズの自宅屋敷の庭に戻っていた。

そこにはあるはずの苔や羊歯はまったく生えておらず、わたしが職人に命じて作らせた回廊状の高い壁もなくなっていた。たしかに壁でまわりを取り囲み、羊歯と苔で埋め尽くした記憶があるのだが、あれは夢だったのだろうか。

入口には薔薇のアーチと、放射状に区切られた区画に色違いのパンジーが整然と植えられている。

ふと見ると、目の前に父が立っていた。

稀代のイカモノ、ジョン・マンデヴィルその人である。

父はいかめしい表情でわたしを見下ろしていた。

ああ。

わたしはため息をついた。わたしは死んで、また父のもとで暮らさなければならなくなったのだ。絶望的な気分だった。

またあのセリフが出るのか、とわたしは父の口元を見つめた。

お前はもっと外に出ねばならん。外に出て世のために尽くすことがわがマンデヴィル家の伝統である、とかなんとか。

父は、わたしがまだ年端もゆかない子どもで、馬に乗ることさえ怖かった頃に、復活祭の半月後に行なわれる馬上試合に出場しろと言ったこともある。子どもが出場できるような試合ではなく、さすがに冗談ではあったのだが、当時のわたしは、父が本当に自分を騎士として出場させるのではないかとおそれおののいた。

とにかく父はいつもわたしに無理難題をふっかけて面白がるような人間だった。

そのくせ自分は槍などろくに扱うことができず、知人を呼んで戦闘のまねごとをやってみせたときも、腰が引けてまったくさまになっていなくて、子ども心に情けなく思ったものだ。

当時父は周囲からはどういうわけか愛すべき人物と評されていたようだが、わたしには人がそう言う理由がさっぱりわからなかった。

その父が今目の前にいて、わたしに対峙していた。そして言った。

「アーサー、キリンという生き物を知っているか」

「ああ、見たことはないけどね」

「あれは実に奇態な生き物だ。頭部は雄鹿のもので、角と蹄は牛、脚はラクダで、尾はシマウマに似ている。前脚がやたら長いわりに後脚はずいぶん短い」

「何が言いたいんだい、父さん」

「熱帯では暑さと渇きのために、水溜りにたくさんの動物がやってくる。そこである種の動物が別の動物と交尾すると、キリンのような奇態な生物が生まれるのだ」

いつもの法螺話であった。わたしはこれ見よがしにため息をついた。

「もうたくさんだ、父さん。おれはあんたのような人間にはならない。ぼくが父さんのせいでどれだけ恥ずかしい思いをしたかわかってるのか」

父は戸惑った表情を見せた。

「お前はいつも文句ばかりだ」

ああ、思い出した。それも父の口癖だった。それを言うとき、父はとても悲しそうな顔をしていた。

「キリンなんてどうでもいい」

わたしは言った。

「アーサーよ」

「何だい、父さん」

「ならばお前はどうしたいのだ?」

「どうしたいだって? 言ったろう。あなたのようになりたくないって」

父の顔が小さくなった。

「お前はどうしたいのか聞いているのだ」

どういうわけか、父はみるみる萎んで、まるで子どものようになっていく。

「どうしたいのだ、アーサー」

「……何を言うんだよ、急に」


「兄さん」

「?」

「アーサー兄さん」

父の顔からエドガーの声がした。エドガーは父の後妻の子だ。まだ小さい子どもだが、生まれたときから活発で好奇心も旺盛、わたしよりははるかに進取の気性に富んでいた。

エドガーが来たのなら、わたしなどもう必要ない、とわたしは思った。

わたしを放っておいてふたりで話せばよかろう。エドガーならあなたの期待に応えてくれるはずだ。

「兄さん、起きて」

心配そうな顔がわたしを見つめていた。

いつの間にかエドガーの顔は、わたしの知る顔よりはるかに薄汚れて、分別臭く、父の顔にかなり似てきていた。髪型も濡れてぐちゃぐちゃになり、かぼちゃの原型すらとどめていない。そんなむさくるしく変化したエドガーの顔で、わたしの視界は埋め尽くされていた。

「兄さん」

「エドガー、そんなに覗き込まないでくれ。暑苦しい」

わたしは言った。

「悪かったですね。心配していたんですよ」

エドガーの背後にはじりじりと照りつける太陽と雲ひとつない青空が見えて、わたしは開けたばかりの目を細めた。

夢を見ていたのか……。

「情けないぞ、アーサー」

声がしたほうを向くと、ペトルスが冷ややかな眼でこちらを見ている。

わたしは、ゆっくりと起き上がり、周囲を見回した。

われわれはまだ海の上にいた。破砕したカカムの断片と思われる大きな板に乗って海に浮かんでいる。かすかにうねりが残っているようだったが、空は見事に晴れて、嵐は完全に過ぎ去っていた。

隣にはチリとアンジロが横たえられていた。ふたりとも目を閉じていて、生きているのか死んでいるのかわからない。エドガーによれば心臓は動いているし呼吸もしているから大丈夫だろうとのことだった。

「船長や他の船乗りたちは？」

「船長の姿は最初から見えませんでしたし、さすがにそんな大人数は助けられませんでした」

エドガーは答えた。

「お前が助けてくれたのか」

「ええ。チリとアンジロはペトルスが」

「あんな荒れた海のなかで、いったい全体どうしてそんなことができたんだ」

「思い出したんですよ」

「何を？」

「アマゾニアの川を泳いだときのことを」

「アーサー、お前は嵐におののくあまり、自分の力を忘れていたのだ」ペトルスが言った。

「ぼくたちは泳げるんです。嵐の中だって魚と同じぐらいに。兄さんだって泳げたはずです」

「魚と同じぐらいに泳げただって？」

「お前は早々に生きるのをあきらめたのだろう。わしはあきらめなかった。わしにはまだ死ぬわけにはいかない理由があるからな」

「海に落ちたときは、さすがにぼくもあきらめかけましたが、もっと世界を見るまで死にたくないと思ったら気持ちが落ち着いて、嵐の中でもまるで平気で泳げることに気がついたんです。波の揺れはさすがに気持ち悪かったけど、そんなときはある程度海に潜れば揺れが少ないことがわかりました」

「わしは祭司ヨーハンネスに教皇の親書を渡さねばならんのでな。親書の入った鞍袋をつかんで必死で泳いだよ。そうしたら」

ペトルスは鞍袋を逆さにして中身を板の上にぶちまけるような仕草をした。

出てきたのは、靴下だけだった。

「親書はなかった。靴下の匂いが移らないように別の鞍袋に入れ替えたのを忘れていた」

そう言って肩を落とす。

「親書を失くしたのか！」

わたしは思わず叫んでいた。

「ああ」

普段ならなんでも神のご加護があるで済ませるペトルスが、今回ばかりは落胆を隠さなかった。

「祭司ヨーハンネスに会う前に、新たに書き直すしかあるまい」

「書き直す？　教皇の親書だぞ」

「ほかにどんな手があるというのだ」

わたしに聞かれても困る。

「それにまだこの靴下もある。真のキリスト教徒なら聖遺物を見れば信用するはずだ」

「どうせニセモノだろう？」

冷たいようだが、思っていたことを指摘すると、ペトルスはしばらく黙っていたが、やがて

「それは見方による」

と小さな声で答えた。

「ニセモノと認めるのか」

「人は見たいと思うものをそこに見る。そういうものだろう」

「あんたにしては珍しいな、ペトルス」

これまでの彼ならば、怒ってまた破門だなどと言い出したことだろう。だが、今はそんな元気もないようだった。

「それより、あれを見ろ」

ペトルスの指差す彼方を見ると、そこには緑に覆われた島が浮かんでいるのが見えた。かなり大きな島だ。

「今度はお前が海に入ってこの小さな筏を押す番だ、アーサー。これまでたっぷり寝ていたのだからな」


だが生きながらえて人心地ついていられたのも、島に上陸するまでのことだった。上陸後、われわれはまたしても緊迫した状況に陥ったのである。

われわれの筏というか板が延々と松林の続く長い砂浜にのり上げたとき、その接近はすでに島民に知れわたっていたらしい。林の陰から多くの男たちが現れて、あらかじめ示し合わせていたような機敏な動きで、われわれを遠巻きに取り囲んだのだ。

男たちはくすんだ色の服を着て、みなそれぞれに剣や棒を手にしていた。どこかのんき気だったタプロバネの人々とは違い、強い警戒心が見てとれる。ペトルスは眉をひそめ、

「ここがどこなのかわからんが、あまり反抗的な態度をとらんほうがよさそうだ」

と小声で言った。

突然、男たちのなかのひとりが居丈高な態度でわれわれに何か声を発した。

われわれが両手をあげて抵抗の意志がないことを示すと、彼らは口々に何かわめきながら、

われわれの体に剣先が触れそうなほど近づいてきた。抵抗するなというようなことを言っているのだろう。それでも、われわれを縛ったりしなかったのは助かった。もっとも人数においても武器を持っていないことにおいても、われわれは彼らの敵ではなかったので、その必要はなかったと思われる。

「決して怪しい者ではない。船が嵐にあって難破し流れ着いたのだ。ここはどこなのか、教えてほしい。それと何か食べるものと水があったら恵んでもらえないだろうか」

ペトルスがいくつかの言葉でそう話しかけたが、通じる様子はなかった。

このときアンジロはすでに目覚めていたが、チリはまだ気を失ったままだったので、彼らは戸板のようなものを運んできて、彼女をそれに乗せて四人で運ぶよう仕草で命じた。

そうしてついてこいというように顎をしゃくり、ひとりが先頭に立って歩きはじめた。われわれは前後を大勢に挟まれるようにして、彼らの集落へと連行された。

海辺からほど近い彼らの集落には、屋根に等列に石を載せているいかにも軽そうな木造の小屋がたくさん建ち並んでおり、路上にはすでに老若男女多くの村人がわれわれを見るために居並んで、好奇の視線を投げかけてきた。

男たちはわれわれに小屋のひとつにチリを運び込むよう指示し、待ち構えていた女たちにチリを預けると、男四人はさらに別の小屋へ連行された。小屋に着くと全身に水を浴びせられ、体についた塩と砂を落としたあと、再び別の小屋に移動し、天井の低い、床も壁も板でできた四角い部屋に閉じ込められた。部屋の三方は窓ひとつない壁で、一面だけ太い木材を格子に組んで一部に小さなドアがついている。そこに鍵が掛けられると、脱出することはできない仕組みになっていた。

「また檻の中か」

エドガーが呟くと、アンジロを除く三人はアマゾネスの島でのことを思い出して、ため息をついた。

「人食いの島じゃないだろうな」

「考えすぎるな、アーサー。われわれには神のご加護がある」

「神のご加護は聞き飽きたよ、ペトルス」

そういなしてから、エドガーに、

「この島がどこだかわかるか？」

と尋ねてみたが、

「ジャヴァとカタイの間の海には無数の島があるんです。ここがそのうちのどれに当たるか、ぼくにはわかりません。地理書の写本もすべて失いましたから」

と肩をすくめるだけだった。

事態が急転したのは、その牢のような小屋で一夜を明かした翌朝のことだった。

気を失っていたチリの意識が戻り、男たちに連れられてわれわれの小屋にやってきたのだ。そうして同じように牢に放り込まれたのである。

「無事だったんだね、母さん。よかった」

思わず安堵の声をあげたアンジロに歩み寄り、チリは息子を抱きしめると、うっすらと涙を浮かべた。

「よかったなあ、チリ」

われわれも安心して頷きあった。

ただ最初は難破から無事に生きのびることができた安堵の涙かと思われたのだったが、どういうわけかアンジロに話しかけるチリの表情はむしろ厳しく、声の調子も歯切れが悪く、彼らの言葉が理解できないわれわれは、だんだん不安になってきた。

「チリさんは何と言ってるんでしょう。険しい表情ですが」

対するアンジロの顔も徐々に険しくなり、言葉少なになって、床を見つめながらじっと聞き入っている。

「何かよからぬことが起こっているのかもしれん」

チリはひと通りアンジロに話をし終わると、彼らに気を使って離れて見ていたわれわれのほうに顔を向け、

「いいですか。落ち着いて聞いてください」

と言った。

「わたしたちは処刑されるかもしれません」

「なんだって！」

われわれは異口同音に叫んだ。

「なぜだ。なぜ殺されなければならんのだ」

ペトルスが聞き返す。

「不法入国の罪だそうです」

「不法入国だって？　船が難破したのだ、仕方あるまい」

「この国では外国の商人や海賊を敵視しており、みなさんはこの国の財宝を狙う商人ではないかと疑われています」

とそこへ、エドガーが割り込んだ。

「待ってください。チリさんはこの国の言葉がわかるんですか？」

それに対するチリの答えにわれわれは驚愕した。

「ここは、わたしの故郷フィランドーです」

「ここが、フィランドー！」

なんと、偶然流れ着いたこの島は、アンジロがいつかチリを送り届けたいと言っていた生まれ故郷の村だった。

「故郷に帰ってきたのが、なぜ不法入国になるのだ」

「昨夜目覚めて人々の服装や建物や風景を見たとき、自分がフィランドーにいるとわかって、わたしは思わず叫び声をあげました。ずっと夢に見ていた故郷に帰ってこられて、こんなにうれしいことはありません。しかし、彼らと話してみると、わたしは歓迎されていないことがわかりました。彼らはみなさんの顔つきを怪しみ、わたしが外国の商人をこの国に手引きしようとしていると考えたのです」

「馬鹿げている！」

ペトルスは声を荒げた。

「海賊を憎むのはわかるが、商人を連れてくることも駄目なのか」

「あなたがたが海賊でも商人でもないことを、わたしは何度も彼らに告げました。しかし彼らは、聞く耳をもってくれません」

エドガーが冷静に、

「われわれが教皇の使者であることを証明すればいいのではないでしょうか」

「どうやって？」

「キリストの聖遺物は役に立ちませんか？」

「教皇の靴下がか？」

「教皇のではない。不敬なことを言うな、アーサー」

「ニセモノだと認めたではないか」

「認めてはおらん」

「わかったよ。だが靴下が何を証明するというのだ」

そう指摘するとペトルスもその点は同意した。

「たしかに難しい。ほかに方法はないか」

われわれは所在無く檻の中を歩き回った。しばらく考えても何も思い浮かばない。

チリによれば、

「わたしたちは明日にもこの国の首都へ向けて出立し、そこで裁判にかけられるそうです。そして通常は、そのとき身の潔白を証明できなければ死罪になると。おそらくわたしも同罪になるはずだと言っていました」

「チリ、旦那はどうしている。親族は？　やっと帰ってきたあんたをかばおうという人間はいないのか？」

ペトルスが尋ねた。

「夫の行方はわかりません……」

チリは悲痛な表情を浮かべた。

「夫どころか、わたしの知るフィランドーの人たちはみな海賊に殺されたかさらわれたかしてもう誰も残っていないと彼らは言っています」

「村は全滅したと？」

「はい。もうずっと前に。おそらくわたしがさらわれたときではないかと」

「では今いる村人は？」

「フィランドーの村はすでに放棄され、ここは村ではなく近年造られた警護用の要塞だそうです」

「要塞？」

「海賊や不法に上陸しようとする者を監視するのです」

ペトルスが天を仰いだ。

「なんということだ。では、チリはやっと故郷に戻ったのに、故郷の村はなくなっていて、しかも夫も家族も行方不明で、自分は罪人扱いだと。それならタプロバネにいたほうがよかったではないか」

まったくペトルスの言う通りだ。そしてそれは、チリがわれわれ三人とともにフィランドーに流れ着いたからなのであった。われわれがいなければ、彼女は罪に問われなかったのだ。

まさかこんなことになるとは。

わたしは神を呪った。

翌日われわれは、これまでに見たこともない巨大な牛のような動物が引く檻車(かんしゃ)に乗せられ、この国の首都へ護送されることになった。檻車には、われわれ五人に加え、見知らぬ老爺がひとりと女がふたりの総勢八人が詰め込まれていた。

老爺や見知らぬ女たちも罪人なのだろうか。みなみすぼらしい身なりでうずくまり、膝に顔をうずめている。

チリは何か一心に考えているようであった。檻車の床に座りこんで故郷の景色を見ようともしない。おそらくわれわれの無実をどのように証明するか必死で考えているのだろう。アンジロが心配して声をかけたが、その手をとるだけで何も返事をしなかった。

「母は、まだわたしがお腹のなかにいるときに海賊にさらわれたんです」

アンジロは言った。

彼は、タプロバネで暮らしているときから、チリが故郷を離れたときの話を繰り返し聞かされてきたと打ち明けた。だからこそチリを故郷に返すことを心に誓い、蟻の金を手に入れるために大芝居を打ったのだ。

そこまでしてようやく母を故郷に連れてきたというのに、父の行方は知れず、親子ともども命まで奪われかねない状況である。アンジロ自身も深く落胆しているのがわかる。

「母はここフィランドーの村で十九になるまで平穏に暮らしていました」

チリはこのフィランドーで漁師の家に生まれ、十六のときに同じ村の漁師の若者と結ばれたと、アンジロは語った。

ふたりは幸せな家庭を築いたものの長く子どもができず、悩んだチリは港の沖に浮かぶ小島に子宝祈願に通うようになったらしい。そこにはフィランドーの村の守り神が祀られていた。やがてその甲斐あって、三年ほどたったある日ついに彼女は懐妊、夫とふたりでたいそう喜んだという。

だがその矢先、彼女を不幸が襲う。

お礼参りに島へ渡った彼女の前に海賊が現れたのである。フィランドー一帯の海では、まれに海の彼方のカタイの国から海賊がやってくることがある。その日運悪くそれが襲来したのだ。彼女は真っ先にさらわれ、フィランドーの村も襲われた。海賊たちは略奪の限りを尽くし、港は徹底的に破壊された。

チリは海賊船の船倉に閉じ込められたまま、自分の故郷が蹂躙されていく様子を音で察し、恐怖と不安に打ち震えた。さらにものの焦げるような匂いも漂ってきて村が焼かれていることを悟り、生きた心地がしなかった。そうして村の様子や夫の消息を確認することもできないま、見知らぬ土地へ連れ去られたのであった。

海賊はお腹のふくらみはじめた彼女をしばらく奴隷として働かせていたが、やがてカタイの豪商に売り飛ばした。

チリはそこで夫の子すなわちアンジロを産んだ。豪商は奴隷が増えたとはじめは喜んでいたが、産後の肥立ちが悪く床に臥せったままなかなか回復しないチリに業を煮やし、働けないのならと母子ともどもふたたび奴隷商人に売り飛ばしてしまった。

ふたりを買った奴隷商人はさらに彼女らをタプロバネの商人に売り、ふたりはタプロバネに運ばれて、以後そこで暮らすことになった。そうして蟻祭りにおけるアンジロの機転で自由になるまで、十五年の歳月を過ごしたのである。

一方フィランドー村は、チリがさらわれた際、村の男たちが徹底して抗戦したために、海賊の怒りを買って、すべての家屋が焼き払われたそうだ。男だけでなく老人や子どもも見つけ次第に殺され、若い女の多くはチリ同様に連れ去られたという。チリはそのことを要塞の男たちに聞き、その夜は激しい悲しみで一睡もできなかったらしい。

残った村人はごくわずかで、そのなかにチリの夫がいたかどうかはわからないという。壊滅した村はその後再建されることはなく、太守は海賊のさらなる襲撃に備え、海の見える高台に要塞を築いて、警備兵を配置したのだそうだ。今ある小さな集落は、その後警備兵の家族らによって自然に生まれたもので、かつてのフィランドー村の住人は散り散りになって、今はどこにいったか誰も知らないらしい。

その後この地が海賊に襲われることはなくなったが、周辺では何度も海賊が出没し、さらに財宝を狙って通商を迫る外国船もやってくるようになり、今では太守のみならず皇帝も、海の向こうからやってくる者には神経を尖らせているとのことだった。

「チリさんは幸せの絶頂に、地獄に落とされたようなものですね」

「チリとアンジロには何の罪もないのに」

「わしらが海賊でも商人でもなく祭司ヨーハンネスの王国への使節であることを証明できればいいのだが。親書も失った今、いったいどうすればいいのか」

依然われわれには何の考えも浮かんでいなかった。


檻車はギシギシと音をたてながらいくつかの村を通り抜け、やがて幅の広い白土の直線道路に走り出た。道が硬く敷き固められているせいか、心なしか速度もあがったようだ。

前方を眺めていたエドガーが驚きの声をあげた。

「こんなすごい道が敷かれているのか」

檻にもたれてぼんやりしていたわたしはその声に顔をあげ、行く手を眺めて思わず目を見張った。

道路の幅は十ヤード、いや、十五ヤード近くあるだろうか、大型の檻車が三、四台は並行して走れそうなほどであり、それが陽光をまばゆく反射し、白い直線となってはるか遠くまで続いていたのである。山がちな周囲の風景のなかにあって、この直線道路だけが異質なものに思えた。よほど高度な技術がなければこのような道は作れないだろう。

檻車を引く動物も、あらためて見ると変な生きものだった。

体型は大型の水牛に似ているが、全身が硬い鱗のようなものに覆われ、鼻先に一本の角が生えている。馬に比べて鈍重そうな体つきながら、走る姿は力強く、思いのほかスピードが出た。

「この怪物は何という生きものだろう」

わたしがその不思議な姿を見ていると、

「これはユニコーンではないでしょうか」

とエドガーが言った。

「ユニコーンだって？　とてもそうは見えないな。たしかに角はひとつだが、清純な処女の膝で眠るユニコーンがこんな醜い姿をしているだろうか」

「そのことについてはまさに大ぶろしきのマルコが書いていました。ユニコーンは見るからに恐ろしげで、われわれが想像するのとは正反対の生きものであったと。きっとマルコはこいつを見たにちがいありません」

するとと今まで黙っていたチリが、

「犀（さい）です」

と呟いた。

「通天犀（つうてんさい）、わたしたちはそう呼んでいます」

「通天犀？」

「はい。街道で人や荷物を運ぶのに使われます」

「母さん、大丈夫ですか？」

アンジロがようやく言葉を発した母を覗き込む。

「ああ、アンジロ……大丈夫、お前さえ生きていてくれれば、母さんは平気だよ」

「チリ、われわれのせいで申し訳ない」

わたしは彼女に謝った。

彼女の人生は、海賊にさらわれたときから、常に運命に翻弄され続けた日々だった。身重な体で自由を奪われ、生まれた子どもとともに奴隷に落とされ、やっとの思いで故郷に帰ったと思ったら罪人として処罰されようとしているのだ。わたしも目下、イカモノの父や教皇やペトルスのせいで不本意な人生を歩んでいる最中であるが、彼女の不幸に比べればなにほどのものであろうか。

これから不本意な最期を迎えることになるかもしれないとはいえ、少なくともこれまでわたしには自分で自分の道を選ぶ自由があった。教皇の命令とはいえ、旅を放り出して逃げることもできたのである。彼女が被った理不尽の総量はその比ではなかった。

「いいえ、みなさんのせいではありません」

チリはかぶりをふった。

「ここまで連れてきていただいて本当に感謝しています。それに……」

「それに？」

「まだ処刑と決まったわけではありません」

わたしはチリの気丈さに胸を打たれる思いがした。

と、そのときである。

檻車の隅に黙ってうずくまっていた老爺が、チリに向かって短く声をかけた。チリがふりむき、現地の言葉で何か返事をすると、老爺の顔に驚きの表情が浮かび、小さく叫んだ。

すると今度はチリが何かを叫んで老爺にむきなおり、ふたりはそのまま言葉を交わしはじめたのである。

話が長引くにつれてチリの表情にみるみる明るさが戻り、次々と老爺に質問をぶつけているようだった。

「知り合いか?」

そのペトルスの勘は当たっていた。

後にチリが説明してくれたところによると、この老爺は生き残ったフィランドー村の住人で、チリは知らなかったが、老爺のほうはチリのことを覚えていたらしい。

海賊に襲撃された時に山へ逃げ、そのまま山で猟をして暮らしていたと老爺は言った。ところが怪我が原因で昨年から猟ができなくなり、困窮して新しい集落へ盗みに入ったところを捕まったということであった。何度も盗みを繰り返していたため小さな処罰では済まされず、首都へ護送され裁判を受けるらしい。

そしてこの老爺が、チリの夫の消息について心躍る情報をもたらしたのである。

チリの夫が生きている可能性があるというのだ。

チリの夫キチジロは、海賊に抗戦したものの歯が立たず、途中からは山奥へ分け入り難を逃れていたらしい。彼は妻の身を案じていたが、妻が沖の小島の守り神にお礼参りに渡っていたことを後で知って、急いで探しに出たという。

しかし必死の捜索にもかかわらず妻を見つけることはできなかった。当初はどこかに隠れているのではないかと期待していたキチジロも、妻が幾日経っても戻らず遺体も見つからないとなれば、彼女が海賊に拉致されたことを認めざるをえなくなった。

キチジロは怒りに震えた。

フィランドー村では、妻子を殺されたり略奪されたりした夫は、仇の首を狩って復讐を遂げなければならないという掟があった。

キチジロも妻奪還のためカタイへ向かうことを望んだものの、村の船はすべて破壊されていたうえに、そもそも妻がどこに連れ去られたのかその手がかりさえない。

掟では、復讐を果たせない者は、自分の腹を刺して自死しなければならないとされていた。

理不尽な掟のようだが、本来は近隣の集落とのいざこざに適用されていた古い時代のものであり、異国の海賊の襲撃などは想定されていなかったのである。

村はすでに壊滅しており、掟に従わないキチジロを責める者は誰もいなかった。しかし、それでもキチジロ自身が妻を守れなかった自分を許せなかった。

同じく山に逃げていた老爺がキチジロに出会ったのは、ちょうどその頃、すなわちキチジロが自死することを考えて煩悶していたときであった。老爺はキチジロの話を聞いて不憫に思い、もしどうしても掟にこだわるなら、出家する選択肢もあると教えたという。

復讐も自死することもできない場合、村では出家することが許されていたのだった。

出家とはキリスト教でいえば修道士になるようなもので、私有財産をすべて投げうって神に仕えることである。以後家族と会うことは許されず、ひたすら修行の道を歩むことになる。

キチジロは出家を選んだ。財産もすべて失い、妻を拉致された今となっては、出家を阻む理由もなかったのだろう。そうして彼はこの国でもっとも大きなフラゾンなる山岳寺院に入門したということであった。

「そのフラゾンに夫は生きているのだな」

われわれはチリの表情に本来の明るさが戻ったのを見て、ほっとした。

アンジロは、

「母さんが父さんと会うことはもうできないのですね。だったら死んだのと同じだ」と嘆いたが、それに対してチリは思わぬことを口にした。

「わたしのことはいいのです。それよりアンジロ、出家しなさい」

「えっ？」

「フラゾンに出家するのです。たとえ裁判で死罪となっても、出家すると申し出れば許されるかもしません。そうすれば死なずに済むし、父さんにも会えるでしょう」

啞然とするアンジロをそのままにして、チリはさらにわれわれに向き直り、

「みなさんもフラゾンに出家してください、そうすれば……」

「いや、それはご免こうむる」

ペトルスが即座に答えた。

「異教の神に仕えるなど考えられぬ。たとえそれで生きながらえても、死んだ後に地獄に落ちることになる。ならば潔く殉教するまでだ。それにアンジロは聖ヨサパト、いや、ソガモニを信仰しておる。命が危ないからといって他の神に誓いをたてるなどありえぬ」

そうたしなめたペトルスに対して、チリは少しむっとしたようすで、

「命より大事な信仰など何の意味があるのです」

「もしわしが死すべき運命にあるのなら、それは神が決めたこと。神の御心を推し量ることは人間にはできぬ。だがそこにはきっと意味があるのだ」

エドガーがそこへ割って入り、

「チリさん、罪人でも神のもとで修業すると言えば許されるのですか」

と尋ねた。

「それはわかりません。でも他にみなさんを救う方法が思い浮かばないのです」

「ペトルス」わたしは言った。

「チリはわれわれのことを考えて言ってくれたのだ。それにチリもアンジロもわれわれといっしょでなければ、こんな目に遭うことはなかった。彼女の気持ちも少しは汲むべきではないか」

ペトルスは答えなかった。

われわれの間に微妙な空気が流れた。小さなすれ違いではあったが、五人の心のなかに、この先に待ち受ける裁判への不安がのしかかり、知らず知らず気持ちがささくれだっていたのかもしれない。


日が沈む時刻になっても、檻車は速度を緩めることなく走り続けた。

裁判を先延ばしにしたい思いで、できればゆっくり進んでくれることを願ったが、通天犀という生きものは疲れをしらないのか、檻車を引く速度はまったく衰えない。日が落ちてあたりが暗くなっても、依然檻車は安定した走りを続けていた。

「いったいどれだけ走るんだ。夜通し走るつもりか」

「さっき兄さんがうとうとしているときに、犀を替えたんですよ。街道沿いに犀舎があって、交替で走らせる仕組みができているようです」

やがて完全に夜の帳がおりると、それと刻を合わせたように前方がぼんやりと光りはじめて、なにかと見れば犀の一本角が発光している。まるで道を照らすために点灯したかのようだ。

一本角は闇が深まるにつれてさらにまばゆく輝き、ついには月明かりにも匹敵する明るさとなった。

「通天犀が荷役や車に使われるのは、このせいです」

チリが教えてくれた。

「夜でも目の前を照らしながら走れるのです」

わたしはこの広い道が白土で覆われている意味を悟った。通天犀の角や、月や星の光を浴びると、道筋が夜の闇の中にくっきりと浮かびあがるのだ。

それはふしぎな光景だった。

まるで夜空にかかる光の橋を渡っているかのようだ。

「この白い大街道と通天犀の光る角のおかげで、たとえ新月であっても、この国ではほんの数日でどこへでもたどりつけるのです」

「その間、わしらは宿で横になることも許されないのだな」

ペトルスが腹立たしげにつぶやく。

わたしは、月明かりに浮かぶまっすぐな道の先から、死神がじわじわとこちらに迫ってくるように思え、絶望に心が冒されていくのを押し止めることができなかった。

フィランドーを出て十日近く旅を続け、われわれはついにこの国の中心とされるミアコという都市にたどり着いた。

それはジェノヴァを出て最初に訪れたトレビゾンド帝国の都にも増してにぎやかな大都市で、インドの奥にこのような大文明が存在していたことにわれわれはあらためて驚かされた。

ただ建物のほとんどは背が低く、ヨーロッパの都市には必ず存在する尖塔のようなものがどこにも見当たらない。ここに来るまでの途中で見た他の町もそうだったが、建造物がすべて木と紙と漆喰でできており、屋根の重しに使う以外ほとんど石が利用されていないのは、これほどの大都市にしては貧弱な光景に感じられた。

そしてそんな大都市の光景でもっともわれわれの関心をひいたのが、街路を歩く男たちの頭髪である。

さまざまな身なりの男女の姿があったが、そんななか一定数の男が剃髪していたのである。

「あれはトンスラではないか！」

ペトルスがそれを見て声をあげた。

トンスラとは聖職者特有の髪型で、頭頂部を剃りあげ周縁部にだけ髪を残したものだ。主イエス・キリストが十字架において茨の冠を被せられていたのを模しているとされる。

この町のトンスラの男たちは人々たちから敬われているようだった。地味で簡素な服を着た町人たちとは違って、みな身なりがよく、威厳のようなものを漂わせている。

「ここはひょっとしてキリスト教徒の国ではないのか」

ペトルスは色めきたったが、わたしにはそうは思えなかった。

この町のトンスラには不自然なところがあったからだ。髪は額の部分を剃ってしまっていて、残った髪が冠のように頭を一周しておらず、そのかわり頭頂部に伸びた髪の先を束ねて載せているのである。それを修道士のトンスラと同一視するのは無理があった。

「ペトルス、よく見るんだ。頭に髪の束がのっている。あれはトンスラではないぞ」

だが、ペトルスは納得せず、

「これだけ離れた国なのだ、多少の違いが生じることはある。あれはトンスラが変質したものにちがいない。となると、教皇の、否、イエス・キリストの靴下が裁判で役立つかもしれんぞ」

そう言ってにやりとほくそ笑んだのだった。


しかしペトルスの期待も虚しく、靴下はまったく役に立たなかった。

われわれ五人は、到着した翌日には、武装した変則トンスラの男たちに引っ立てられ、大きな屋敷の庭でさっそく裁判を受けさせられた。そのとき、聖遺物の靴下を差し出してペトルスが必死の弁明を行なったにもかかわらず、裁判官はそれらをすぐに遠ざけて、いいからしまうようにと手で払いやってしまったのだ。その際顔をしかめたように見えたのは、少し臭ったのかもしれない。

「海水で湿っているときはさほど臭わなかったのだが」

ペトルスは、苦々しげに弁解した。

その後も聖遺物の件は一切無視され、チリが通訳してくれたところによると、われわれはこの国の財宝を掠め取り、人々をさらって奴隷にしようとやってきた悪徳商人と決めつけられているようだった。やがて一方的な詮議によって、厳しい処置が下された。

アンジロを含む男四人は不法入国で死罪、それを手引きしたチリも同罪だというのであった。

われわれは天を仰いだ。

恐れていた通りになってしまった。

はるばるローマからプレスター・ジョンの王国を求めてやってきたあげく、このような故郷から遠く離れた土地で濡れ衣によって命を落とすことになるとは、なんという不運であろう。わたしは父ジョン・マンデヴィルを、そしてウルバヌス六世を、さらにペトルスを呪った。やはり来るべきではなかったのだ。

と、そのとき、思わぬ事態が起こった。

突然よく通る澄んだ声がして、意外な人物が現れたのである。

その場が騒然とするなか、屋敷の奥から姿を現したのは、豪奢な服装に身を包んだいかにも権威のありそうな人物であった。背は低いが豊かな髭をたくわえた男で、周囲を睥睨するように見回しながら裁判官のそばまで歩み寄ると、裁判官はうやうやしく平伏して場を譲った。

男の頭も裁判官らと同様、変則型のトンスラであった。

誰かが大きな声で何かを呼ばわると、その場にいたトンスラの男たちは全員がその場に両手両膝をつき、頭を床や地面に擦り付けた。

見ればチリも同じように小さくかしこまり、呆然と顔をあげていたのは事情のわからない異国人のわれわれ三人とアンジロだけであった。

「皇帝です」

チリが小声で咎めたため咄嗟にアンジロは平伏したが、われわれは驚きながらも、じっと新たな登場人物を見つめていた。

皇帝は裁判官のいた場所に居座ると、われわれに対して言葉を発した。

チリが頭を伏せたまま通訳する。

「見慣れない顔をしているが、どこから来たのかと聞いています」

「われわれははるか遠方、われらが主である聖なるイエス・キリストの生誕の地カナンの西方、栄光のローマよりやってまいりました」

ペトルスが威厳を保ちつつ答えた。

「ローマ、それはどこにあるのか。テンジクより遠いのか」

「テンジクを存じません」

「ほう、船乗りのくせにテンジクを知らんのか」

皇帝はさらに尋ねる。

「なぜそなたたちの肌はそんなに赤いのか。病を得ておるのか」

「われわれは健康です。われわれの国ではみなこのような肌の色をしております」

「オニかと思うたぞ」

「オニとは？」

「人外よ。人を食らうと言われておる」

人外と聞いて、わたしはテオポンポスらキュノケファルスのことを思い浮かべた。さらにはインドに棲むという一本足で驚くべき速さで走るというスキアポデス、足が後ろ向きについているアンティポデス、耳たぶがおそろしく長くて膝まで垂れ下がっているパノティィイ、頭と首がなく目や口は胸についているブレムミュアエなど、世界にはさまざまな亜人類がいるという。オニとはそういった種族のひとつだろうか。

われわれはこの旅で数々の驚異を目にしてきたが、われわれ自体が驚異とされるのは奇妙な感覚であった。

「われわれは人間です。皇帝閣下」

「ふん。それで、なにゆえわが国に不法に入り込んだのか」

ペトルスが毅然と答える。

「不法に入り込んだわけではありません。タプロバネよりザイトンへ向かう船が難破して流れ着いたのです。そして、ここにいるチリはもともとフィランドー村の出身でカタイの海賊に拉致された者であり、こちらのアンジロはその息子でございます」

「わが国のことは知らずに流れ着いたと申すか」

「はい」

「お前たちは商人ではないと言うのだな」

「はい」

「証明してみせよ」

「それは……」

ペトルスが口ごもる。ほぼすべての所持品を失ってしまった身で、どうすればそんなことを証明できるのか、われわれは途方に暮れた。

すると皇帝が何やら命令を発し、それに応えるように建物の脇から男たちが現れ、大型の陶器の鉢のようなものを運んできた。なかには黒い石のようなものが敷き詰められ、ところどころ赤く燃えている。

男らはわれわれの前までやってくると、木で組んだ台の上にそれを載せて立ち去った。

「目の前の鉢の中を見よ。そこに鉄の玉が見えるであろう」

皇帝が言った。

言われて覗き見れば、赤い火をちろちろと燃やす漆黒の石の上に、拳大の鉄玉が載っている。玉は燃える石に熱せられ、赤く変色していた。

「真実を語る者は、その焼けた鉄玉を持っても一切火傷をすることはない。しかし嘘をついている者は、持った途端に手が焼けただれるであろう。よいか、これからお前たちの誰かがそれをあの棚まで運ぶのだ」

そう言って皇帝が指したのは、あらかじめ庭の一角に置かれていた小さな家のような箱であった。それは石組みの台の上に置かれ、棚というのはその箱の前にある台座のようなものと思われた。鉢からの距離は十歩ほどであろうか。

ただ、たった十歩とはいえ、焼けた鉄玉を手に持って運ぶのは不可能に思えた。仮に運べたとしても間違いなく火傷を負うだろう。

まさしくこれは異端審問の手口であった。

そのような不合理な方法で証明できることは何もなく、ただ被疑者を有罪にするための卑劣な手続きに過ぎない。被疑者は逃げ出すか、もしくは逃げ出さなくとも失敗するか火傷を負うのは確実で、いずれにしても有罪となる。

「お前たちは神に誓わねばならない。決して嘘は申さぬと」

「もちろん。神の名において、決して嘘をつかないと誓います」

ペトルスが毅然とした態度で誓った。わたしは彼が殉教者の覚悟をもってこの茶番に臨もうとしているのを悟った。

「ペトルス、無茶だ」

「心配はいらん。心にやましいものはないならば、必ずや神が守ってくださる」

「焼けた鉄玉など持てるはずがない！」

「やらねば死罪になるのだ。やる以外の選択肢はあるまい」

皇帝にかわり、裁判官が意地の悪い薄ら笑いを浮かべながら、

「さあ、クマノナチゴンゲンに誓うのだ」とペトルスに命じた。

ペトルスは裁判官を睨みすえ、

「そのような異教の神に誓う言葉はない。わしは父なる神とイエス・キリストに誓う」

「それはお前の国の神か。だが、この国ではそれでは神意を慮ることはできない。クマノナチゴンゲンの神意におすがりするのだ」

ペトルスはかぶりを振った。

「神はただひとりである」

「それでは仮に成功しても真実を証明したとは認められぬぞ」

「仮にそうであっても、こればかりは譲ることはできん。異教徒の神に誓うなど、神への冒涜である」

裁判官は、ハッと吐き捨てるように笑って、

「ならば全員死罪を申し付けるがそれでよいか」

ペトルスは顔に怒りをにじませながら、押し黙った。

「どうする、誓うのか誓わぬのか」

と、その瞬間思わぬことが起こった。

何が起こったのか、合理的に説明するのはとても難しい。

わたしは、われわれの背後でチリが立ち上がろうとするのを感じた。瞬時にわたしは彼女が何をしようとしているのかを理解した。理解できないのはその先である。チリの機先を制するように、このわたしの口から意外な言葉が飛び出したのだ。それは、まさしくチリがやろうとしていることであった。

「ならば、わたしがあなたたちの神に誓う！」

あろうことか、わたしはそう言ったのである。

ふり返るとチリは地に伏したままだった。立ちかけてやめたのか、それともわたしの錯覚だったのか。

「決して嘘はついておらぬとクマノナチゴンゲンに誓うか」

裁判官が厳しい口調でわたしに迫った。

ペトルスが驚いた目でわたしを見ている。その目は、お前にそんな覚悟があるのかと、言っているようだ。

「ああ、誓う。そしてわたしが鉄玉を運ぶ」

わたしは宣言した。

覚悟などなかった。あるものか。

自分がなぜ突然こんな気持ちになったのか、自分でも謎だ。

だがもうわかった。もういいんだ。わたしがやる。死罪にでもなんにでもするがいい。

捨て鉢な気分だったといえばそうだったのかもしれない。たぶん、わたしはこれ以上の理不尽に耐えられなかったのだ。どうせ死罪が避けられないなら、その焼けた鉄玉を変則トンスラの男たちに投げつけてやろうと思っていた。

「兄さん、兄さんには無理です。ペトルスに任せたほうがいい。ペトルスのほうが手の皮もきっと厚い」

「知るか。茶番にはもう飽き飽きしているんだ。焼けた鉄玉だぞ。誰だろうと火傷もせずに運べるわけがない。何が神のご加護だ」

わたしはそのまま鉢につかつかと歩み寄ると、鉢の中に手を突っ込み、鉄玉を握った。

皇帝が一瞬ひるんだのが見えた。

強烈な熱さと痛みで思わず一度手を離したが、あらためて手を伸ばして強引に持ち上げ、庭の一角の箱に向かって歩き出した。が、それを裁判官に投げつけようかと思う前に、耐え切れずボトッと地面に落としてしまった。

「あっ」

ペトルスやエドガーのこわばった声が聞こえた。

熱すぎて二秒と持っていられなかった。

「ふははは」

笑ったのは皇帝だった。

「本当に持ちおったか」

わたしは自分の手をまじまじと見た。手のひらは真っ赤になり、明らかに火傷している。すぐにでも冷水に手を浸したかった。

「臆すると思うたが、あっぱれな覚悟である。巻いてやれ」

皇帝の指示でわたしの手には布が巻きつけられた。

「よいか。三日の後、その布を解く。全員三日の間、謹慎せよ。神判はその後だ。手に火傷の痕が残っておれば四人は死罪、女は鞭打ち五十回のうえ島流し。痕がなければ全員咎なしとする」

そう淀みなく宣言すると、皇帝は立ち上がり、踵を返してその場を立ち去った。その後ろ姿を裁判官たちは呆然と見送っていた。


神判の結果はどうだったか。

気を持たせないで書くと、結果は無罪であった。

三日後に、ふたたび五人そろって皇帝と裁判官の前に引き出されると、全員が見守る前でわたしの手に巻いた布が解かれ、検分役が調べた結果、火傷の痕はどこにも見つからなかったのである。

裁判官は冷ややかな目でわたしを睨んだ。

「神判は咎なしと出た。お前たちは無罪放免だ」

チリがその言葉を訳しながら、アンジロに抱きついた。

ペトルスは微妙な顔をしていたが、エドガーは満面の笑みでわたしを祝福した。

「お前たちは自らが商人でないことを証明した」

皇帝は厳粛な表情で宣言した。

「今後わが国の客人としてミアコに滞在することを許可する」

わたしは安堵のあまり腰が抜けそうであった。

後にエドガーとアンジロは、わたしが焼けた鉄玉を握りながら火傷の痕が残らなかったことについて、いかなる奇跡が起こったのかと不思議がり、手を見せてほしいと言ってきた。

わたしは無傷の手と同時に、彼らにあるものを取り出して見せた。

それはマンドラゴラの欠片であった。テオポンポスから譲り受け、ずっとポケットに忍ばせていたものだ。おかげで船が難破したときにも失くすことなく、手元に残っていたのである。

鉄玉を握った手に布を巻かれたあと、わたしは毎晩密かに布を解きマンドラゴラをすり潰したものを手に擦りこんでいたのだった。果たしてどれほどの効き目があるか不安だったが、その効用は絶大であった。火傷をした皮膚の表面がみるみる剥がれ落ち、手は見事にもと通りになったのである。

「奇跡というなら、これを失くさずに持っていたことが奇跡だった」

わたしはあのときテオポンポスがマンドラゴラを気前よく手渡してくれたことに感謝した。


「ところで」

皇帝が、無罪と決まったわれわれに話しかけてきた。

「お前たちはザイトンへ向かう途中に船が難破したと申したな。ザイトンへは何をしにいくつもりであったか」

皇帝はすっかり態度を軟化させ、これまでに見たことのない異風の容貌を持つわれわれへの興味も高まったようだった。

「われわれ三人は、祭司ヨーハンネスの王国を捜し求めている途上でございました」

そうペトルスが応じる。

「そこへ行ってなんとする」

「祭司ヨーハンネスの王国は、カタイの東、絶対的東方に接するキリスト教国でございます。われわれはローマ教皇ウルバヌス六世より、ヨーハンネスへの伝言を託かってきております」

「キリストとはお前たちの信ずる神のことか」

「はい。唯一絶対の神でございます」

「祭司とはその神に仕える者か」

「仰せの通り、神に仕える聖職者にございます」

「神主が国を治めておるわけか」

「ヨーハンネスが祭司を名乗るのは、自らの謙虚さを示すため。実質は聖職者であり王であります」

「ほう、聖職者でありながら権力をほしいままにしていると。フラゾンの大僧正のようなものだの」

フラゾン?

チリの夫が入門したのがたしかそんな名前の寺院ではなかったか。わたしはふり返ってチリを見たが、チリは頭を伏せたままでその表情を見ることはできなかった。

われわれがなんと返答していいか戸惑っていると、

「いや、口がすべった。気にするな。神秘の力を使いこなせるなどと偽りを申して世を惑わし、身にそぐわぬ権力を求める者どものことを言うたまでだ。ははは」

と皇帝は笑った。それを見て裁判官らほかの者たちも、おもねるように薄ら笑い、

「奴らは妖術によって鉢を自由自在に飛ばすことができるそうな」

「戯言もそこまでいくとお笑いぐさですな。一度実際に目の前で鉢を飛ばしてみせてほしいも

ので」

「はははは」

と、みなで誰かを小バカにしているようであった。

チリも彼らの言葉すべてを訳す必要はないと考えたようで、彼らが口々に何を言っているのか結局よくわからなかったが、皮肉を言っているのであろうことはおおよそ想像がついた。われわれには関係のない話だ。

このときわたしは、命が助かったことに安堵してそのほかのことを考える余裕もなかったのだが、ペトルスはすでに頭を切り替えていたらしい。突如いらだちを含んだような厳しい口調で、

「閣下は祭司ヨーハンネスの王国をご存知ありませんか」

と皇帝に尋ねたのである。

「控えよ。皇帝閣下に質問など言語道断！」

裁判官の声が響いた。

「よいよい、構わぬ」

皇帝は裁判官を制し、大声に驚いて顔をこわばらせたペトルスに声をかけた。

「残念ながらヨーハンネスなる者も、その者が治めるという王国も知らぬ」

ペトルスの落胆は明らかだった。わたしも同様に落胆した。といってもペトルスとわたしと

では、落胆の中身は違っている。ペトルスはここにきてまだ王国が見つからないことに失望し、わたしは、まだ旅が終わらないことにうんざりしていた。

ただ、次にエドガーが発した質問と、それに対する皇帝の答えに、われわれは等しく驚くことになった。

「これより東にはどのような国があるのでしょうか」

エドガーはそう尋ねたのである。皇帝の答えは次のようなものだった。

「この国より東に国はない」

えっ。

一瞬、ペトルスの表情が曇るのがわかった。

「わが国は日出ずる処の国なれば、東には海が広がるのみである」

皇帝はさらりと言い切った。

これより先に国はない？

エドガーがさらに質問を重ねた。

「太陽が昇るところには、日が昇る瞬間に大きな音をたてるので、楽隊が日の出の時間に銅鑼を鳴らして人々の耳を守る国があると聞いておりますが」

皇帝は笑って、

「日が昇る瞬間に音をたてるなど聞いたことのない話だ。他愛のない流言であろう。日の出は厳かなものである」

「では、ここより東へ進むと何があるのでしょう？」

「今話したであろう。茫々たる海が続いておるのみ。その向こうから人が渡ってきたことはないし、その先へ旅立った者で戻ってきて何があるか報告した者もおらん」

ここが最果ての国……。

全身が痺れるような感覚に襲われた。

われわれは世界の果てにたどりついたのだろうか。

いや、世界の果てではないかもしれない。だが、少なくとも地の果てにはたどりついたらしい。

ペトルスを見ると、唇を噛み、傲然と皇帝を見つめている。努めて動揺を隠しているように見えた。

わたしは心の中で頷いた。

結局わたしの推測が正しかったのだ。

すなわち、絶対的東方にプレスター・ジョンの王国など存在しなかったのである。

第10章

プレスター・ジョンの祈り

皇帝の計らいにより、われわれはこの国の王都ミアコにしばらく滞在できることになった。当面の宿として指定された寺院に移り、気が抜けたように何もしないまま数日を過ごした。上陸からここまでの緊張を思えば、安堵のあまり弛緩してしまったのも仕方がないことだろう。神判のあと、鉄玉を握った蛮勇が気に入られたのか、皇帝はたびたびわたしを呼び出すようになり、わたしはチリを伴って拝謁した。皇帝はローマやイングランド、そして旅で訪れた国々の話を聞きたがった。

だんだんわかってきたのだが、皇帝は最初からわれわれのことを処罰するつもりはなく、見たこともない風貌をしたわれわれに興味を抱き、外の世界の話を聞きたいと思っていたようである。裁判に突然割り込んできたのも、どうやらそのような狙いがあってのことだったらしい。であれば、わたしは何も鉄玉を握る必要はなかったのかもしれない。皇帝がその権力を利用すれば、われわれをその場で助けることもできたのだから。そうとは知らないわたしは慌てて手を出してしまい、かえって自分たちの身を危うくしたわけだった。もし火傷が残っていれば窮地に追い込まれていたかもしれない。

ペトルスは裁判のあとずっと不機嫌で、わたしと口をきかなかった。わたしが異教徒の神に誓いを立てたからだ。そのおかげで全員の命が失われずに済んだとしても、それは彼にとって、看過できない重大な背信行為だった。

さらに、命は助かったといっても、われわれにはこの先どうするのかという大きな問題も残っていた。いくら滞在を許されたとはいえ、いつまでもこの国にいるわけにはいかない。プレスター・ジョンの王国はいまだ噂さえも聞こえてこないが、ペトルスが探索をあきらめたわけではなかった。

当初、皇帝の話は信用できないと、さらなる東方への航海を目論んだペトルスだったが、プレスター・ジョンの王国が存在するならもう通り過ぎている可能性が高いと主張するエドガーと口論となり、最終的に論破されてすっかり意気消沈してしまった。エドガーにこう言われたのである。

「もし仮にさらなる東の最果てにプレスター・ジョンの王国があるとして、そして彼がローマ教皇に味方することを約束してくれたとして、彼の王国からエルサレム奪還に向けて軍隊をさしむけるのにどれだけの日数がかかると思いますか。アレクサンドロス大王の遠征の比ではありませんせん。これ以上遠い王国との同盟など、仮にできたとしても意味がないのです。彼らの軍隊が実際に十字軍に加勢することは不可能です」

ペトルスは決断を下さなければならなかった。

すなわち、絶対的東方に向けさらに旅を続けるか、それともこれより東に国はないという皇帝の言葉を信じ、西へ戻って通り過ぎたかもしれない王国を探すか。

荷の重い決断である。いつまでも時間を無駄にしてはいられないと思う一方で、ここで判断を間違えば永遠に王国にはたどりつけないというジレンマが彼を追いつめていくのがわかった。

エドガーもわたしも西へ戻るよう促したが、ペトルスは容易に首を縦にふらないのだった。

ミアコでの時間は刻々と過ぎていった。


あるとき、われわれの（というかそれはほぼペトルスのものだが）沈鬱な雰囲気を心配したのであろう、宿泊している寺院の主人——彼もこの国の宗教の聖職者である——が、われわれを慰めようと寺院の内部を案内してくれることになった。

この寺院は敷地が広大で、寝泊りする建物以外にもいくつもの建物があって、それらがまるで迷路のように渡り廊下で繋がっている。われわれが知っているのはそのごく一部でしかなかった。

主人はいくつもの部屋を通り過ぎ、長い廊下を伝い、何度も角を曲がって、寺院の奥深くへわれわれを導いた。

最初に連れて行かれたのは秘密の庭であった。庭は裏山と寺院の間にあり、外部の者には見ることのできないよう隠されていた。

その庭を見た瞬間の驚きは、とても言葉で表現することはできない。わたしは思わず叫び声をあげ、興奮のあまり身動きができなくなった。

それは見事な苔の庭だったのである。

幹の細い広葉樹からなる林の下を一面の苔が覆い尽くしていた。

苔はわたしがこれまでに見たことのない種類のもので、最上級のベルベットを思わせる柔らかな肌理をもち、小さなうねりを伴いながら小山を形づくり、岩を縫い、池を回りこんで、木々の間を楽しげに踊っていた。ところどころに落ちた紅葉がその美しさをいっそう引き立たせ、木漏れ陽のせいだろうか、庭全体が瑞々しい金色に輝いているように見える。

なんという美しさだろう。

わたしはこれまで自分の庭ほどすぐれた庭はないと自負していた。しかし、ここはわたしの庭をはるかに凌駕している。

「すごくきれいだ。これを見ると、兄さんが苔にこだわる理由がわかった気がします」

エドガーが言い、わたしは目頭が熱くなった。

この旅に来てよかったと、ウルバヌス六世やペトルス、いやそれどころかあのいまいましい稀代のイカモノわが父ジョン・マンデヴィルにさえ感謝したい気分だった。

わたしはいつまでもここにいて庭を見続けていたかったのだが、しばらくすると主人はさらに奥へとわれわれを促した。ほかにも見せたいものがあるようだ。

促されるままに奥へ進んだわれわれの目の前に、今度はうって変わって異様な庭が姿を表した。

今度の庭は背後に山を従えておらず、建物と建物の壁の間に囲まれた小さな一画にあった。

その様相は、これまでに見たどんな庭とも異なっており、われわれは目の前の光景に首をかしげた。

というのも、その庭は石と砂だけでできていたのである。

平らにならされた白い砂のなかに、もっとも大きなもので酒樽ほどの、大きさの異なる石がいくつか無造作に置かれていた。石には多少の苔がついているが、それ以外に植物などはなく、庭と呼ぶには殺風景に過ぎる代物だった。いったいこれが庭と言えるのだろうか。

ところが、意外にも主人は、自分がもっとも好きな庭だという。

石と砂を見て何が面白いのか。主人の説明によれば、この砂は海を、石は島を表しており、一番大きな石は不老不死の薬草が生える伝説の島だということであった。

えっ、とエドガーが小さな声をあげた。

「砂の海だって？」

エドガーの呟きの意味を察したペトルスの顔色が、さっと筆で刷かれたように一変した。

「おお、砂の海！　祭司ヨーハンネスの王国へは砂の海を渡っていくのではなかったか」

「そうです。プレスター・ジョンの書簡にはたしかそう書かれていたはずです。しかもかの王国には三度その水を飲めば永遠に三十五歳のままいられるという不老不死の泉があると」

「砂の海のなかにある不老不死の島。泉と薬草の違いはあるが、符合しすぎている。これは祭司ヨーハンネスの王国への地図かもしれん」

ペトルスは興奮して主人にむきなおり、

「この島はどこにあるのです？」

と詰め寄った。

「それは誰も知りません」

「知らないですと？　知らずに砂の海など思いつくでしょうか。海を模したいのなら、池を作るはず。あえて砂で作ったのは本当に砂の海があったからではないでしょうか」

「さあどうでしょう。島は見る者それぞれの心のうちにあるのではないですかな」

「心のうちに？」

「あるといえばある、ないといえばない。信じるならば、今この場所がそうだとも言えるかもしれません」

こうした会話はすべてチリの通訳のうえに行なわれたので、われわれはチリが訳をまちがえているのではないかと疑った。主人が今いるこの国がプレスター・ジョンの王国だと言っているように聞こえたのだ。

あるといえばある？　ないといえばない？

意味がわからない。馬鹿にされているのだろうか。

ペトルスは眉をひそめ、チリに問いただしたが、彼女はペトルスの強い口調にたじろぎながらも、たしかに主人はそう言っていると繰り返した。

「もう一度、この島へはどうやって行けるのか聞いてくれないか」

ペトルスが再度頼んだものの、答えは同じであった。

釈然としないまま、われわれは砂と石の庭を去り、その後に向かった奥の建物で、中央の祭壇に祀られたシアカと呼ばれる邪神の像を見せられ鼻白んだ。わたしにとっては、そんな見知らぬ異教徒の神像よりも先に見た苔の庭のほうがはるかに大きな発見であり、他方ペトルスの頭の中はきっと砂の海のことでいっぱいだっただろう。

とそのとき、これまでとくに何にも関心を示さなかったアンジロが、ぽつりと呟いた。

「このシアカ像はソガモニ・ボルカンに似ている」

この国の邪神シアカと、タプロバネの異神ソガモニ・ボルカンがどれほど似ていようとわれわれの関知するところではない。が、さらに堂内の脇にあった小さな神像を紹介されると、ペトルスの顔色がふたたび変わった。

その小さな金色の像は、ツブツブ頭の子どもが右手を天に向け左手を地面に向けて立っているだけの姿であった。主人が言うには、これは生まれた瞬間のシアカを表しており、一方の手を天に、もう一方の手を地に向けて差し伸べ、『我は天と地における唯一の帝王なり』と述べているところだとのことだった。

それを聞いたペトルスは、ああ！　と声をあげたのである。目に鋭い輝きが宿っている。

「どうしたんだ、ペトルス？」

「『我は天にても地にても一切の権利を与えられり』、主イエスの言葉ではないか！」

そう言うと、突然シアカの像の前でひざまずいた。

「おお、わが主イエスよ！　やはりあなたでしたか」

彼は感極まったようすでうっすらと目に涙をため、それ以後は言葉を発することができなくなって、ただ口のなかで何かをブツブツ唱えるのが精一杯のようだった。

わたしはエドガーに近寄り、

「そういえばペトルスはソガモニ・ボルカンのことを聖ヨサパトだとか言っていたな」

と耳打ちした。ペトルスはタプロバネの頃から一貫して、異教徒の神々は実際にはイエス・キリストの教えが間違って伝わったものと主張していた。彼はこの国の神シアカの正体をイエス・キリストだと見たのだ。

わたしは信じることができなかった。

「そんなわけがなかろう。ペトルスは血迷っているのだ。シアカとイエスは似ても似つかないじゃないか」

それからというもの、ペトルスは自説を補強するべく、聖職者でもある宿の主人に彼らの信じるシアカの教義についてこと細かく質問するようになった。

わたしへの態度ももとに戻り、それはつまり裁判のときにわたしが誓いを立てた神が、異教徒の神ではあっても、実はイエスのことであったと彼が信じたからだ。

わたしといえば、シアカがイエス・キリストの変質した姿であろうがなかろうが知ったことではなく、それより許可を得て毎日あの苔の庭に通い、その見事な造園法を盗もうと細かいところまで見て回った。苔庭は行くたびにその日の天候やふり注ぐ光の角度によって少しずつその姿を変え、わたしを魅了した。

そんなある日のこと、チリが一日暇をもらえないかと言ってきた。

われわれも彼女とアンジロにいつまでも小間使いのようにそばにいてもらうことが申し訳なく思いはじめていたし、この国の言葉もそれなりにわかるようになってきたので、もしフィランドーに戻りたいのなら戻ってくれてもいいと伝え、これまでの通訳について感謝の意をあらわした。

だがチリはフィランドーには帰らないという。

「フィランドーに戻っても、わたしたちの居場所はもうありません。これからはできればこのミアコで暮らしていきたいと思っています」

「では暇をとって仕事を探すのですか」

「仕事も探したいと思いますが、まずはフラゾンへ夫を探しに参りたいと考えています」

そういえばチリの生き別れた夫キチジロは、出家してフラゾンで聖職者になっているのであった。フラゾンはどこにあるのかと聞けば、なんとそれは王都ミアコのすぐ北東にそびえる山のことであり、その山の中に膨大な数の僧侶（シアカに仕える聖職者）が、信仰の道を究めるべく集団で暮らしているという。フラゾンはこの国最大の聖地で、その巨大な宗教勢力は、政権とつかず離れずの微妙な関係を保っているとのことだった。

おそらくチリはミアコに来た最初のときから、処罰を免れたらフラゾンを訪ねると心に決めていたのだろう。

「たとえキチジロさんがフラゾンにいるとしても、一度フラゾンに入った者は家族とは会えないのではないのですか？」

わたしは尋ねた。

「そのように聞いております。ですが、せめて山門まで参って夫を思い、アンジロの胸に彼のことを刻ませたいと思っています」

われわれが身を寄せる寺院からフラゾンまでは一日で行って帰れるほどの距離だったので、われわれ三人もチリ親子とともに、フラゾン見物に出かけることにした。

ミアコの広大ではあるけれどくすんだ色の街並みを抜けると、フラゾンの麓まではすぐにたどり着いた。そこから僧侶たちの暮らす山中の寺院までは山道を登る。その入口に札が立っていて、チリはそこに書いてある文言を読み、静かに歩みを止めた。

「どうしたのです？」

「女人禁制と書いてあります。女はこれより先に行くことができません」

「女性はフラゾンに入れないと？」

　わたしは思わず聞き返した。

「であろうな」

　ペトルスは納得しているようだ。

「修道院も男女は別になっておる。修行の妨げになるということであろう」

　チリもあらかじめ覚悟していたのだろう、意を決したように、

「申し訳ありませんが、みなさんでアンジロを山内に連れて行っていただけないでしょうか」

　と頭を下げた。

「承知した」

　われわれは諾った。

「母さん……父さんはどんな人？」

「あなたはあなたのお父さんにそっくりですよ。会えばきっとわかります。山内ではジョウアンと名乗っておられるようです。もし出会えたとしても、もとの名を名乗ることはないでしょう。たとえ会えても、あなたは決してそのお方を父と呼んではなりません」


　つづら折りの急な坂が続くフラゾンの山道を、ペトルスとわたし、そしてエドガーとアンジロの四人は、山中にあるという大伽藍を目指し足早に登った。森閑とした周囲の気配からは想

像もできないが、この山の奥に巨大寺院があるらしい。そしてそこにチリの夫であるアンジロの父親もいるのだった。

アンジロの気持ちを想像し、われわれは心穏やかでなかった。フラゾンに身を寄せることはすなわち家族との縁を切ることだという。修道士やケルトのドルイド僧などもそれは同じだが、父親が子どもと縁を切って修道院に入門する例は珍しい。息子が修道院に父を訪ねたなどという話をわたしは聞いたことがなかった。

果たして顔も見ぬままはるかタプロバネまで連れ去られた息子に、キチジロは気づいてくれるであろうか。

エドガーがアンジロの不安を紛らせるためか、謁見の場で皇帝や裁判官らが皮肉っていたフラゾンの僧侶たちが自由自在に鉢を飛ばす魔術について、同じ術がモンゴリアの大ハーンの宴でも行なわれたことがあるという知識を披露した。奇術師がぶどう酒のいっぱい入った盃を宙に飛ばし、それを飲みたい者のもとへ届けたと、ポルデノーネのオドリコ修道士の書『東方記』に書かれているという。

しかしその話はそれほど盛り上がらず、われわれはまた黙々と山を登り続けた。

やがて巨大な赤い山門が見えてきて、その手前でわれわれは警備中の僧侶たちに呼び止められた。

「フラゾンに何か御用か」

僧侶たちは見たことのない異相の来訪者が三人もやってきたので驚いたようだった。

「われわれは遠くローマより参った者、このなかにジョウアン殿という方がおられたらお会いしたい」

ペトルスが覚えたての現地語で用向きを述べると、

「大僧正はお忙しい。約束もなく来られてもお会いになることはできぬ」

と、にべもない。しかし、われわれのたどたどしい言葉と異相に興味を引かれた僧侶のひとりが、ローマとは何かと尋ねてきて、ずっと西にある国だと答えると、それはテンジクより遠いのか、と皇帝と同じ質問をした。

「テンジクとは何のことかわからない」

ペトルスが答えると、テンジクは仏の生まれた土地であり、ナンセンブ州の中心にある国だと僧侶たちは応じた。

今度はナンセンブ州がわからないのでさらに尋ねると、ナンセンブ州とはつまり人間が住むこの世界のことであり、その中央にあるアーノクダッチという池から流れ出る四本の河が世界を潤しているというのだった。

「四本の河？」

ペトルスが動揺したのがわかった。

「ああ。ガンジス河、インダス河、シーター河、オクサス河の四つが流れ出ているとされている」

「その四本の河が流れ出るナンセンブ州だかテンジクだとかいう土地は、ここよりはるか西にあると？」

「さよう。はるか遠い西の彼方にある。そこに行けばどんな夢も叶うといわれているが、あまりに遠いため、わが国からテンジクまでたどり着いて戻ってきた者はまだおらぬ」

「われわれはそのテンジクよりさらに西から来たのです」

エドガーが答えると、僧侶たちは信じられないというように顔を見合わせた。

「ちょっとここで待っておれ」

そう言ってひとりが奥へ何かを伝えに行った。

もしや、アンジロの父に会えるのではないか、そう期待しながらずいぶん長く待たされ、いい加減しびれを切らしかけたとき、さきの僧侶が戻ってきて、

「ついてこられよ。お会いになられるそうだ。大僧正はお忙しいが、立ち話でも結構なら、と仰せられた」

とわれわれを山門の奥へ招き入れてくれた。

山門から続く石畳は階段となってさらに山の上へと続いていて、僧侶は黙々と登っていく。

しばらく行くと突然稜線の鞍部（あんぶ）に出て、その向こう側の景色が目に飛び込んできた。

「こ、これは！」

われわれは目を疑った。

森を抜けた尾根の反対側には広大な盆地が広がっていて、その中に無数の建物がひしめきあっていたのである。しかもくすんだ色合いのミアコとは違い、ここの建物はどれも日の光を反射して金色に輝いていた。

「これがフラゾン……」

思わず呟くと、僧侶は、

「さよう」

とだけ言って街への石段を下りはじめた。

近づくにつれ、フラゾンの街の豪奢な全容がはっきりしてきた。建物の多くはほとんどが金か銀でできていた。街路に面して銀の土塀が続いているが、柱や門扉や窓枠などは金で縁取られ、ところどころに真珠が埋め込まれてあった。屋根は金銀の瓦で葺かれている。

平屋かせいぜい二階建てしかないミアコと違い、建物は三層、四層にそびえているものも多く、屋根が何層にも重なった尖塔も見えていた。瓦屋根の末端にはあちこちに小さな鐘が下げられ、風に揺られてカランカランと心地よい音を奏でている。

「わかったぞ」

エドガーが叫んだ。

「ここは、チパングです」

「チパング？」

「大ぶろしきのマルコが、莫大な黄金を所有する純金づくめの国があるとその著書に記していたはずです。屋根はすべて金で葺かれ、宮殿内の床はすべて指二本分の厚さの純金が敷き詰められていると。今までまさかそんな国が実在するはずがない、マルコの法螺話だろうと思っていましたが、本当の話だったんですね」

「たしかにこんなに大量の金は見たことがない」

とペトルスもわたしも今見ているものが信じられない思いだった。

「皇帝が財宝を求めて商人がやってくると言っていた財宝とは、この金のことか」

「しかし皇帝の宮殿はもっと質素だったが」

するとと僧侶が言った。

「フラゾンはシアカの都であり、皇帝には属しておらぬ。フラゾンの金も銀もすべて知行国の領地で掘り出したもの」

「皇帝の軍隊が攻めてきたりしないのですか？」

「たしかに皇帝は快く思っておらぬようだが、フラゾンはシアカのご加護によって守られている。皇帝ごときに手出しはできぬ」

しばらく歩くと広場に出て、その奥に巨大な金の屋根が覆いかぶさった大きな建物が見えてきた。

「あれは宮殿ですか？」

「中堂でござる」

その中堂の方向から、何やら煌びやかな一団がこちらに向かって歩いてくるのが見えた。金の刺繍をあしらった黒い布を肩から胴にまとった年配の僧侶を近習が取り囲み、そのひとりが金色に輝く大きな傘を僧侶の頭上に掲げている。

「あれは……」

「あちらが浄安大僧正であらせられる」

そう言って僧侶は両手を胸の前で合わせると年配の僧侶に向かって頭を下げた。この国の挨拶は頭を下げるのである。ダイソージョーが何かわからなかったが、おおかた肩書きの呼び名であろうことは想像がついた。

大僧正は、われわれのそばまでやってくると、わずかに頭を下げた。われわれも同じように頭を下げ、恐縮しながらそれぞれ名を名乗った。

「ようこそおいでいただきました。浄安と申します。あいにく取り込んでおりまして、立ち話で失礼いたします」

大僧正は丁寧な言葉でわれわれに挨拶した。

わたしは、その顔のどこかにアンジロの面影がないか注意深く観察した。年嵩は増している頭は剃髪なのでわかりにくくはあるが、正直なところさほど似ているようには見えなかった。

似ているのは細長い顎の輪郭ぐらいか。

「あなたは、キチジロさんですか」

と尋ねてみたかったが、チリの言葉を胸に浮かべ思いとどまった。フラゾンに入った僧侶はみな家族と縁を切っている。僧侶になった人間に対しもとの名を尋ねるのは失礼なことなのだ。

ペトルスがややためらいながら、

「このアンジロ青年はフィランドーのチリという女性の息子で、まだ母のお腹にいるときに母とともに海賊にさらわれ、カタイで生まれました。その後タプロバネの地で育ちましたが、今ようやく母とともにこの国に戻ってまいりました」

あたりさわりのない表現でアンジロを紹介した。

「安次郎です」

アンジロがもう一度頭を下げた。表情がかすかにひきつっている。

大僧正の顔にそれと分からない程度の動揺の翳がさしたように見えたが、一瞬のことであり、気のせいだったかもしれない。すぐに何事もなかったように微笑んで、

「それは苦労なされましたな。遠い異国での暮らしはさぞかし大変だったでしょう。戻ってこられて何よりでした」

そうアンジロに言ってから、

「みなさんは、ずいぶんと遠くからおいでになったと聞きました。実はミアコの皇帝のところ

へ異国の客人が来られたという噂を耳にし、叶うものなら一度お会いしたく思っておったのです。なるほどお三方の風貌はミンやコクリやシャムの人々とも違う。この世には知らない世界がまだまだあるということがわかります。あなたがたの国での人の暮らしはわれわれとはずいぶん違いますかな」

「違うといえば違いますが、似ているといえば似ているかもしれません。あなたがたがシアカなる神を信じておられるように、われわれはイエス・キリストに祈ります」

ペトルスが答えた。

「ほう、ほう。そのようなお話をぜひ詳しくお聞きしたい。できればゆっくりと時間をとってあなたがたのお話を伺いたいと思っております。なにぶん今は時間がなく、このような場所で失礼いたしますが、いずれあらためてご案内をお送りしますゆえ、ぜひともそのときは拙僧に異国の話を聴かせていただけますまいか」

「もちろん。喜んでお伺いします」

ペトルスは慇懃に頭を下げた。

大僧正との会見はそれで終わりだった。挨拶しただけである。物足りなかったが本当に時間がなかったのだろう。

案内してくれた僧侶が後に教えてくれたところによれば、大僧正の言う通り、われわれ三人のミアコ入りは偉い人たちの間で噂になっているらしい。外の世界を知らない為政者や権力者、貿易商人などの多くがわれわれの話を聞きたがっているが、皇帝の庇護下にある客人を訪ねるにしても呼びつけるにしても皇帝の許可が必要になるため、皇帝に借りをつくりたくないフラゾン側は自重していたのだという。そこへわれわれのほうから訪ねてきたのだから渡りに舟だったようだ。

午後になって冷たい風が吹きはじめた山道を急ぎ足で下りながら、われわれは大僧正が果してアンジロの父親であるかどうか議論を交わした。

チリによればアンジロの父キチジロは、浄安という名で入門したのであり、大僧正の名もその通りであった。しかし血が繋がっているならば、もう少しその顔に面影があってもいいように感じる。

一方でペトルスがチリの名を出したとき、一瞬動揺したように見えた。

その点についてエドガーは、動揺はわからなかったと言い、たしかに名前は同じだが顔はアンジロとはあまり似ていなかった、同じ名前の僧侶がほかにもいるのではないかと疑った。

アンジロ本人は、緊張してよくわからなかったと話し、あの方が父であれ、別人であれ、父がここで僧侶として暮らしていることを思うと、胸が苦しくなるというのだった。

他方、ペトルスは終始無言であった。

麓で待っていたチリに合流し、浄安という名の大僧正に会ったがキチジロ本人であるかどうかわからないと伝えると、それでもチリは感激して、アンジロを連れていってもらえたことに礼を述べ、息子を胸にかき抱くようにしてうっすらと涙を浮かべたのだった。

宿に戻ると、また同じような日々が続いた。

だが、同じようではあっても同じではなかった。われわれの心にはそれぞれに微妙な変化が訪れつつあったからだ。

われわれのもとへは、異国の風物や暮らしについて話を聞かせてほしいという客がしばしばやってくるようになった。彼らは主に貿易商だったり、宮廷の女官たちであったりした。貿易商は今後の商売に役立つ有益な情報を知りたがり、女官たちは遠い国々のふしぎな話を聞いて喜んだ。

彼女らには海に浮かんでいた少女と赤鱏の話がとくに人気があった（アマゾニアの女軍団のことは喋らなかった。そう約束したからである）。逆にキュノケファルスには嫌悪感しか覚えないようだ。犬畜生と人間の間に生まれた種族など想像したくもないというふうであった。

女官のなかに病に臥せっている者がいて、その枕元に呼び出されたことも何度かあった。医者の見立てではもう長くないとのことでもうほとんど口もきけないような状態であったが、女官たちはわれわれの話を彼女に聞かせたがった。遠い異国の不思議な話を聞いているとき、束の間ではあるが、彼女が不安や悲しみを忘れたような穏やかな表情を見せるから、と女官たちは言うのだった。

それを聞いてわたしは、久しく思い浮かべることのなかった母のことを思い出した。母も若くして病に倒れ長く床に臥せっていたからだ。わたしが幼いうちに亡くなったので記憶はあまり残っていないが、一進一退を繰り返す病状に、子どもだったわたしはただただ一喜一憂していたことだけ覚えている。

その母はずいぶん回復してきたと思った矢先にペストにかかってあっけなくこの世を去った。ペストにかかるまでは父が枕元に常に付き添っていたようである。いったい何の話をしていたのか知らないが、母はよく笑っていた。

ひょっとすると、とわたしは思った。

エドガーが、父があのでたらめな旅行記を誰かのために書いたと言ったのは、あれは母のためだったのではないか。

父はあのとき、母に自分の作った異国の作り話を聞かせていたのでは？

それは自分でも意外な思いつきであった。実際のところどうだったのかはもはやわからない。しかし、もしそんなことがあったとすれば、父があの本を書いたのはエドガーのいうような旅行案内書としてではなく、病に伏せる妻の気を紛らせるための物語としてだったのかもしれない。

ただ、仮にそうであったとしても、母亡き後それをわざわざローマ教皇に献上しにいくところがイカモノのイカモノたる所以というか、あの男のわからないところなのだが。

わたしは、皇帝に呼び出されるとき以外の合間の時間をほとんど苔庭で過ごすようになっていた。この秘密の苔庭の美しさの虜になってしまったのだ。ふしぎなのは、セント・オールバンズのわが屋敷で自分の庭に抱いていた愛着と、この秘密の苔庭に対峙したときに覚える感情がまるで異なっているように思えることだった。

自分の屋敷にいるときは、なるべく人と遠ざかり、わずらわしい世間の諸々のこととは一線を画しておきたい気持ちでいっぱいだった。庭はそのための要塞のようなものであった。

しかし、この苔庭を散策するときは、逆に世間を愛おしく思えるような気がする。いまだ世間と折り合うのは面倒なことではあるが、それはそれで仕方のないことと自然に思えるのだ。心を煩わせるさまざまなことは、人生においては瑣末なことに感じられた。

ベルベットのような苔の褥を眺めながら、かつての自分であればこれをバフバフと上から押さえつけてダメにしていたであろうが、今はそのような衝動が湧いてこないのがふしぎであった。

エドガーはといえば、ときおりわれわれに行き先も告げずに出かけるようになった。

どうやら何度か訪ねてきた女官のひとりと怪しい仲になっているようだ。

チリとアンジロは、われわれがこの国の言葉を習得するにつれ通訳を必要としなくなったため、小さな家を借りてふたりで暮らすようになった。われわれの世話をしに毎日訪ねてくるが、その後のことも考えて新しい仕事も探しはじめたらしい。

そんなこんなで、われわれの頭のなかからもはやプレスター・ジョンの王国のことはほとんど消え去ってしまったかに見えた。それはどこにあるかもわからない幻の国となって、記憶の奥に沈みこんでいくのだろう、わたしはそう考えるようになった。

だが、そうはならなかった。

事態はこのあと、わたしが思ってもいなかった展開を見せたのである。

ある日ペトルスがわたしとエドガーを呼びつけ、ついに祭司ヨーハンネスの王国を見つけたと宣言した。来る日も来る日も執拗にその所在について考えていたらしい。

「まさか」

わたしとエドガーは、いよいよペトルスがおかしくなったと考えた。

だが、ペトルスの自信は揺るがなかった。

きっかけは四つの河だった、と彼は言った。

「フラゾンの浄安大僧正を訪ねたとき、僧侶のひとりが世界の中心にあるテンジク国のそばの池から四本の河が流れ出ているという話をしていたのを覚えているか」

「そんなこともあったかな」

わたしは首をかしげた。

ペトルスによれば、世界の中心から流れ出る四本の河とは、旧約聖書の創世記にあるエデンの園より流れ出るピソン河、ギホン河、ヒデケル河（チグリス）、ユーフラテス河のことだという。僧侶の挙げた河の名はそれとは違っていたが、ある知識が世界の辺境に伝わるときには多少の錯誤や勘違いなどが混じるのは仕方がないことだと彼は説明した。

そしてこのことから、やはり自分が推察した通りこの国のシアカ神とはキリストのことであり、タプロバネをはじめ、ワークワークにしても、これらインド界隈の国々は、間違った形とはいえキリストの教えがあまねく伝わるキリスト教国と考えて間違いないと断定した。

エドガーが参照した多くの写本には祭司ヨーハンネスの王国はすでにないと書かれているものが多かったのだが、ペトルスはそれら写本の報告には一定の真実が含まれていることを認めつつ、祭司ヨーハンネスの王国はすでになくなったものの、その影響は多くの異教徒の国々に及んで今も残っているとの結論に達したと言うのだった。

「であるとすれば、われわれが目指すべきはどこか。それはそうした国々の中で、サラセン人の撃破にもっとも力になってくれそうな国ということになる」

「プレスター・ジョンの王国はもうないと認めるのだな」

わたしはペトルスに念を押した。

「これほど情報がないということは、そうと考えるしか仕方あるまい。庭で見たあの砂の海の地図。あれはもはや失われた過去の世界への郷愁ではないかと見ておる」

「過去への郷愁？　まさかこの国の民がプレスター・ジョンの王国の末裔だと言いたいのか、

ペトルス」

「絶対的東方にあるキリスト教国といえば、ここしかあるまい」

わたしは呆れて声が出なかった。

「多少変則型ではあるが、この国にはトンスラも伝承されている。タプロバネやワークワークにはなかったことだ。祭司ヨーハンネスの王国はかつてここにあったのだ」

ペトルスは確信に満ちた表情で言い切った。

わたしはわたしで、ペトルスは使命を果たそうと焦るあまり夢と現実の区別がつかなくなったのだと確信した。

皇帝はそんな国は聞いたことがないとはっきり断言したのである。その皇帝の統べるこの国がプレスター・ジョンの王国だなどと、どうすればそんなでたらめな理屈を思いつけるのか。

「いいんじゃないでしょうか。皇帝に援軍を頼んでみれば」

応じたのはエドガーである。

そんな軽いノリの対応でいいのか。仮にも長い間ともに旅をしてきた仲間であり同士と言ってもいいペトルスがおかしな妄想にとりつかれているのだ。頭を冷やせと言ってやるのが、われわれの務めではないか。

「大ぶろしきのマルコの書にあったのですが、この国チパングは一時タルタル人に侵略され首都を明け渡したことがあるそうです。ですが七ヶ月後には取り戻し、今もタルタル人の王であるハーンによって支配されていません。それだけの強大な軍事力があるものと思われます」

「わしもそう思う。そしてこの国は皇帝ではなくフラゾンに支えられているにちがいない。ミアコのすぐ近くにありながら、皇帝があれほど金にあふれた街を放っておくのはいかにもおかしい。僧侶はシアカのご加護によって守られていると言っていたが、それだけではあるまい。フラゾンは何らかの力を持っているはず。それが軍事力なのか財力なのかわからぬが、皇帝が手も足も出ないほどの強力な何かがあるのだ」

「だからといって、それがプレスター・ジョンの王国だとするのは飛躍が過ぎる」

わたしは疑問の声をあげた。

「もちろん、もはや王国が失われておることはわしも認める。だが、信仰の一部がフラゾンの地に残されたのだ。彼らは今では誤った教義を受け入れ神の教えに背いておるものの、正しい教えを学びなおせば、必ずや偉大なキリスト教国として復活するはずだ」

もはや手に負えない、とわたしは思った。


浄安大僧正から登山の案内状が届いたのはそれから数日後のことだった。われわれはふたたびアンジロを連れ出し、四人でフラゾンへの山道を登った。

ペトルスはこの日に備え、チリに手伝ってもらいながらローマ教皇ウルバヌス六世からの親書をあらためて作り直し、サラセン人撃破への協力を依願する決意を固めていた。

彼の突拍子もない屁理屈にはわたしもエドガーも呆れたままだが、考えてみれば、ペトルス自身が納得しているなら、われわれにとってそれはむしろ好都合なことであった。なぜなら、この地をもってこの不合理な旅が終わるからである。

山門からまたしても僧侶に先導され、われわれはフラゾンの街の中央でまばゆい黄金に包まれている巨大な中堂へと向かった。

あらためて見る中堂は見るほどに異様な建築物であった。建物のほとんどが屋根なのである。西方の国々では建物は何階層かに積みあがった上に傾斜した屋根を持つ。ほかにどのような建物が想像できよう。

しかしこの中堂は、人が利用する階層は一番下の地上階のみで、建物の大部分、おそらく上から九割ぐらいは金色の屋根なのだ。しかも下から上に向かって急激にそりあがり、上部ではかなりの先鋭な角度になって、正面から見ると屋根というよりたちはだかる壁であった。それはまるで大きな金の兜をかぶっているようにも見えた。

中堂のなかは天井が高く、その点は教会と似ていたが、窓がないために見上げると夜空のような暗がりがあるばかりである。広大な部屋の最奥に位置する祭壇にはシアカの巨大な神像が祀られ、そのまわりにもたくさんの異様な神像が立ちならんでいる。

僧侶は中央のシアカに一礼すると、脇の扉の奥へわれわれを導いた。奥は人の暮らす区画になっていて、いくつもの畳敷きの部屋があり、そのひとつで浄安大僧正が待っていた。

われわれは大僧正にうやうやしく一礼したあと、椅子がないので、その前の床に、この国ならではの脚を折りたたんで尻の下に敷く拷問座り（とわれわれが名づけた）でかしこまった。この国の拷問座りについてはこの日のためにペトルスの号令で特訓を重ねてきたのだ。その甲斐あって、われわれは四人とも一刻の間であれば拷問座りに耐えられるまでに成長していた。

「このたびはようこそお越しくださいました。先日は急なことだった故、何のお構いもできませなんだが、今日はお茶菓子やら後ほど精進料理などもご用意しておりますゆえ、ゆっくりとお寛ぎいただきましょう」

大僧正はにこやかに歓迎の意を示した。前にも増して気さくな雰囲気である。もともと気のいい人物のようだ。

アンジロの表情を確認すると、アンジロも大僧正に会うのがうれしそうである。果たして大僧正はアンジロの父キチジロなのであろうか。あらためて見てみても、ふたりの顔は似ているようでもあり、さほど似ていないようでもあってはっきりしなかった。それでもわたし自身は、大僧正はキチジロその人だと踏んでいた。なぜなら大僧正がアンジロを見るときの目には、言葉にできないもどかしさのような何かが表れているように思えたからである。

「何とおっしゃいましたかな、たしかあなたがたはテンジクよりもはるか遠い西の国からお越しになられたと」

「ローマです。それはそれは美しい都でございます」

ペトルスが応じた。

「フラゾンなど及びもしないのでございましょうな」

「いいえ、ローマはフラゾンほど金が豊富ではありません。われわれは、これほど煌びやかな都市は見たことがございません」

大僧正はかぶりをふり、

「このような華美な装飾は本来必要のないこと。飾り立てれば飾り立てるほど人の妬みを買い、それを奪おうとする邪悪なものを引き寄せます。何事も質素であるほうがよいのです。拙僧がこの街を預かるようになってからは、これ以上金をあしらった建物を造らないよう普請の者たちに申し伝えているところです」

そして話を変えて、ローマや道中われわれ三人が通ってきた数々の国の風物や風習について質問攻めにした。

われわれは《スキタイの子羊》の異名をとるバロメッツなる珍奇な植物のこと、キュノケファルスという犬頭人はとても気前がいいこと、マンドラゴラを命を落とさずに採取する方法、少女と赤鱏の恋、タプロバネの蟻の巨大さ、ワークワークの美人果の恐怖などについて大いに語った。

それを大僧正はいかにも楽しそうに聞くのだった。

大僧正の上機嫌に乗じて、われわれは大僧正がフラゾンへ入門した経緯についてそれとなく話をふってみたが、それについてはのらりくらりとはぐらかされた。大僧正は逆にこちらに何かを尋ねることで質問をかわすのであった。

「それで、アンジロ殿はお母上とミアコにお住まいになられているのですか？」

「では、お住まいはどのあたりに？」

「して、ミアコの暮らしはいかがですかな？」云々。

緊張しつつ聞き耳をたてていたアンジロの顔には、質問に答えず他人行儀な大僧正の口ぶりに、徐々に失望の色が広がっていった。いかにも社交辞令といった感じなのだ。

そのような対応はあらかじめ予想されていたことだが、さすがにわたしも少々腹が立った。アンジロは浄安大僧正が自分の父親であるのかどうか知りたがっているのだ。はっきりと明言できなくても、それとなく伝えてやることができるのではないか。

だが、それもフラゾンの掟ゆえなのであろう。あるいはやはり人違いだったのか。

そしてペトルスにとっては、そんなアンジロの親子問題などは二の次だったのである。彼はまなじりを決し、頃合いを見て切り出した。

「ところで、あらたまって浄安殿にお尋ねしたいことがあるのですが」

「なんでしょう」

「浄安殿は、祭司ヨーハンネスという者をご存知ではありませんか？」

「はて、聞いたこともないが」

「プレスター・ジョンと呼ばれていたかもしれません」

　エドガーがペトルスに加勢した。

「さあて。心当たりはありませんが」

「祭司ヨーハンネスは東の国々を統べる強大なキリスト教国の王でございます」

「ほう。キリスト教の。拙僧はキリスト教なる宗教もあなたがたに教えられて初めて知った次第ですので、ヨーハンネスという王についてはまったく存じておりません」

「祭司ヨーハンネスは、強力な軍隊を擁し、インドから東のすべての世界を手中に収めていたと聞いています。過去にそのような王はおりませんでしたでしょうか」

「残念ながら、存じませんな」

「祭司ヨーハンネスは、東ローマ帝国皇帝であるマヌエル一世コムネノスに書簡を送られた。われわれはその書簡に対する、ローマ教皇ウルバヌス六世の親書を携えてはるばる旅を続けて参りました。ただ、祭司ヨーハンネスからの親書が東ローマ帝国皇帝コムネノスに届いたのは今から二百年も昔」

「二百年前……」

「はい。二百年といえば国を滅ぼすのに十分過ぎる時間です。ここに来るまで各地で王国の消息を尋ねてまいりましたが、芳しい情報を得ることはかなわず、おそらく王国はすでになくなったのであろうとわれわれは結論づけました」

「そのような国が二百年前にあったという話も聞き及びませんな」

大僧正は申し訳なさそうである。

しかしペトルスはひるまない。

「わたしが思うに、王国はなくなりましたが、民が消えたわけではない。国は滅びても、民は滅びず生き延びるもの。その意味では祭司ヨーハンネスの栄光は人々の心のうちに今も残り、あまねくこの世界を照らしているのです。われらが主イエスの教えがこの東方世界の隅々にまで伝わっていることがその証拠です」

「イエスとはあなたがたの神の名でしたかな?」

「そうです。この世界を創造された神の子であり、あなたがたのいうシアカのことでもあります。天上天下に唯一無二の存在として存在するシアカの教えは、われわれが主イエス・キリストの教えとほとんど変わりません。シアカこそはイエス・キリストの東方世界での姿であり、絶対的東方にあるこのフラゾンこそ、祭司ヨーハンネスの王国だったのです」

大僧正は困惑の表情を浮かべた。

無理もない。ペトルスの理屈はこじつけと言っていいものであり、同席しておきながらなんだけれども、わたしにもどうしてそうなるのかさっぱり理解不能であった。

「フラゾンにはかれこれ六百年の歴史がございますが、そのヨーハンネスとおっしゃる方の名にはとんと思い当たる節がございませんな」

大僧正の言葉にペトルスは、いよいよひるむかと思えばまったくそんなことはなく、

「六百年！　おお、それこそはまさしく絶対的東方に君臨する神の王国である証拠。千年にわたって栄えることが約束されております。ヨーハンネスなる名が思い当たらないとの仰せですが、わたくしにははっきりと思い当たっております」

ペトルスは不可解なことを言う。そんな情報をこれまでに仕入れたことがあっただろうか。

そして次にペトルスが発した言葉に、わたしは、彼がついに正式に頭がおかしくなったことを確認した。

「祭司ヨーハンネス、それはまさしく、浄安大僧正、あなたさまのことにございます」

なんだって？　なぜ、そうなる。

めちゃめちゃな理屈である。

ペトルスは真剣であった。

「大僧正とは、すなわちキリスト教でいうところの祭司にあたりましょう。そして浄安さま、ジョウアンさまのお名前は、わがローマにおいてはヨーハンネス（Johannes）と読むのでございます」

わたしは雷に打たれたような衝撃を受けた。いや、雷どころではない天地がひっくり返ったようであった。

おおお、プレスター・ジョン！

たしかにそう読める。浄安大僧正こそがプレスター・ジョン！

って、まさか、そんなことが。

「ほう。拙僧が」

意外にも、大僧正はびくともその表情を動かさなかった。まるでその言葉を予期していたかのように。あるいは何があっても本心を面に出さない曲者であるのかもしれない。

「それで、仮にその祭司ヨーハンネスとやらが拙僧であったとして、あなたは拙僧に何を望まれるのでしょう?」

「はい。わがローマ教皇庁は、サラセン人による圧力を受けており、いつ彼らによって蹂躙されるかもわからぬまま不安な日々を過ごしております。聞くところによると、かつてこの国はあの凶暴なタルタル人、モンゴリアの侵略を受け一度は首都を明け渡したものの、後に奪還したとのこと。あのタルタル人を退けることができた国は世に数えるほどしかございません。

かつてはハンガリー王国も侵攻され、神聖ローマ帝国やビザンツ帝国までもがその毒牙にかかるところでした。それらの国が今まで無事であるのは、何も彼らがタルタル人の軍事力を凌駕したためではありません。それはタルタル人の内部事情によるものでした。タルタル人を力によって駆逐したのは、西方世界では唯一マムルーク朝のみ。そして東方世界においてはこの国だけなのです。

今ではヨーロッパにおいてはタルタルの猛威も影を潜め、彼らに侵略される懸念は払拭されましたが、われわれは常に敵に囲まれており、とりわけ今日ではサラセン人の横暴が目に余るようになっております」

ペトルスは懐から、いかにももったいぶった調子で、自らが書いたプレスター・ジョンに当てたかの文書を取り出し、さらに聖遺物の靴下も合わせて、大僧正の前に差し出した。

「世界最強と恐れられたタルタル人をも撃破された貴国の強固な軍事力をもってすれば、東方世界のすべてを手にし、イエス・キリストの約束の地をサラセン人どもの手から奪還することができましょう。われわれはそれをお願いするために、はるばるローマからフラゾンへやってまいったのでございます。何卒われら同胞のためにそのお力をお貸し願えないでしょうか？」

ペトルスはどこまで本気なのか。本当にこのフラゾンを祭司ヨーハンネスの王国と信じきっているのだろうか。いや、そうではあるまい。すべては詭弁であろう。詭弁を弄してフラゾンを祭司ヨーハンネスの王国に仕立てあげ、援助を引き出そうとしているのだ。

冷静に考えれば、いや、とくに冷静になるまでもなく、彼の主張は支離滅裂であった。

仮に百歩譲って浄安大僧正がプレスター・ジョンその人であったとしてもだ。彼らにとってエルサレムが何だというのか。このプレスター・ジョンは主イエス・キリストの存在さえ知らないのである。フラゾンにとってはるか遠いエルサレムへ向け軍隊を差し向けることに何の利益があるだろうか。

わたしは今にも大僧正が怒りだすのではないかと気が気でなかった。シアカをイエス・キリストと同一視し、大僧正をヨーハンネスと勝手に呼ばわり、フラゾンを祭司ヨーハンネスの王国の後継とでもいうかのようなペトルスの物言いは、いかにも一方的で失礼極まりない。大僧正が気を悪くして当然の言いがかりに思えた。

ペトルス、あんたもイカモノだ。大イカモノだ。ジョン・マンデヴィルに匹敵する真のイカモノだ。

とそのとき、

「承知いたした」

大僧正が頷いたのである。

はあ？

わたしは思わずプレスター・ジョン、否、浄安大僧正の顔をまじまじと見てしまった。

ほとんど言いがかりといっていいようなペトルスの要望をそんな簡単に請け負ってしまっていいのか。想定外過ぎる返答である。

「ありがたきお言葉……」

ペトルスは感極まって、頭を床に擦りつけた。

エドガーを見ると、プレスター・ジョンの王国がどこにあろうが実際のところ無関心であった彼も、大僧正がペトルスの言い分を認めたことに驚きを隠せないようだ。呆然と大僧正を見つめている。

いったいどういうことなのだ。

「ついてきなさい」

大僧正はペトルスに手渡された文書――いまだ読んでもいないそれ――と靴下を手にとって立ち上がり、部屋を出て歩いていく。ペトルス以下われわれも慌てて後を追った。いや、追おうとして立ち上がるなり三人ともその場にごろんとひっくり返った。長く拷問座りをしていたせいで膝に力が入らない。

それでも這うようにしてなんとか追いかけていくと、大僧正は配下の僧侶たちにあれこれ指図してから、中堂の中央に置かれたシアカの像の前の大きなクッションに座り、われわれもその背後にシアカのほうに向かって座るように指示した。

そうしてわれわれを睥睨しつつ、

「客人よ、そなたの目は確かである。今からおおよそ百年の昔、わが国土に来襲した蒙古の軍勢約二十万、それらをたちどころに粉砕、撃退せしめたのはまさしくわれらなり。これより客人の要請に応え、敵国調伏の加持祈祷を行なってしんぜよう」

そこへ配下の僧侶が細長い板を持ってきて、筆とともにペトルスに手渡した。

「それに敵国の名前を書きなさい」

ペトルスは最初戸惑っていたが、ラテン語でサラセン人の首領たちの名を知る限り書き並べ、大僧正に手渡した。

大僧正はペトルスから板を受け取ると、シアカ像の前で火を焚き、袂からロザリオを取り出して、胸元でそれをじゃらじゃら適当にかき混ぜながら、おもむろにシアカに向かって祈りはじめた。

「おお、ロザリオ……」

ペトルスは大僧正の気迫に気圧され興奮しているようだ。わたしとエドガーそしてアンジロは、これからいったい何が始まるのか見当もつかず呆気にとられるだけだったが、大僧正がロザリオを取り出したことには少なからず驚いた。

こんなに遠い国にもロザリオが？　ひょっとしてペトルスの言っていることは、あながちでたらめとも言えないのではないか。

大僧正は、しばらく手元で何かごにょごにょしていたが、やがて配下の僧侶が何人も奥からぞろぞろ出てきて広間の左右に整列して座すと、誰かが大きなゴングを鳴らしたのを合図に、一斉に大声で何かを唱えはじめた。

ようやく習い覚えたこの国の言葉とも違い、何を言っているのかさっぱりわからなかったが、僧侶たちの低く重い声が朗々と堂内に響き渡り、それが思いのほか大音響であることに圧倒された。ときにゴングと太鼓が加わりながら、これまでに聴いたことのない異風の呪文が延々と唱えられていく。その呪文は、まるで音楽のように波打つ調べをもって、われわれの胸に迫ってきた。

ブワー。

ジャンジャンジャン、ジャラジャラ。

ふしぎな鉦(かね)の音色であった。いつの間にかシンバルや笛のようなものも混じっている。

やがて大僧正の目の前の炎が大きく燃え上がり、大僧正は今ペトルスに書かせたばかりの板を炎のなかに放り込み、さらに靴下も放り込み、さらにはさきほど手渡した文書をバサッと広げ、読み上げるのかと思ったらそれもそのまま放り込んだ。読んでもいないではないか。

炎がますます高く燃え上がった。

「おお！」

天井に燃え移るのではと一瞬おののいた。

われわれは異様な気配にのみこまれ、ますます呆然となって、ただただ音楽のような呪文に飲み込まれていった。

そのうちに燃え上がる炎によって堂内のすべてが真っ赤に染めあげられると、わたしの目がおかしくなったのだろうか、その前で大僧正の体が天井近くまで大きく伸び上がったり縮んだりと脈動しはじめたように見えた。

ドンドン、ジャラジャラ、ブワー。

合わせて意識もだんだん朦朧として、やがては呪文が聴こえているのか聴こえていないもわからなくなり、自分が何を信じているのかさえ曖昧になったような、ふしぎな境地にわたしは陥っていった。

プレスター・ジョンの王国、それはわが父であり稀代のイカモノ、ジョン・マンデヴィルの『東方旅行記』によれば、ヴェネチアあるいはジェノヴァから出発してカタイまで十一もしくは十二ヶ月、そこからさらに多くの日子がかかるとある。あまりに遠隔なので、人々はカタイの国へ行くほどはこの国には出かけない。その国土は東西に四ヶ月の旅程を要し、南北については計り知れないという。

一方でその王国のさらに東にはタプロバネという大きなすばらしい島があると書かれているから、カタイより遠いという話とまるで整合しない。

またジョン・マンデヴィルはこうも書いている。

プレスター・ジョンの王国の住民は大半がキリスト教徒であるけれども、彼らはその信仰をはっきりと堅持しているわけではない。それは彼らが神、父と子、聖霊などを信じていないからではない。それどころか彼らはきわめて信仰に厚い人々で、互いに誠実であると。

イカモノ、ジョン・マンデヴィルは、それをこの目で見たと『東方旅行記』のなかで断言するのだが、彼がこの地に来ていないのは確かである。それはわたしの記憶が証明している。彼は東方へ旅をしていたと語るその時期に、わたしとともにセント・オールバンズにいたからだ。

だが、仮にこの書物が彼の実体験を書いたものではなく、エドガーの言うような情報を集めて書いた旅行案内であったとしたら、その内容に混乱が見られるのもいたしかたないことかもしれない。あるいは、それが死にゆく妻の気持ちを紛らせるために書かれた作り話だとしたら、その真偽などもはやどうでもいいことだった。

プレスター・ジョンの王国の存在は、ヨーロッパのキリスト教国家にとっての夢であった。夢は常に心の中で美化される。ゆえに、実際に王国が存在していたとしても、それはおそらくわれわれの想像とは異なるものであろうことは容易に想像できる。

だとしたら、フラゾンが果たしてペトルスの言うようにプレスター・ジョンの王国の真実の姿であるのかどうか、わたしには確認しようがない。伝説は常に都合よく解釈され、変容していくものだからだ。

わたしは今の正直な気持ちを吐露したい。

つまりこうだ。

われわれはついに偉大なるプレスター・ジョンの王国を見つけたのであると。

そう信じたい。いや、本当に見つけたのだ。

あるといえばある、ないといえばない。信じるならば、今この場所が王国なのだ。

プレスター・ジョン万歳！　ウルバヌス六世万歳！　ついでにジョン・マンデヴィル万歳！

父さん、あなたが来られなかった世界の果てにわたしは来ましたよ。

わたしの脳裏に、この地を旅するイカモノ、ジョン・マンデヴィルの姿がありありと浮かんだ。

ブワー、ジャンジャンジャン、ジャラジャラ。

ブワー、ジャンジャンジャン、ジャラジャラ。

ドドン、ジャーン。

最後に一段と激しく楽器が打ち鳴らされたと思うと、長く続いた呪文が急にぱったりとやみ静かになった。

そうして大僧正が小さな声でシュワシュワシュワと何言か唱えると、最後にシアカに向かって深く厳かに一礼した。

われわれもそれを見て頭を下げ、わからないままにシュワシュワシュワと口真似で唱えた。

すべてが済んだあとの、空間だけがまだ振動しているような奇妙な静寂のなか、大僧正は居住まいを正してふりかえると、それまでの激しい形相とは一転して穏やかな表情で、われわれに向かって頷いた。

「この敵国調伏の加持祈祷を三日三晩にわたって行なえば、必ずや敵国を退けることができましょう。そうすれば、あなたがたの敵はもはや敵ではありません。どうぞ安心してわれらにお任せください」

「ありがとうございます。教皇もきっとお喜びになるでしょう。いえ、すべてのキリスト教徒が大僧正に感謝を捧げることでしょう」

ペトルスがうやうやしく頭を下げた。

祈祷を終えると、われわれは何の贈り物も持たずにやってきたにもかかわらずこのような特別な計らいをいただいたことに感謝し、山を下りたら追って何かを届ける旨伝えた。

大僧正は、

「そのような配慮は無用。今回のことはわたしからのお礼と考えていただきましょう」

とそれを辞した。

われわれはますます恐縮した。なにしろお礼と言われるほどのことをした覚えがないのだから。

数日後、われわれが寄宿する寺院宛てに大僧正から、

「もうお会いすることはないでしょうが、有意義な時を過ごすことができ、あなたがたと出会えたことを仏に感謝しております」

という旨の丁寧な手紙が送られてきた。

王国は、ふたたびその扉を閉ざしたのである。

結局浄安大僧正がチリの夫キチジロであったのかどうかは最後まで確認できなかった。そもそもプレスター・ジョンその人であったかというとこれもまたよくわからない。というか正直な話、プレスター・ジョンの話はペトルスの詭弁であったと考えるほうが理にかなっているわ

けだが、それについてはペトルスが満足し、われわれも納得していたから、わざわざ蒸し返す必要はないだろう。

わたしはペトルスに、

「あれで本当にサラセン人は去ったのだろうか」

とそれだけ尋ねてみた。

ペトルスは、ローマに戻って確認しないことにはわからないが、と前置きしたうえで、使命は果たしたと考えていると答え、今後はこの国に残って正しい教えを伝えていきたいと決意を語った。

「この国に残るだって？」

わたしは驚いて聞き返した。

というのも、エドガーからも同じ話を聞いていたからだ。エドガーはいい仲になっていた女官と婚約し、この地で暮らしていくことを決めたとわたしに報告してきたのだ。

彼はふしぎに満ちたこの国の文化に強い興味を抱いたらしく、この国をもっと堪能したいと言うのだった。

まったくどいつもこいつも自分勝手な奴ばかりだ。

もしかすると、とわたしは考えた。

今回のフラゾンでのことは、この国で布教を行なうという自分の使命を見つけたペトルスが、この旅に終止符を打つための大芝居だったのかもしれない。まったくもって食えない男である。

いずれにしても、われわれの旅はこうしてようやく終わりを告げることになった。

わたしはどうか。

実はわたしもこの国に残ることがすでに決まっていた。

この国の文化——主に苔の庭——に惹かれ、去りがたかったこともあるが、皇帝がわたしの話をいたく面白がって、それをこの国の文字で文書にして残すよう臣下に命じ、わたしに対しても、いっそのことこの国の文官として勤めてはどうかと誘ってくれたのである。

これからローマに戻る長い道のりを思ってうんざりしていたわたしにとって、願ってもない提案であり、その場でふたつ返事で受け入れた。実はすでに『東方世界への旅』と題した本の執筆にとりかかっているのだった。似たような書名をどこかで聞いたことがあるが、それとこれとはまったく別物である。

こうして結局われわれは誰ひとりローマに戻らないことになった。

ペトルスの言うように、われわれのミッションは終わったのだ。この先どう生きるかはわれわれ自身に決める権利がある。

セント・オールバンズのわが苔と羊歯の庭、あの閉ざされた空間で身の回りのことだけに注力して過ごしていた日々が懐かしく思い出される。

本来わたしは人前に身を晒すのを好まない性格である。それがどうだ、イカモノの父ジョン・マンデヴィルの無責任な嘘とウルバヌス六世の怯懦(きょうだ)と浅慮、ペトルスの横暴と粗雑さ等幾多の迷惑不合理に翻弄されて、気がつけばこんな遠い異国までやってきてしまった。

それでも今の境遇にまんざらでもない思いを抱いているのだから、人生とはわからないものである。

われわれ三人の冒険の旅は終わった。

もちろんこれからも異国での生活というまた別の冒険が続くのであるが、冗長になるので、これ以上はもう語るまい。

それより、大僧正との会見以降に起こった奇妙な事件について最後に記しておきたい。

というのは、チリとアンジロが住む小さな家に、月に一度、大きな鉢いっぱいの米や野菜が届くようになったのである。

いったい誰から届くのかわからず人々はふしぎがった。差出人を尋ねようにも、その鉢は気がつくと家の前に忽然と置かれていて、運んでくるのを見た者が誰もいなかったからだ。

だが、わたしには差出人は明白なように思われた。

毎晩夜通し見張っていれば、そのうちその大きな鉢が夜陰に紛れて空を飛んでくるところを見ることができたはずだからである。

参考文献

ジョン・マンデヴィル著、大場正史訳『東方旅行記』（東洋文庫）平凡社、一九六四
オドリコ著、家入敏光訳『東洋旅行記――カタイ（中国）への道』光風社出版、一九九〇
ジャイルズ・ミルトン著、岸本完司訳
『コロンブスをペテンにかけた男――騎士ジョン・マンデヴィルの謎』中央公論新社、二〇〇〇
マルコ・ポーロ著、愛宕松男訳注『完訳　東方見聞録1・2』平凡社、二〇〇〇
逸名作家、池上俊一訳『西洋中世奇譚集成　東方の驚異』（講談社学術文庫）講談社、二〇〇九
彌永信美著『幻想の東洋――オリエンタリズムの系譜』青土社、一九八七
高田英樹編訳『原典　中世ヨーロッパ東方記』名古屋大学出版会、二〇一九
中野美代子著『あたまの漂流』岩波書店、二〇〇三
カルピニ／ルブルク著、護雅夫訳『中央アジア・蒙古旅行記』（講談社学術文庫）講談社、二〇一六
ヘンリー・リー／ベルトルト・ラウファー著、尾形希和子・武田雅哉訳『スキタイの子羊』博品社、一九九六
森谷公俊著『アレクサンドロスの征服と神話（興亡の世界史）』（講談社学術文庫）講談社、二〇一六
アッリアノス著、大牟田章訳『アレクサンドロス大王東征記――付インド誌上・下』（岩波文庫）岩波書店、二〇〇一
伝カリステネス著、橋本隆夫訳『アレクサンドロス大王物語』（ちくま学芸文庫）筑摩書房、二〇二〇
ティルベリのゲルウァシウス著、池上俊一訳『西洋中世奇譚集成　皇帝の閑暇』（講談社学術文庫）講談社、二〇〇八
イブン・バットゥータ著、イブン・ジュザイイ編、家島彦一訳注『大旅行記6』（東洋文庫）平凡社、二〇〇一
デイヴィッド・ゴードン・ホワイト著、金利光訳
『犬人怪物の神話――西欧、インド、中国文化圏におけるドッグマン伝承』工作舎、二〇〇一
ジュヌヴィエーヴ・グザイエ著、久木田直江監修『ひみつの薬箱――中世装飾写本で巡る薬草の旅』グラフィック社、二〇一九
アイリアノス著、中務哲郎訳『動物奇譚集1・2』京都大学学術出版会、二〇一七

荒俣宏著『アラマタ図像館1　怪物』（小学館文庫）小学館、一九九九
松原秀一著『中世ヨーロッパの説話――東と西の出会い』（中公文庫）中央公論新社、一九九二
原田実著『黄金伝説と仏陀伝――聖伝に隠された東西交流』人文書院、一九九二
ヤコブス・デ・ウォラギネ著、前田敬作／山中知子訳『黄金伝説4』（平凡社ライブラリー）平凡社、二〇〇六
家島彦一訳注『中国とインドの諸情報1・2』（東洋文庫）平凡社、二〇〇七
ウィリアム・バーンスタイン著、鬼澤忍訳
　『交易の世界史――シュメールから現代まで（上）』（ちくま学芸文庫）筑摩書房、二〇一九
ブズルク・ブン・シャフリヤール著、家島彦一訳
　『インドの驚異譚――10世紀〈海のアジア〉の説話集1・2』（東洋文庫）平凡社、二〇一一
中野美代子著『綺想迷画大全』飛鳥新社、二〇〇七
趙汝适撰、藤善真澄訳注『諸蕃志』関西大学出版部、一九九一
寺島良安著、島田勇雄／竹島淳夫／樋口元巳訳注『和漢三才図会3』（東洋文庫）平凡社、一九八六
ジョスリン・ゴドウィン著、川島昭夫訳『キルヒャーの世界図鑑――よみがえる普遍の夢』工作舎、一九八六
織田武雄著『古地図の博物誌』古今書院、一九九八
ベルトルト・ラウファー著、武田雅哉訳『サイと一角獣』博品社、一九九二
ベルトルト・ラウファー著、福屋正修訳『キリン伝来考』（ハヤカワ文庫）早川書房、二〇〇五
近江俊秀著『日本の古代道路――奈良時代の巨大国家プロジェクト』（祥伝社新書）祥伝社、二〇一三
中村太一著『日本の古代道路を探す――律令国家のアウトバーン』（平凡社新書）平凡社、二〇〇〇
清水克行著『日本神判史――盟神探湯・湯起請・鉄火起請』（中公新書）中央公論新社、二〇一〇
蔵持不三也監修、松平俊久著『図説　ヨーロッパ怪物文化誌事典』原書房、二〇〇五
荒川紘著『東と西の宇宙観　東洋篇』紀伊国屋書店、二〇〇五
岩田慶治・杉浦康平編『アジアの宇宙観――美と宗教のコスモス』講談社、一九八九

宮田珠己（Miyata Tamaki）

1964年、兵庫県生まれ。1995年、旅エッセイ『旅の理不尽　アジア悶絶篇』でデビュー、以後ユーモラスな文体で、独特な著作を次々発表。主な作品に『ときどき意味もなくずんずん歩く』、『いい感じの石ころを拾いに』、『四次元温泉日記』、『おかしなジパング図版帖　モンタヌスが描いた驚異の王国』、『無脊椎水族館』、『ふしぎ盆栽ホンノンボ』、『晴れた日は巨大仏を見に』、『ニッポン脱力神さま図鑑』などがある。

網代幸介（Ajiro Kosuke）

画家。1980年生まれ。30歳を機に絵を描き始める。これまで国内外で個展を開催。『サーベルふじん』（小学館）、『てがみがきたな　きしししし』（ミシマ社）などの絵本を手がける。作品集に『Огонёк　アガニョーク』（SUNNY BOY BOOKS）がある。

アーサー・マンデヴィルの不合理な冒険

2021年10月10日　初版第１刷発行
2023年１月15日　第３刷発行

著　者　宮田珠己
画　網代幸介

装　幀　大島依提亜
組　版　佐野彩子
編　集　瀧亮子
協　力　飯島雄太郎

発行者　瀧亮子
発行所　大福書林
〒178-0063 東京都練馬区東大泉7-15-30-112
TEL.03-3925-7053 FAX.03-4283-7570
http://daifukushorin.com
info@daifukushorin.com

印　刷　日本制作センター
製　本　ブックアート

ISBN 978-4-908465-16-1 C0093
Printed in Japan